AF142177

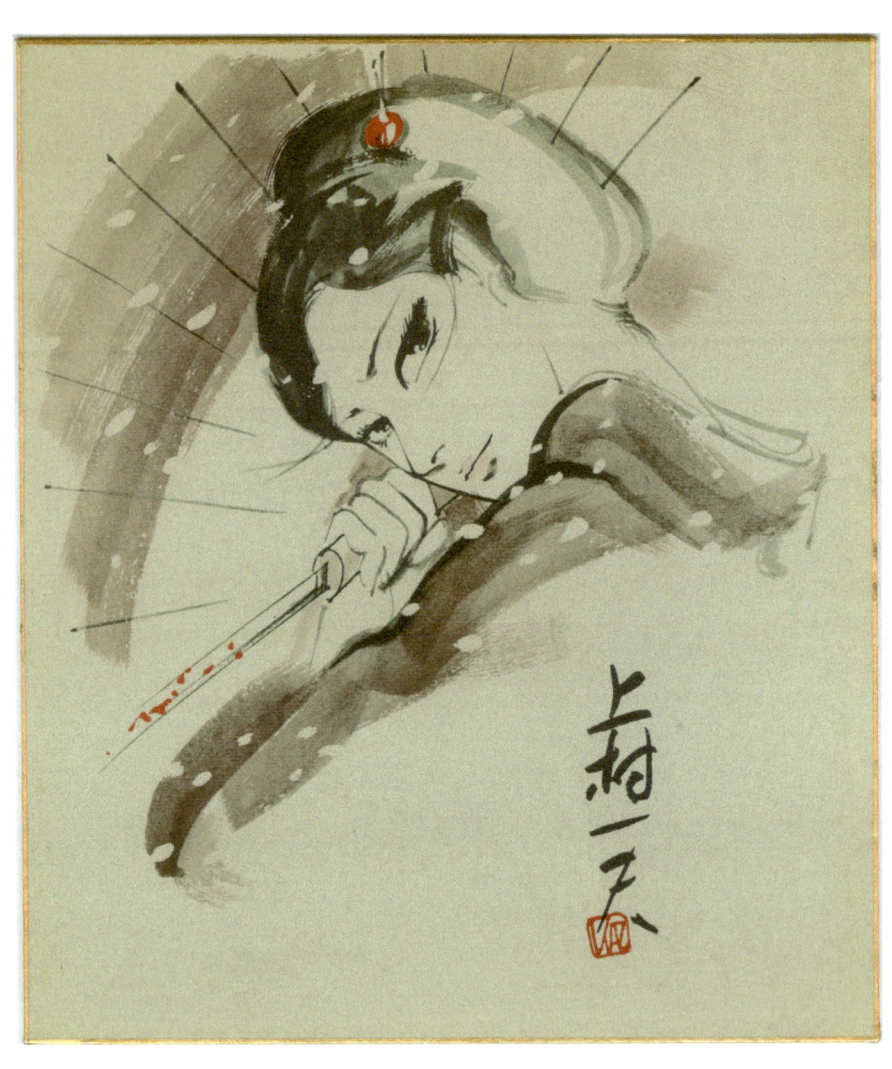

Text: **KAZUO KOIKE**   Zeichnung: **KAZUO KAMIMURA**

LADY SNOW BLOOD

修羅怨念編

AUFERSTEHUNG

3

INHALT

OCHANO-
MIZU*,
10. OKTO-
BER DES
JAHRES
MEIJI XX

*Stadtteil in Tokyos Zentrum

DER BAHNHOF
OCHANOMIZU

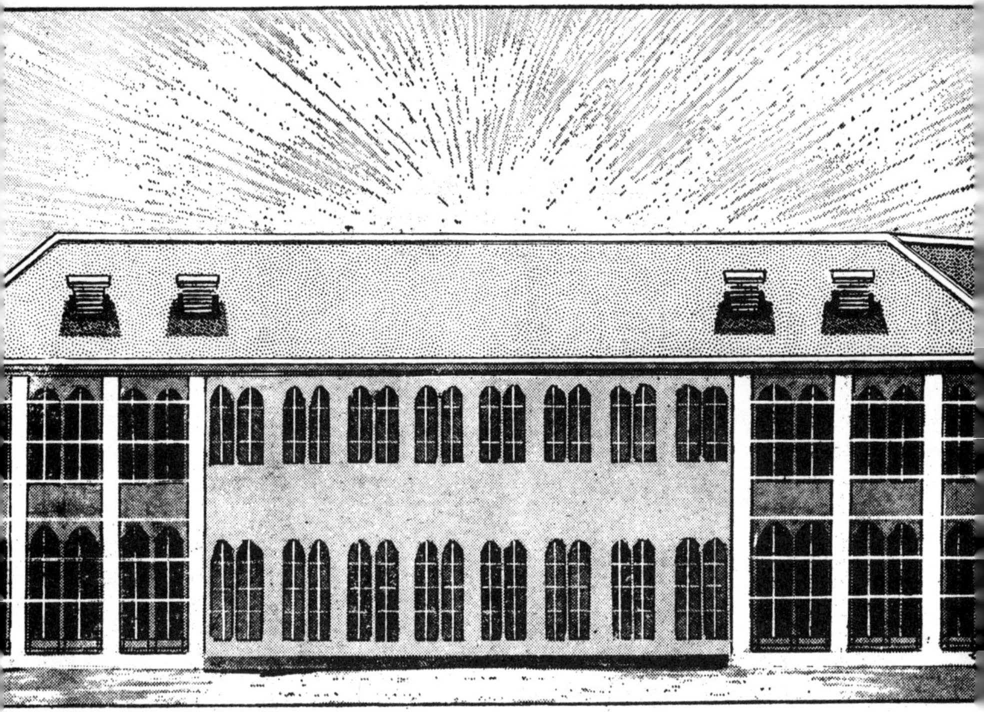

GUTEN MORGEN, FRAU LEHRERIN.

GUTEN MORGEN, FRAU LEHRERIN.

GUTEN MORGEN.

Höheres Lehrerinnenseminar Ochanomizu

Lehrerzimmer

8

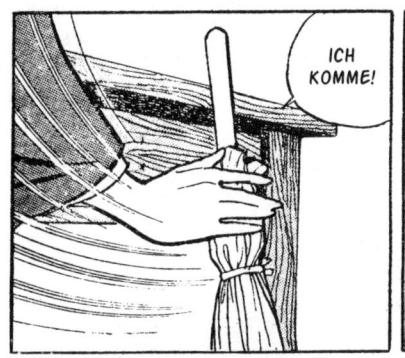

ICH KOMME!

... YUKI!

DER HERR DIREKTOR MÖCHTE SIE SEHEN...

Büro des Direktors

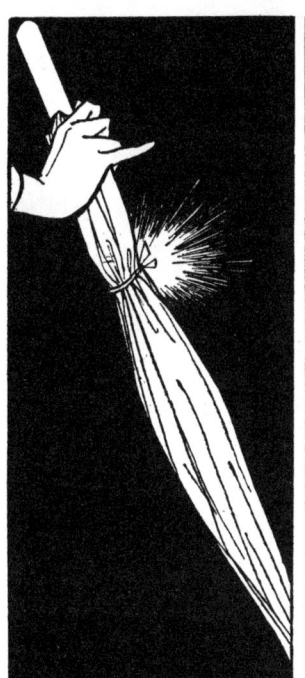

KLACK

HEREIN.

校長室

Büro des Direktors

ICH MÖCHTE MIT IHNEN ÜBER EIN KLEINES PROBLEM SPRECHEN, DAS WIR HABEN... ICH HATTE BESUCH VON LEUTEN, DIE SICH ÜBER DIE SCHWEDISCHE GYMNASTIK BESCHWEREN, DIE WIR AN UNSERER SCHULE IN DEN LEHRPLAN AUFGENOMMEN HABEN... ES SIND NATIONALISTISCHE NÖRGLER, MIT DENEN EINFACH NICHT FERTIGZUWERDEN IST.

AH... FRAU KASHIMA...

SIE WOLLTEN MICH SPRECHEN...?

DAMIT KÖNNEN SICH DIESE LEUTE EINFACH NICHT ABFINDEN.

IM JAHRE MEIJI 11 (1878) WURDE DAS AMT FÜR LEIBESERZIEHUNG GEGRÜNDET. SEITDEM WIRD BESONDERS ÜBER DIE VERBREITUNG DES FRAUENSPORTS NACHGEDACHT. UNSERE SCHULE HAT ALS ERSTES HÖHERES LEHRERINNENSEMINAR DIE SCHWEDISCHE GYMNASTIK IN IHREN LEHRPLAN AUFGENOMMEN. AUF EMPFEHLUNG HERRN YAMAGUCHIS VOM AMT FÜR LEIBESERZIEHUNG SIND DANN SIE ZU UNS GEKOMMEN UND UNTERRICHTEN HIER SEITHER DIESES FACH.

SIE MEINTEN, ES WÄRE SCHAMLOS, SO ETWAS WIE DEN SPORT DER ROTHAARIGEN BARBAREN IN DIE AUSBILDUNG JAPANISCHER FRAUEN AUFZUNEHMEN, INSBESONDERE IN DIE LEIBESERZIEHUNG, DIE KÖRPER UND SEELE STÄHLEN SOLL...

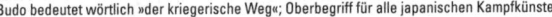

Budo bedeutet wörtlich »der kriegerische Weg«; Oberbegriff für alle japanischen Kampfkünste

DANN SIND SIE ZWAR WIEDER GEGANGEN... ABER MAN WEISS NIE, WAS DIESE LEUTE UNTERNEHMEN WERDEN.

WIR MÜSSTEN UNVERZÜGLICH MIT DER SCHWEDISCHEN GYMNASTIK AUFHÖREN, ANDERNFALLS WÜRDEN SIE UNS MIT GEWALT DARAN HINDERN, SAGTEN SIE!

WAS SOLLEN WIR NUR TUN...?

FÜR JAPANISCHE FRAUEN UND MÄDCHEN SEI BUDO DIE GEEIGNETE KÖRPERERTÜCHTIGUNG. IHREN KÖRPER SOLLTEN SIE MIT KYUDO, KENDO UND NAGINATA* STÄHLEN UND IHR ÄSTHETISCHES GESPÜR MIT KADO UND SADO** AUSBILDEN...

... MEINTEN SIE.

SO SEHR ICH IHNEN AUCH ZU ERKLÄREN VERSUCHTE, WIE VERNÜNFTIG UND GESUND DIESE ART DER KÖRPERERTÜCHTIGUNG IST, SIE WOLLTEN ES EINFACH NICHT VERSTEHEN.

* Bogenschießen, Schwertfechten, Fechten mit der Schwertlanze
** Blumenstecken und Teezeremonie

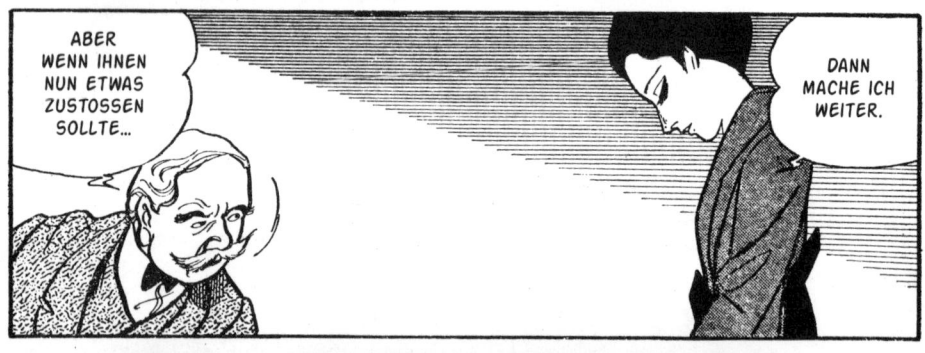

ABER ICH MACHE MIR SORGEN, WEIL DIESE KERLE IMMER SOFORT GEWALT ANWENDEN.

ICH HABE NICHT IM GE-RINGSTEN VOR AUFZUGEBEN.

WAS MEINEN SIE DENN, HERR DIREKTOR?

ABER WENN IHNEN NUN ETWAS ZUSTOSSEN SOLLTE...

DANN MACHE ICH WEITER.

WIRK-LICH?

MACHEN SIE SICH DES-WEGEN KEINE SORGEN.

... WIESO TRAGEN SIE EIGENTLICH IMMER DIESEN WESTLICHEN REGENSCHIRM MIT SICH HERUM?

ACH, FRAU KASHI-MA...

ENTSCHUL-DIGEN SIE BITTE.

?!

BATAMM

DAS WOLLTE ICH SIE SCHON IMMER EINMAL FRAGEN... SCHLIESSLICH REGNET ES NICHT. UND AUCH SONST SEHE ICH KEINE NOTWENDIGKEIT, IHN MIT IN MEIN BÜRO ZU BRINGEN.

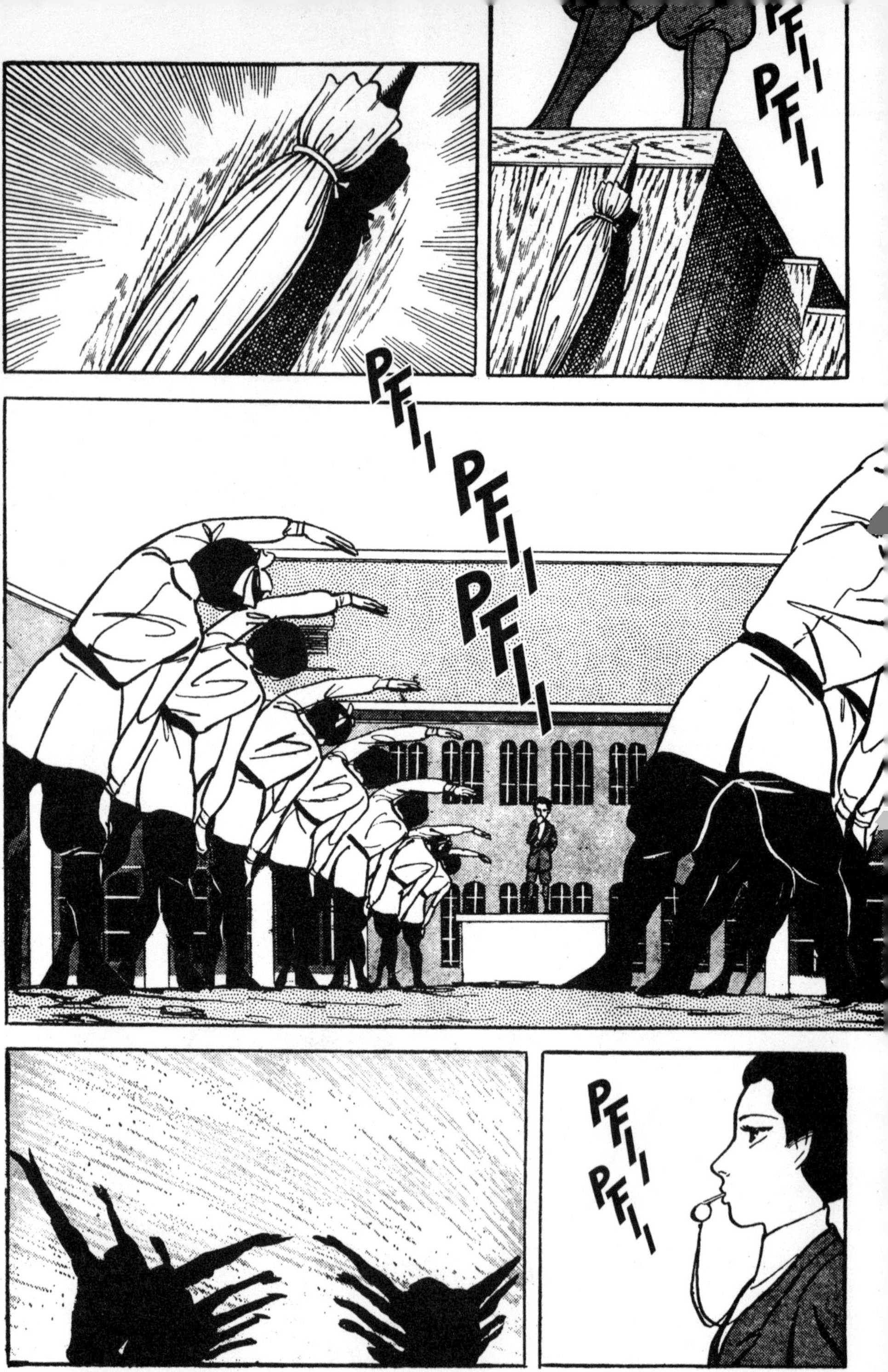

16

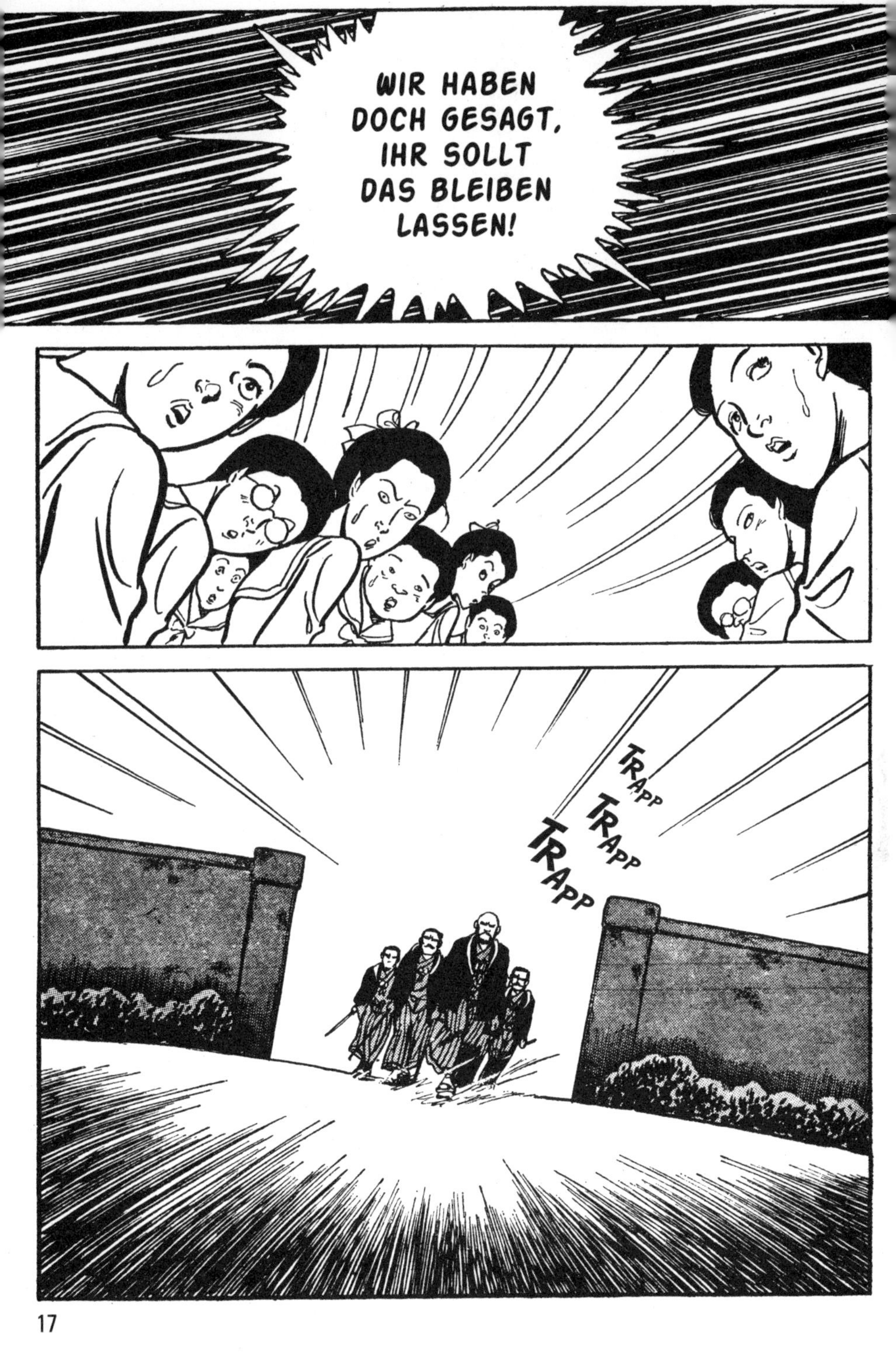

TRAPP
TRAPP
TRAPP

DIE RÄTSELHAFTE
GYMNASTIKLEHRERIN - TEIL II

20

DAS HIER IST EINE MÄDCHENSCHULE. MÄNNERN IST DAS BETRETEN OHNE ERLAUBNIS NICHT GESTATTET. UND DENNOCH DRINGEN SIE HIER SCHREIEND EIN, NOCH DAZU BEWAFFNET. WAS HAT DAS ZU BEDEUTEN?

WIR SIND VON DER KONSTITUTIONELLEN PARTEI DER SCHWARZEN SCHILDKRÖTEN.

DOMM

SO IST ES.

BIST DU DIE LEHRERIN, DIE DIESEN SPORT UNTERRICHTET?

GRR...

IHR SOLLT MIT DIESEM SPORT AUFHÖREN, SAGE ICH!

ICH KANN MICH NICHT DARAN ERINNERN, VON IHNEN BEFEHLE ENTGEGENNEHMEN ZU MÜSSEN... MIT WELCHER BEFUGNIS VERLANGEN SIE SO ETWAS ÜBERHAUPT...? ICH UNTERRICHTE HIER SCHLIESSLICH DEN EMPFEHLUNGEN DES KULTUSMINISTERIUMS FOLGEND SCHWEDISCHE GYMNASTIK.

DABEI HABEN WIR JAPANER BUDO ZUR KÖRPERERTÜCHTIGUNG.

ER WIRD SICH IN GANZ JAPAN VERBREITEN.

HÖRT AUF, SAGE ICH MIT DEM RECHT EINES JAPANERS, DER IN UNSEREM GÖTTERLAND JAPAN LEBT. WARUM MÜSSEN JAPANISCHE FRAUEN UND MÄDCHEN KÖRPER UND GEIST DURCH DEN SPORT DER ROTHAARIGEN BARBAREN VERVOLLKOMMNEN?

WISST IHR, WAS IHR TUT, WENN IHR DIE FRAUEN, DIE SPÄTER DIE JUGEND IN GANZ JAPAN UNTERRICHTEN WERDEN, DIESEN FREMDLÄNDISCHEN SPORT ERLERNEN LASST?

AH!

SIEH HER! DIESE DREI SHAKU LANGE GLÄNZENDE SCHWERTKLINGE IST DAS HERZ DER JAPANER UND DER INBEGRIFF DES BUDO...

HHH...

1 Shaku = 30,3 cm

22

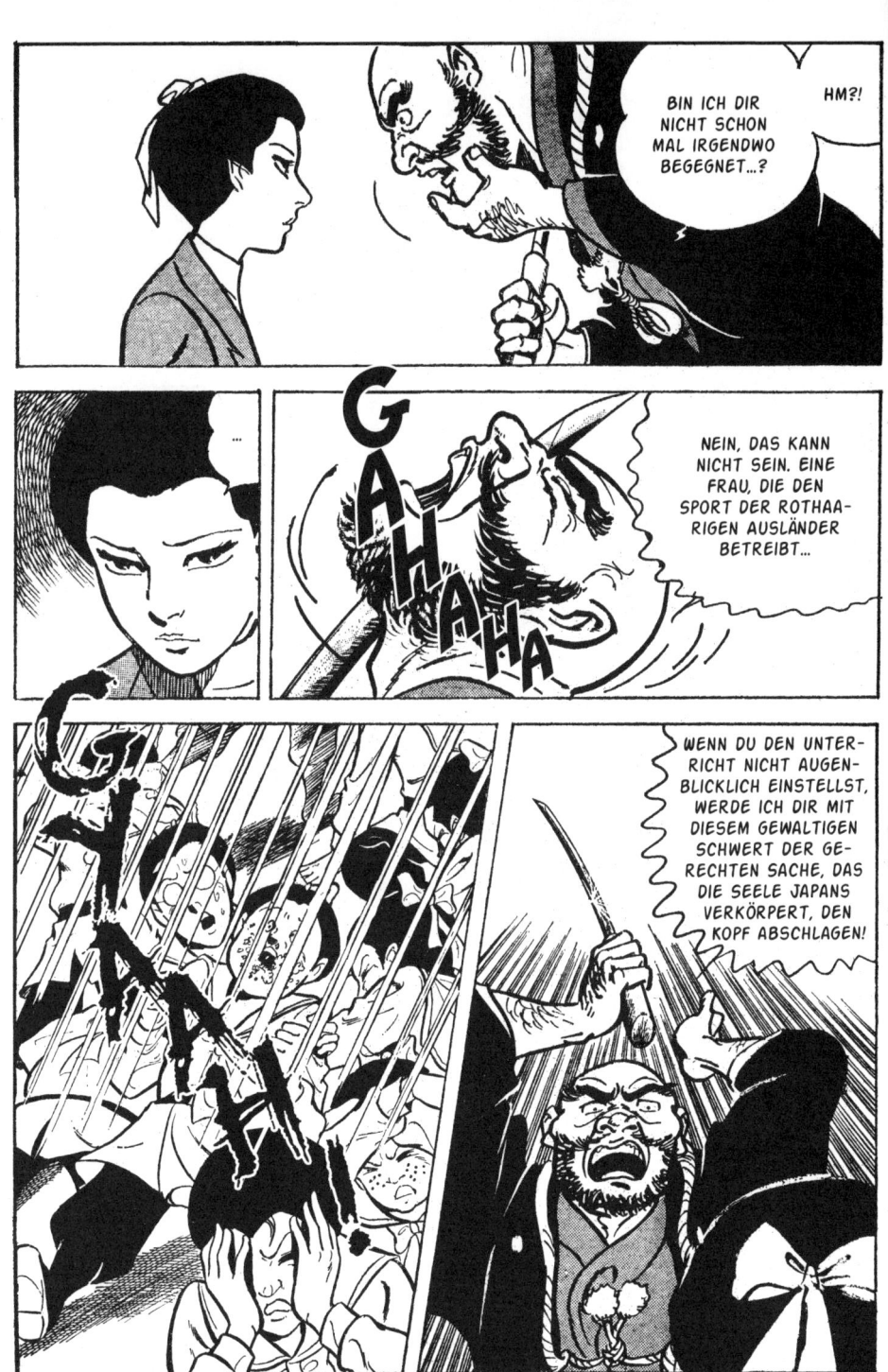

23

WAS?

SIE REDEN ZWAR SCHLECHT ÜBER DIE SCHWEDISCHE GYMNASTIK, ABER HABEN SIE SIE ÜBERHAUPT JEMALS GESEHEN?

DAS HIER IST DIE SCHWEDISCHE GYMNASTIK, DIE DEM MENSCHEN ZU EINEM NATÜRLICH SCHÖNEN UND GESUNDEN KÖRPER VERHILFT.

WPPP

DANN WILL ICH IHNEN EINMAL ZEIGEN, WIE EFFEKTIV DIESE GYMNASTIK KÖRPER UND GEIST DES MENSCHEN SCHULT UND WIE SCHÖN UND VOLLKOMMEN NATÜRLICH SIE DARÜBER HINAUS IST...

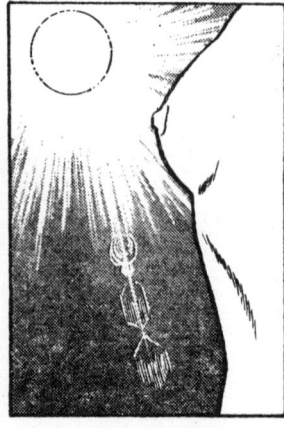

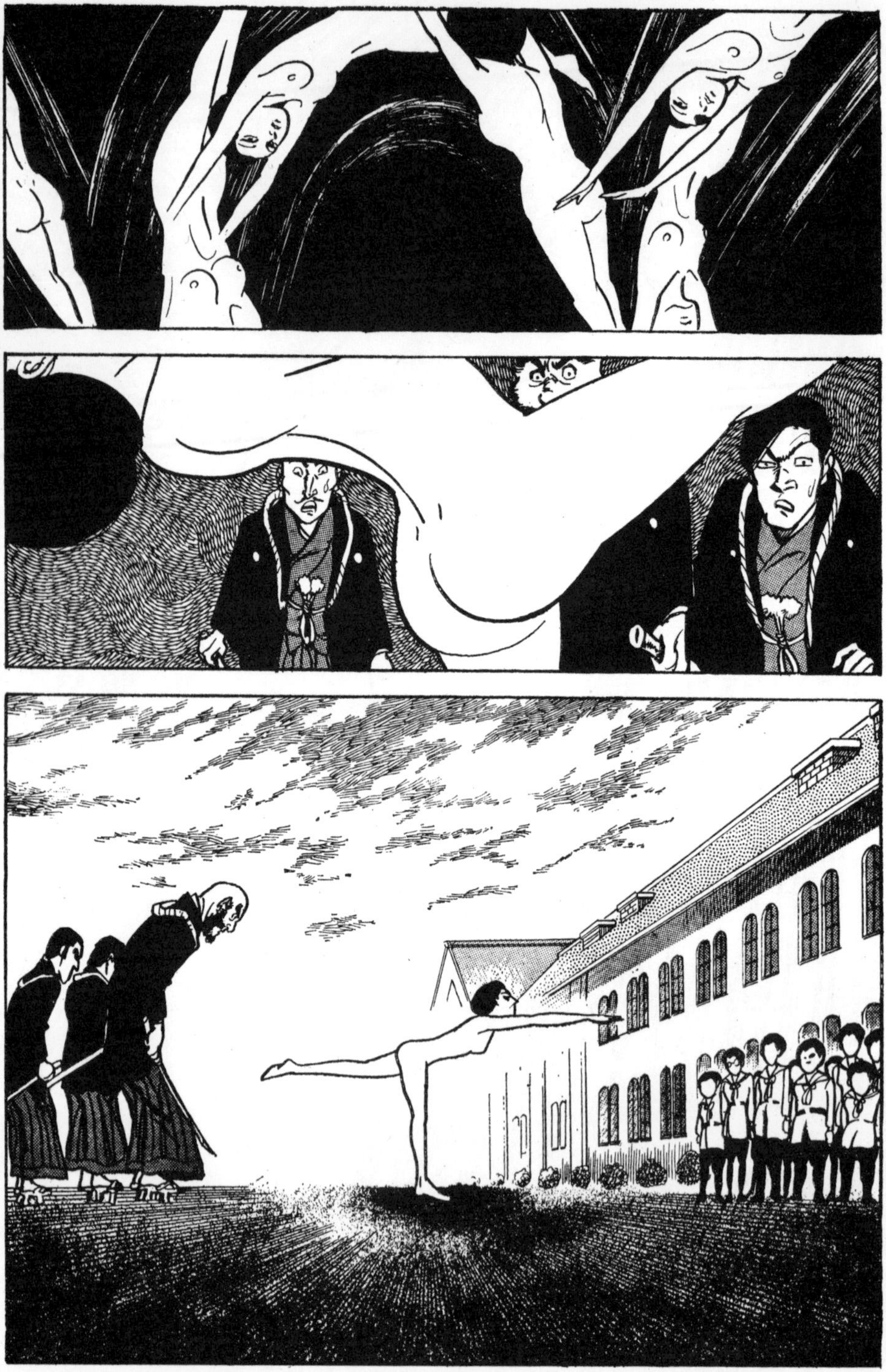

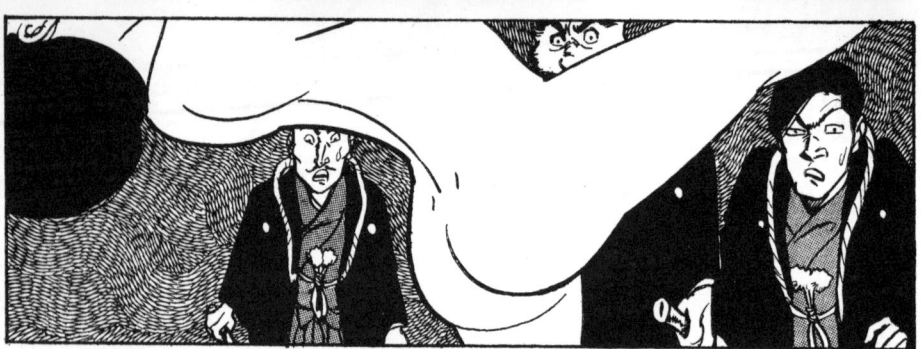

26

OOOOH

R...RÜCKZUG.
WIR ZIEHEN
UNS ZURÜCK.

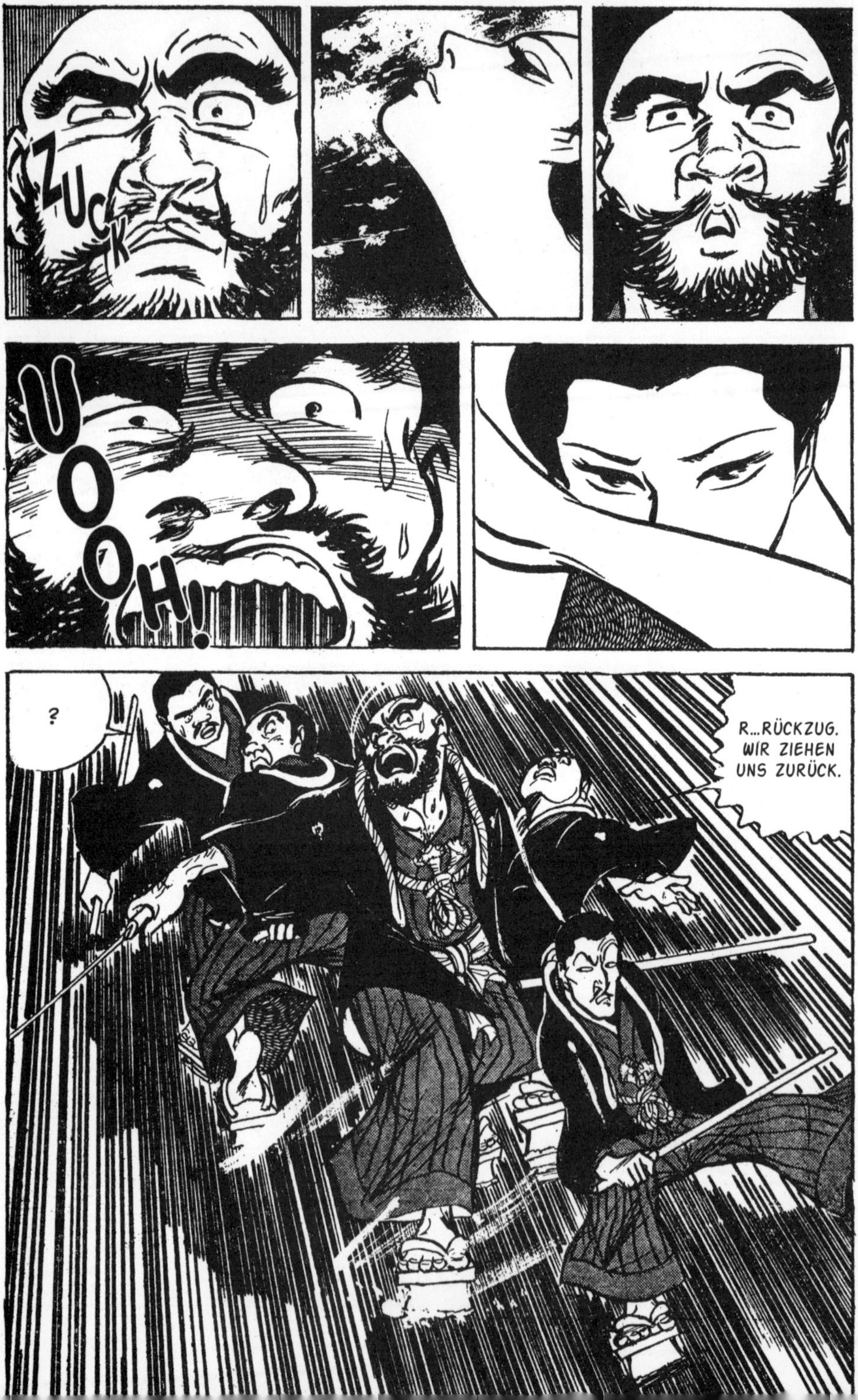

?

DIESE FRAU SPIELT ÜBERHAUPT KEINE ROLLE. EURE AUFGABE IST ES, DIE ERZIEHUNGSRICHTLINIEN DES KULTUSMINISTERIUMS AUSZUHEBELN, WO ES NUR GEHT, UND DIE DIREK-TOREN ALLER SCHULEN IN SKANDALE ZU VERWICKELN, SIE ANZUGREIFEN ODER EINZUSCHÜCHTERN.

S...SIE HABEN JA RECHT, ABER DIESE FRAU...

SEI STILL UND UNTERBRICH MICH NICHT!

A...ABER DAS WAR KEINE GEWÖHNLICHE FRAU...

IN DEN ANDEREN SCHULEN HABEN WIR HEUTE AUSNAHMSLOS BEFRIEDIGENDE ER-FOLGE ERZIELT. NUR DU HAST VERSAGT.

SO WIRD DER STURZ DES KULTUSMINIS-TERS, AUF DEN ICH ES ABGE-SEHEN HABE...

WAS?

DAS WAR LADY SNOW- BLOOD!

... I...IST LADY SNOWBLOOD. D...DA BESTEHT GAR KEIN ZWEIFEL... S...SIE HABEN SIE IM ROKU- MEIKAN MIT EIGENEN AUGEN GESEHEN, HERR VORSITZEN- DER...

... ES IST DIE- SELBE LADY SNOWBLOOD.

DIESE FRAU... DIE IM LEHRE- RINNENSEMINAR IN OCHANOMIZU GYMNASTIK UNTERRICHTET...

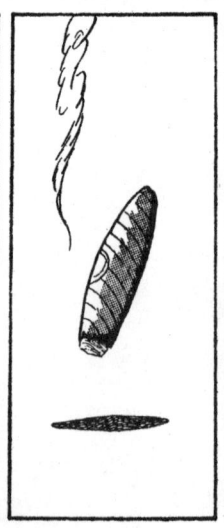

U...UN- MÖGLICH...

32

D...DOCH. I...ICH WERDE NIE VERGESSEN, WAS DAMALS PASSIERT IST. ALS MITGLIED DER PARTEI DER SCHWARZEN SCHILD- KRÖTEN HABE ICH ES SELBST GESEHEN!

DIESE LADY SNOWBLOOD IST DIE VORLAGE FÜR GAIKOTSU MIYAHA- RAS ZEITUNGSROMAN GEWESEN... DER ROMAN ENDET ALLERDINGS DAMIT, DASS SIE SICH ERTRÄNKT, NACHDEM SIE IHRE RACHE VOLL- BRACHT HAT.

DIE ÄHNLICH- KEIT KÖNNTE AUCH ZUFALL SEIN. ÜBER- PRÜF DAS...

A...ABER WIE...?

I...ICH BIN MIR GANZ SICHER. DIESE AUGEN... ALS SIE MEINE BLANKE KLINGE GESEHEN HAT, HAT SIE NICHT MAL MIT DER WIMPER GEZUCKT. SIE HATTE KEIN BISS- CHEN ANGST...

DU TROTTEL! NICHT MAL DARAUF KOMMST DU?

WAMM

WENN SICH NÄMLICH HERAUSSTELLT, DASS DIE GYMNASTIKLEHRERIN, DIE DAS KULTUSMINISTERIUM SELBST AN DIESE BERÜHMTE HOCHSCHULE ENTSANDT HAT, IN WIRKLICHKEIT EINE TEUFLISCHE MÖRDERIN... NEIN, EINE TEUFELIN IST...

HA HA HA

WENN IHR IHR AUFLAUERT UND SIE AUF DEM HEIMWEG ÜBERFÄLLT, WIRD ES SICH SCHON ZEIGEN. SOLLTE SIE WIRKLICH LADY SNOWBLOOD SEIN... WERDE ICH MEIN ZIEL AUF EINEN SCHLAG ERREICHEN!

Akt 1 **Die rätselhafte Gymnastiklehrerin – Teil II** ENDE   34

AKT 1
DIE RÄTSELHAFTE
GYMNASTIKLEHRERIN – TEIL III

Höheres Lehrerinnenseminar Ochanomizu

36

Trallala, trallala...

in der Rechten
das blutige Schwert,
die Zügel in der Linken,
reitet der kräftige,
schöne Jüngling auf
seinem Pferd...

Für mein Land sterbe ich, sagte er...

MEISTER, MÜSST IHR JETZT UNBEDINGT SINGEN...?

Takamori Saigo war ein verständnisvoller Mann...

Japanischer Politiker, 1828–1877; Anführer des Satsuma-Aufstandes, Vorbild für den Katsumoto in »Last Samurai«

SIE IST SPÄT DRAN. OB LADY SNOWBLOOD TATSÄCHLICH NOCH AM LEBEN IST?

JAWOHL!

GEH MAL NACHSEHEN!

SIE KOMMT EINFACH NICHT HERAUS.

39

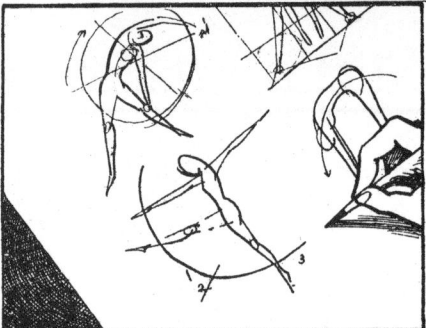

SIE IST NUR EINE FRAU. UND IHR SEID LAUTER STARKE MÄNNER. WIESO ZIEHST DU ALSO EIN GESICHT, ALS WÜRDEST DU DIR GLEICH IN DIE HOSE MACHEN?

ICH BITTE EUCH, MEISTER!

DAS STEHT DOCH ÜBERHAUPT NOCH NICHT FEST... SIND WIR NICHT HIER, UM DAS HERAUS-ZUFINDEN?

EINE FRAU, JA, ABER SIE IST LADY SNOWBLOOD.

PSST!

E...ES BESTEHT KEIN ZWEIFEL. ICH KANN MICH AUF MEINE AUGEN VER-LASSEN.

VOR-
WÄRTS!

...!

LÜFTEN WIR DAS GEHEIMNIS, OB DIE GYMNAS-TIKLEHRERIN IN WIRKLICHKEIT LADY SNOWBLOOD IST!

HINTER-HER!

43

WIR
TEILEN UNS
AUF UND
TREIBEN
SIE IN DIE
ENGE.

Trallala,
trallala
...

In der Rechten das
blutige Schwert, die
Zügel in der Linken,
reitet der kräftige,
schöne Jüngling auf
seinem Pferd...

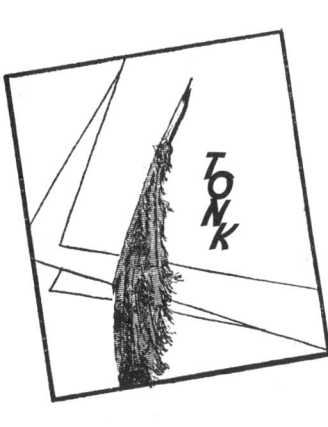

TONK

SSSHHH

HE, WILLST DU UNBEDINGT STER-BEN? WENN DU LADY SNOWBLOOD BIST, DANN KÄMPFE GEFÄLLIGST AUCH SO!

DANN STIRB!

DAS BIN ICH NICHT. ICH BIN NUR GYM-NASTIKLEHRERIN AM HÖHEREN LEH-RERINNENSEMINAR IN OCHANOMIZU.

!

PA MM

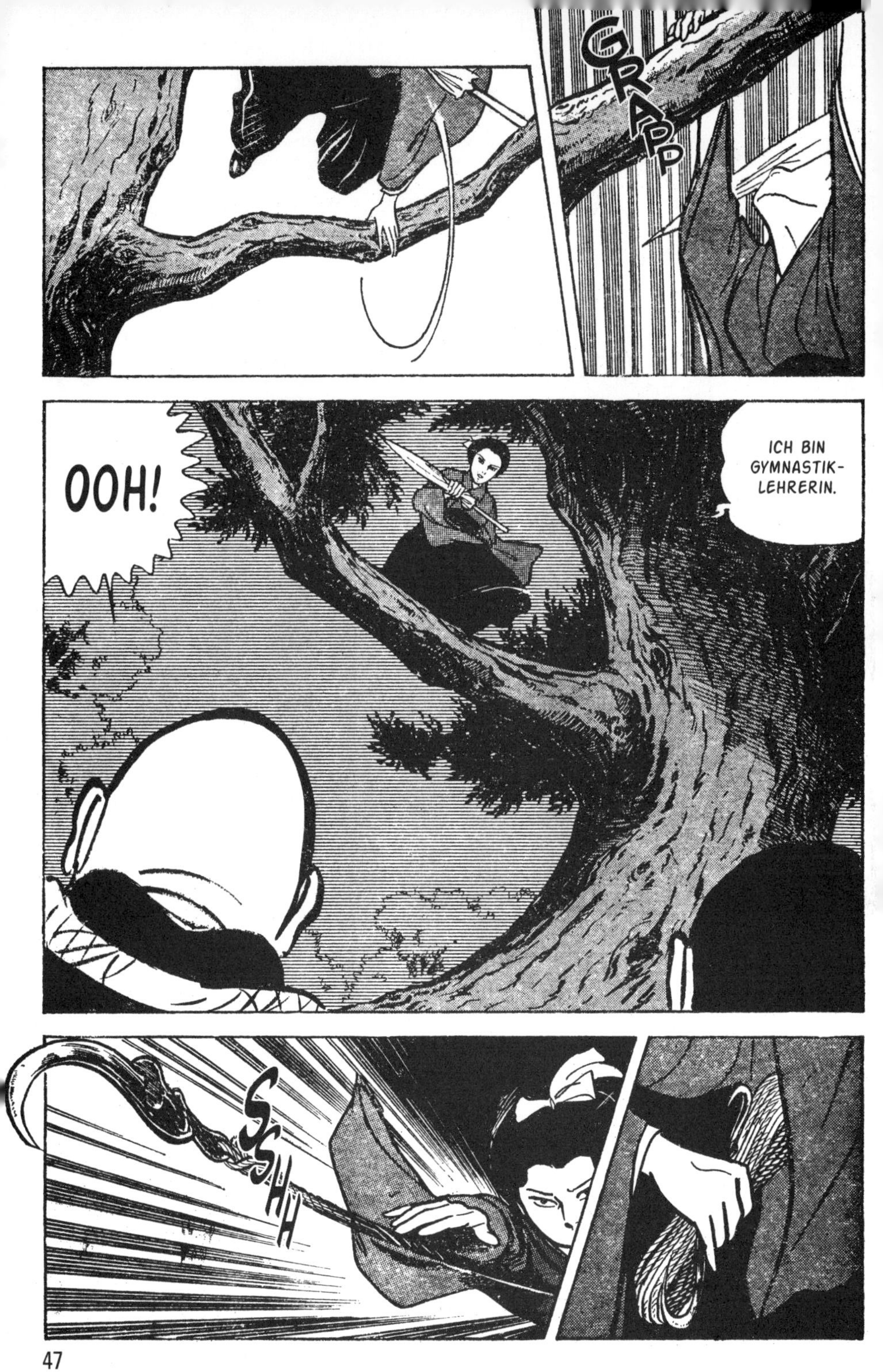

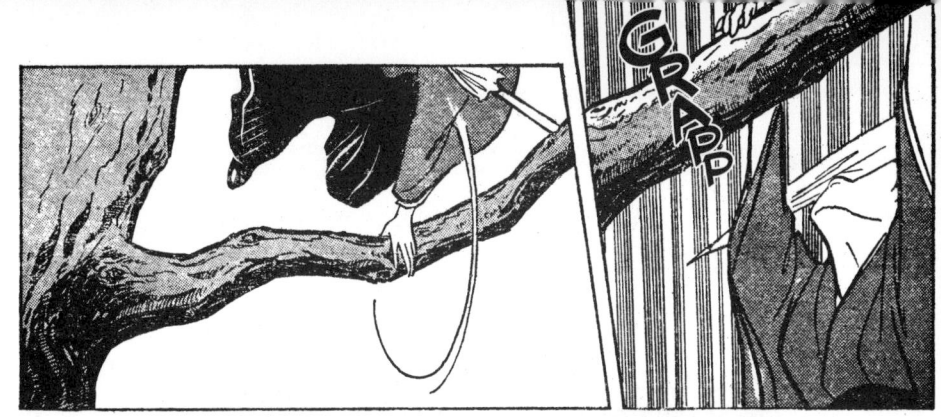

OOH!

ICH BIN GYMNASTIK-LEHRERIN.

47

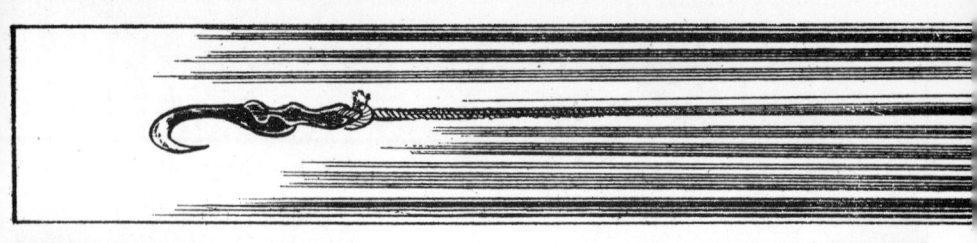

WENN SIE
MICH JETZT
ENTSCHUL-
DIGEN
WÜRDEN.

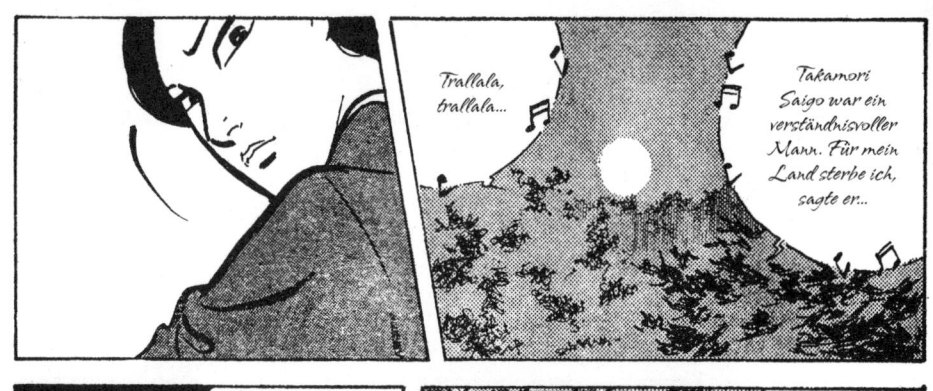

Trallala, trallala...

Takamori Saigo war ein verständnisvoller Mann. Für mein Land sterbe ich, sagte er...

ALLE ACHTUNG, FRAU LEHRERIN! ICH, GENSAI KAWAKAMI*, WERDE GEGEN SIE ANTRETEN.

Die Gymnastiklehrerin bewegt sich wirklich leichtfüßig... So werden wir nie herausfinden, wer sie ist...

Trallala, trallala...

DER MÖRDER GENSAI!!

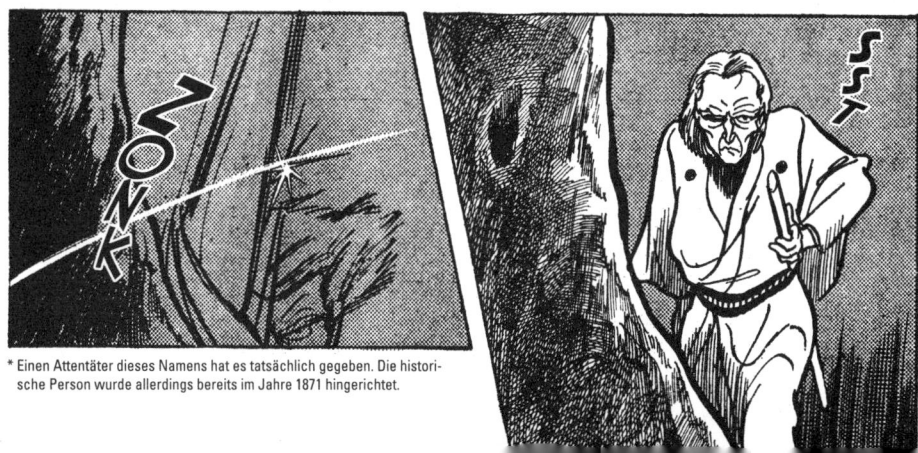

* Einen Attentäter dieses Namens hat es tatsächlich gegeben. Die historische Person wurde allerdings bereits im Jahre 1871 hingerichtet.

AKT 1
DIE RÄTSELHAFTE
GYMNASTIKLEHRERIN – TEIL IV

52

ICH HABE DICH DURCH-SCHAUT! DU BIST LADY SNOWBLOOD!

HMN, ALSO DOCH...

WHAP

ICH TÖTE SEIT 46 JAHREN. ALL DIESE JAHRE HABE ICH ÜBERLEBT, INDEM ICH HEUTE DIESEN UND MORGEN JENEN TÖTETE. JETZT LEBE ICH AUF KOSTEN DER PARTEI DER SCHWARZEN SCHILDKRÖTEN.

WARUM WILL EIN ALTERS-SCHWACHER MÖRDER MICH ERSCHLAGEN?

ABER JETZT WERDE ICH DICH ERSCHLAGEN, DAS GEFÜRCHTETE GESPENST LADY SNOWBLOOD!

WENN MIR GESAGT WIRD, ERSCHLAGE DEN MOND, DANN ERSCHLAGE ICH DEN MOND. WENN MIR GESAGT WIRD, TÖTE DIE SONNE, DANN LÖSCHE ICH DAS SONNENLICHT AUS. DOCH IMMER ERSCHAFFE ICH NUR VERGÄNGLICHE DUNKELHEIT...

... MUSST DU STER-BEN!

DAMIT MAN MICH NICHT VERGISST...

RSHSH

WUNN

ZAMP

SWUPP

AHHHH...

ICH BEREUE MEINE BÖSEN TATEN UND WILL DER WELT UND DEN MENSCHEN ZUMINDEST NOCH ETWAS NÜTZLICH SEIN, BEVOR ICH STERBE. WARUM ZWINGT IHR MICH DAZU, DEN BLUTIGEN TANZ DES KAMPFES VON NEUEM ZU VOLLFÜHREN?

HE...HERR ISHIZAKA IST GESTORBEN. JE...JETZT IST SEIN SOHN SHOICHI UNSER PARTEICHEF...

SIE SAGEN, SIE SIND VON DER PARTEI DER SCHWARZEN SCHILDKRÖTEN, IHR VORSITZENDER ISHIZAKA IST EIN GROSSER MANN. ICH KANN MIR NICHT VORSTELLEN, DASS ER SIE AUF MICH ANGESETZT HAT.

DAS IST FÜR IHN NUR EINE VON VIELEN MASSNAHMEN, DEN KULTUSMINISTER ZU STÜRZEN, UM SELBER DESSEN PLATZ EINZUNEHMEN...

UND WARUM WILL DIESER SHOICHI DIE SCHWEDISCHE GYMNASTIK VERBIETEN?

58

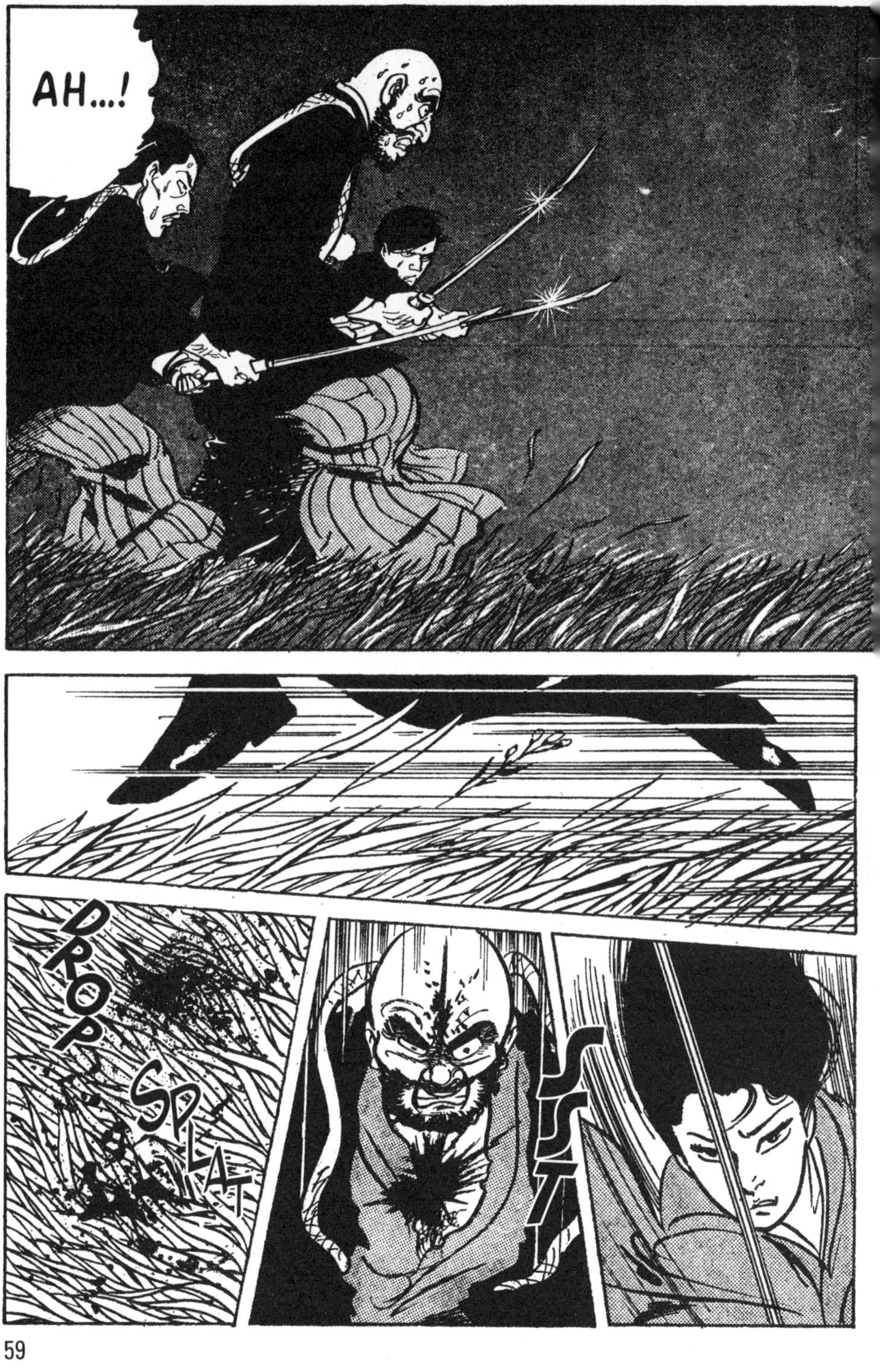
AH...!
DROP
SPLAT
SST

WER MEINEN KRIEGSTANZ GESEHEN HAT, MUSS STERBEN, AUCH WENN ES MIR LEIDTUT...

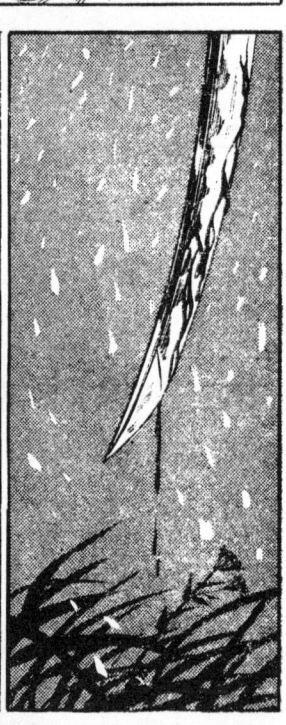

AH?!

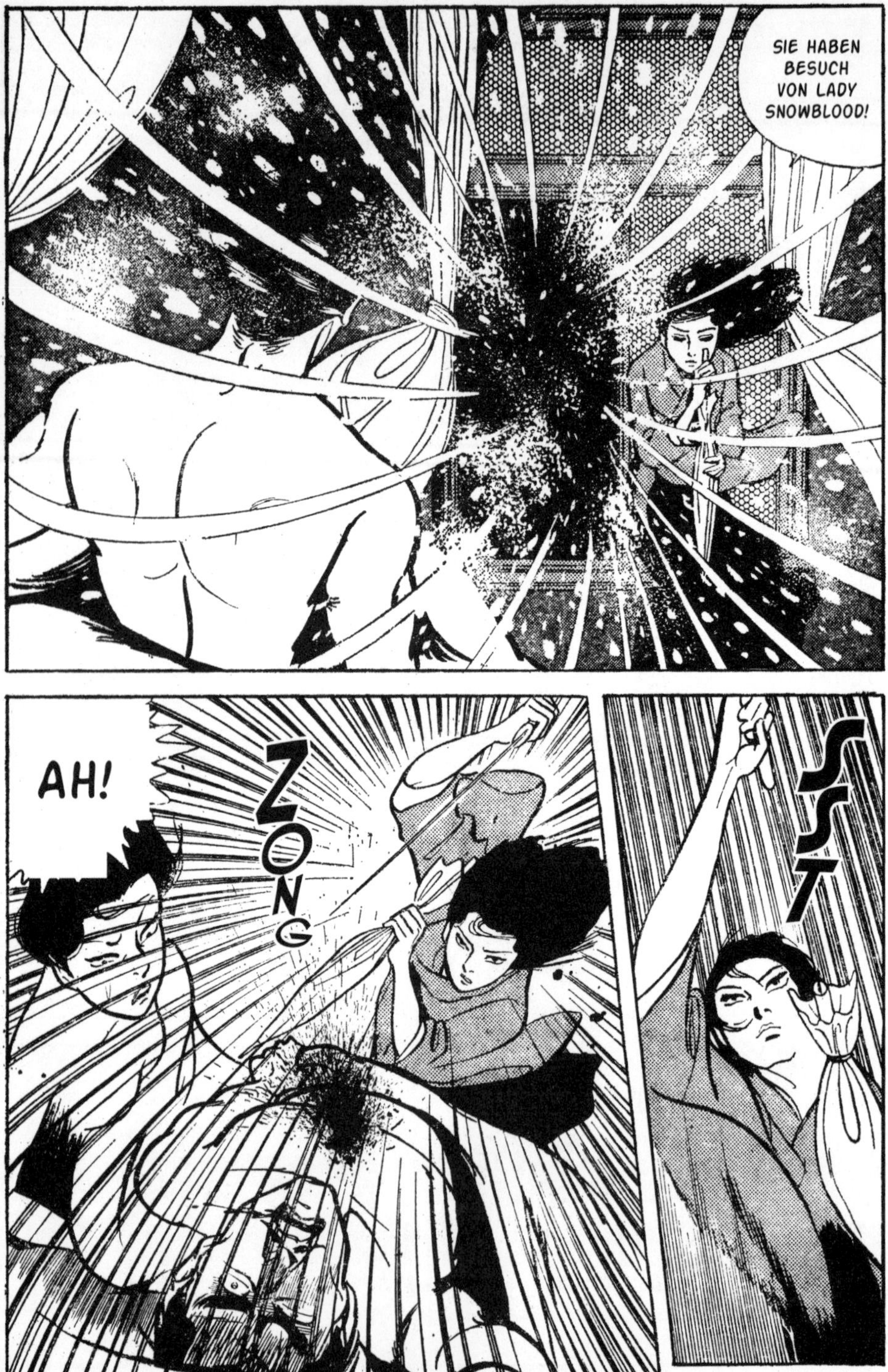

SIE HABEN BESUCH VON LADY SNOWBLOOD!

AH!

ZONG

SST

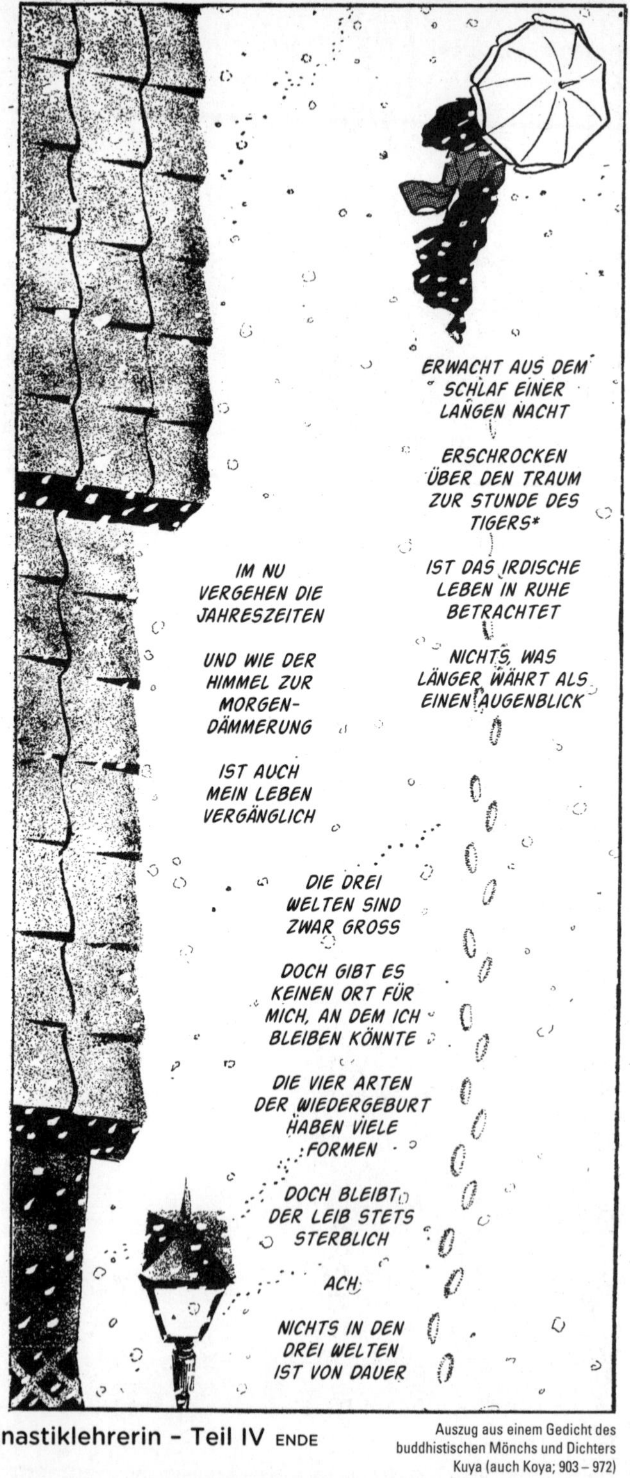

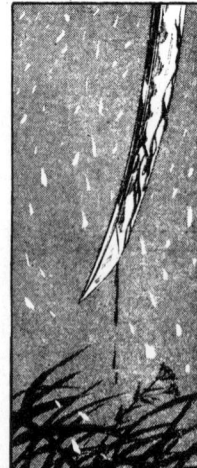

Akt 1 **Die rätselhafte Gymnastiklehrerin – Teil IV** ENDE

Auszug aus einem Gedicht des buddhistischen Mönchs und Dichters Kuya (auch Koya; 903 – 972)

AKT 2
DIE BLÜTEN DER GEZEITEN – TEIL I

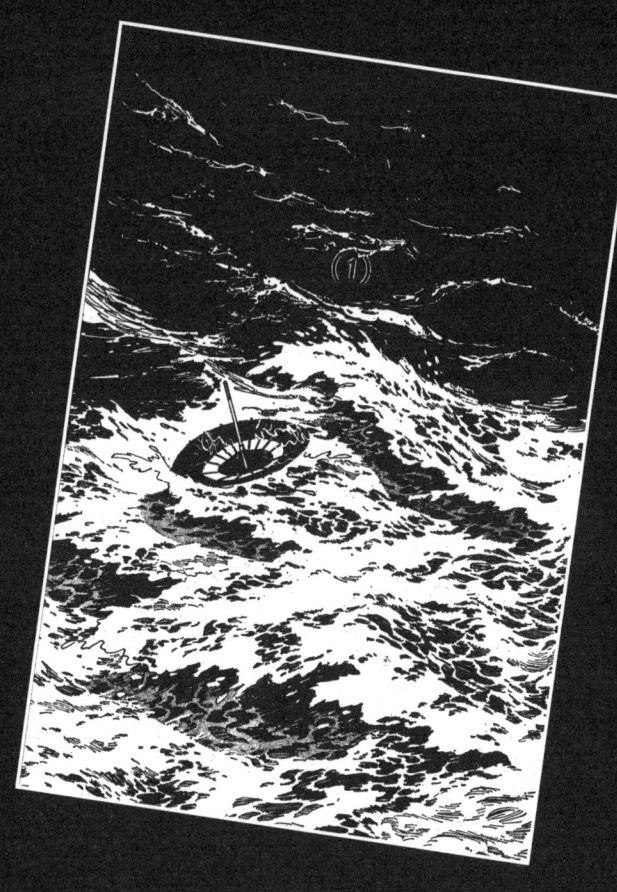

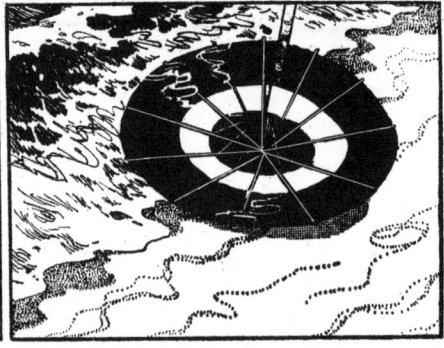

AM MORGEN,
ALS ICH TOT WAR,

KLAGTE DAS
MEERESRAUSCHEN

AM GESTADE
DES LEBENS,

TRAUERTEN
DIE BLÜTEN DER
GEZEITEN.

ENDLICH IST DIE
NACHT VORBEI

DIE RACHE IST
VOLLBRACHT

JETZT WILL ICH
EWIG RUHEN

ZU-
SAM-
MEN
MIT
DIR...
MUT-
TER.

?!

AH!

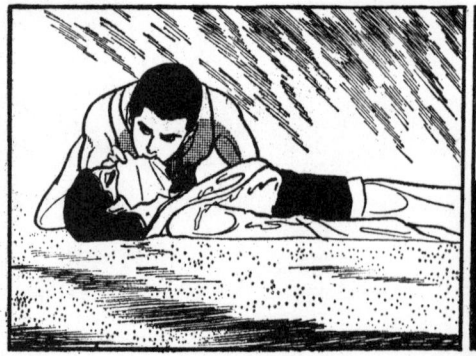

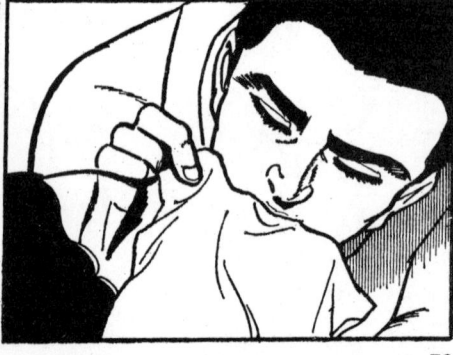

OH, SIND SIE WIEDER ZU SICH GE- KOMMEN?

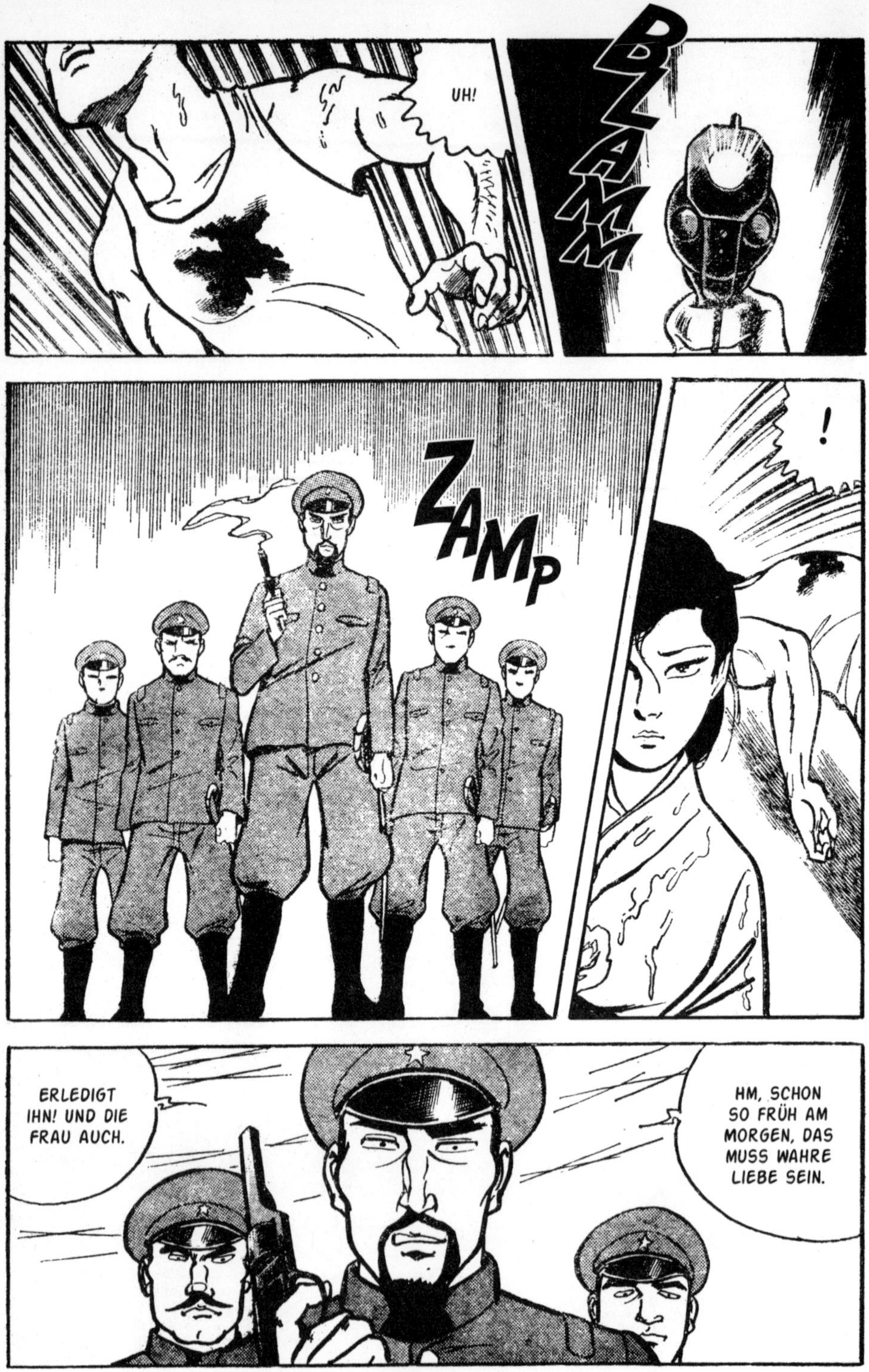

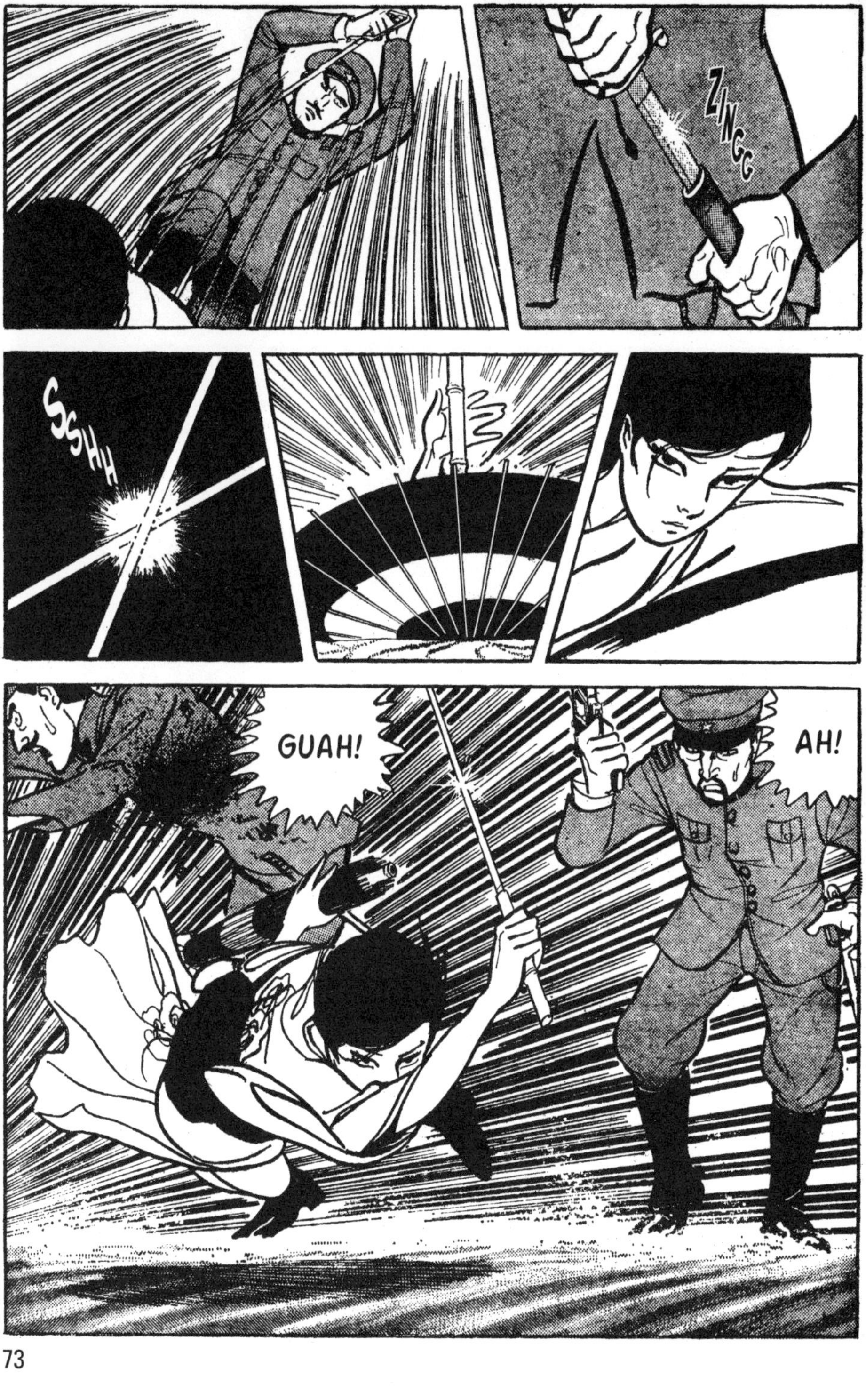

GUAH!

AH!

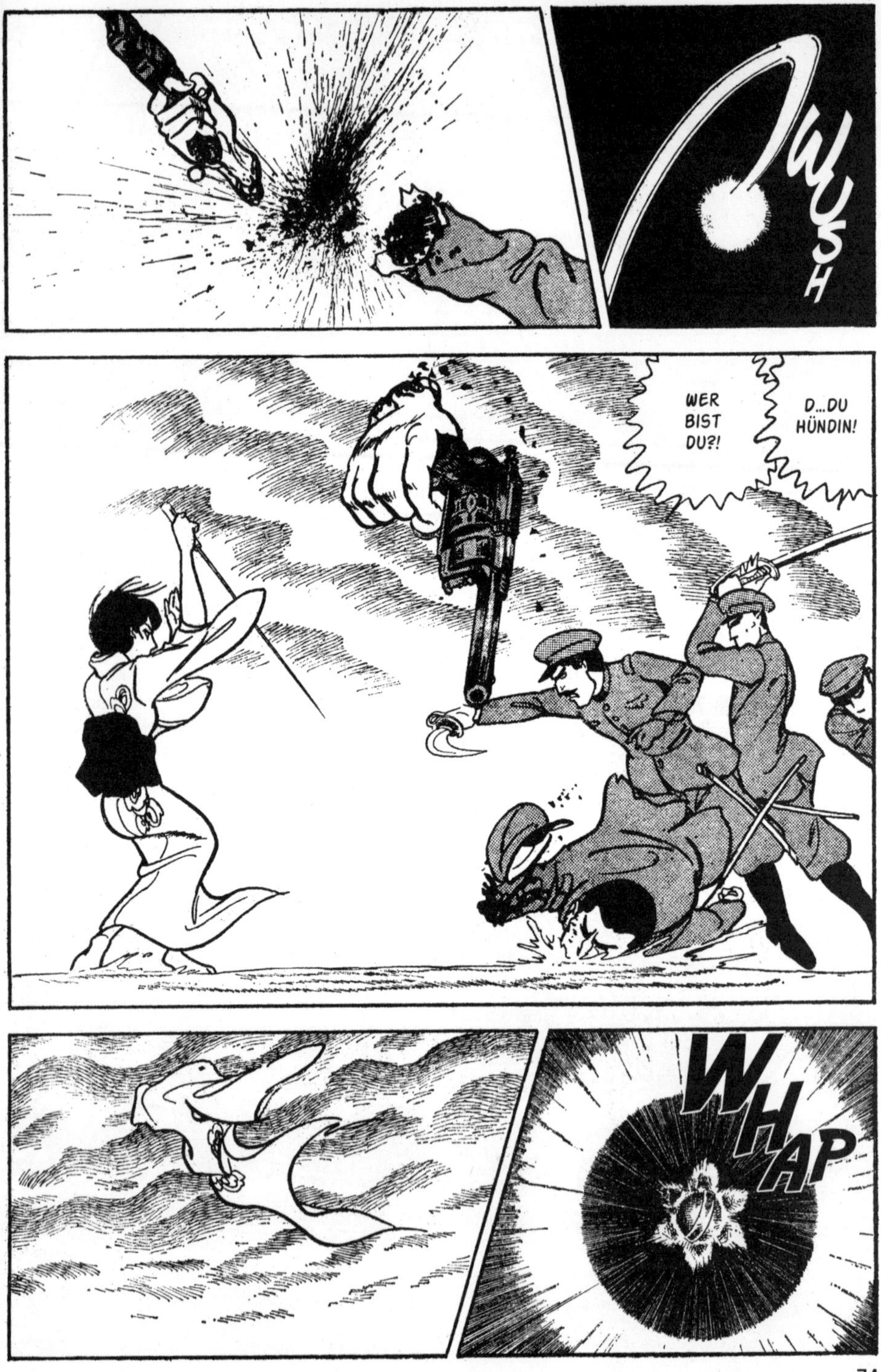

WER
BIST
DU?!

D...DU
HÜNDIN!

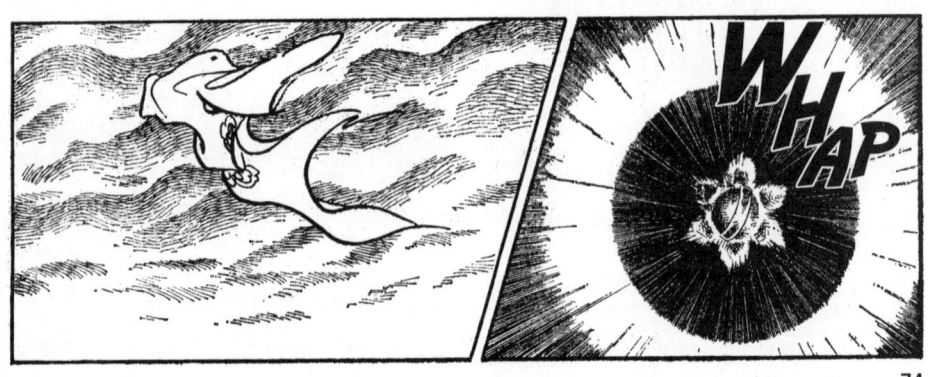

74

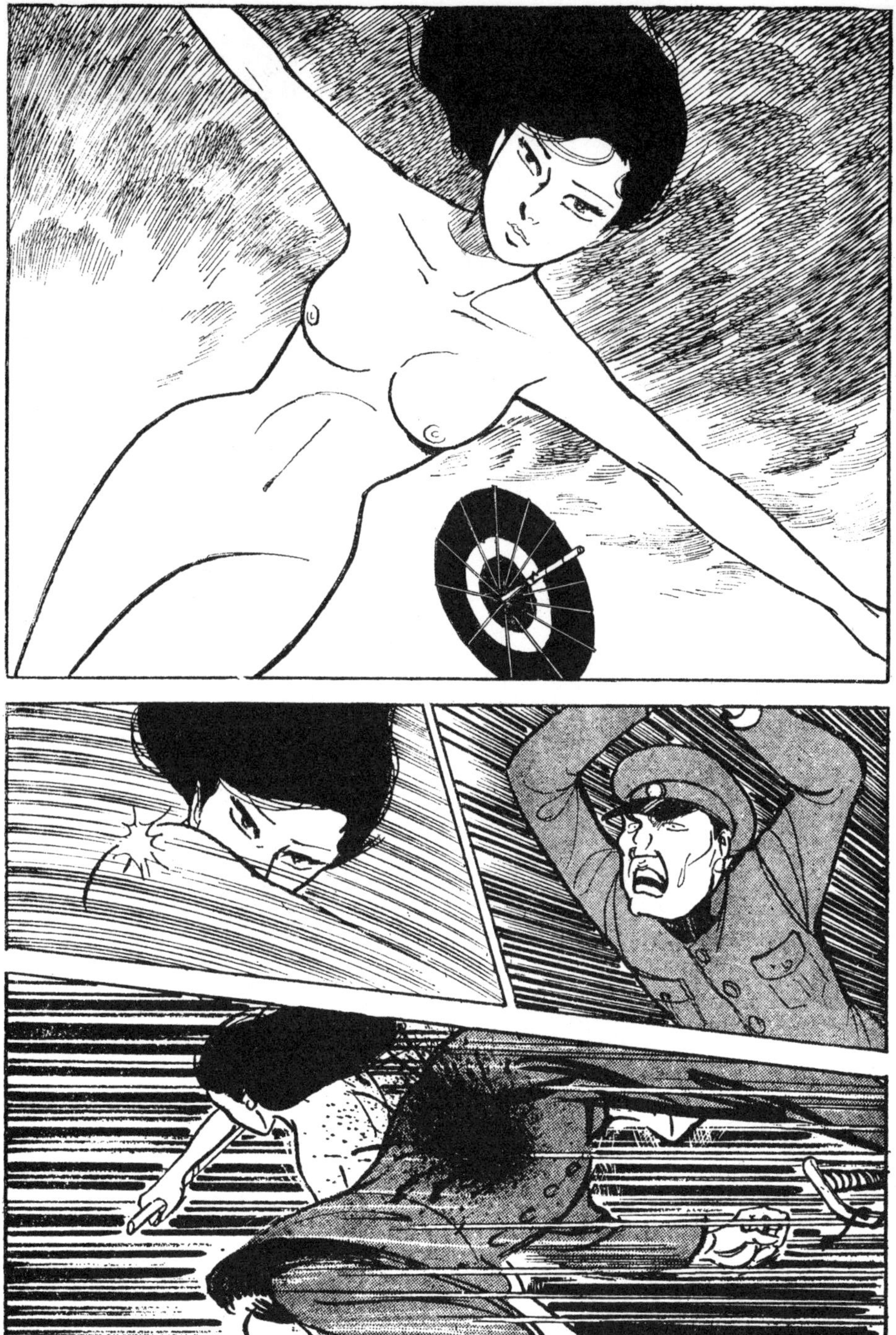

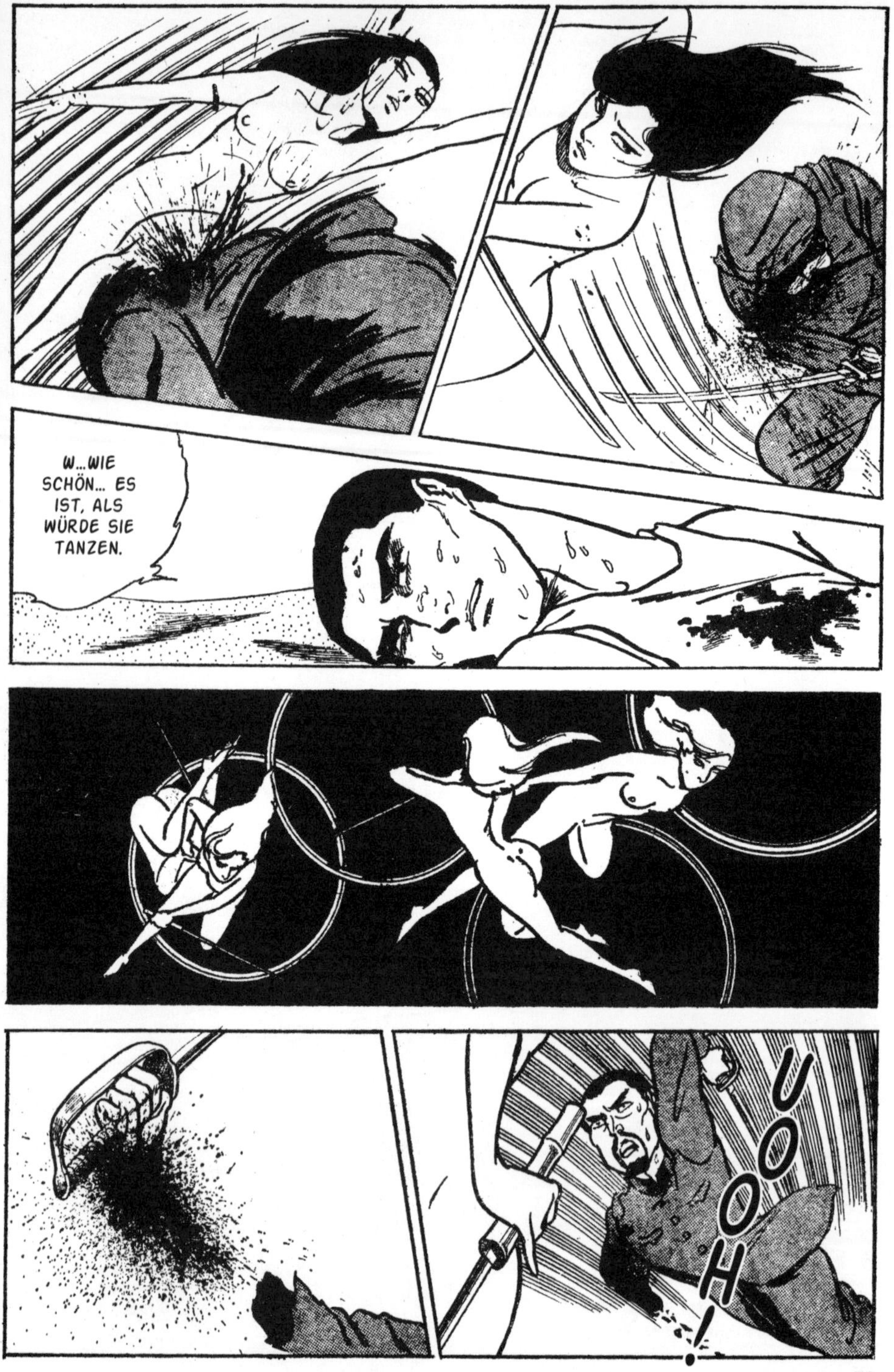

W...WIE SCHÖN... ES IST, ALS WÜRDE SIE TANZEN.

UOOH!

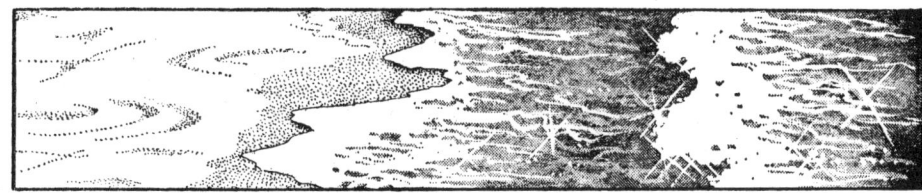

ICH BIN LADY SNOW-BLOOD!!

WER SIND SIE?

S...SIE SIND SCHÖN!

LADY SNOW... BLOOD...? DAS IST EIN EBENSO SCHÖNER WIE SCHRECKLICHER NAME...

I...ICH BIN... MOTOICHIRO KAWASE, DER LEITER DES... AMTES FÜR LEIBESER-ZIEHUNG DES KULTUSMINIS-TERIUMS. MEIN GRÖSSTER WUNSCH IST ES... DIE SCHWEDISCHE GYMNASTIK IN JAPAN ZU VERBREITEN...

I...IHR SCHÖNER, WOHLPROPORTIO-NIERTER KÖRPER... IST WIE GESCHAFFEN FÜR DIESEN SPORT...

WENN ICH JEMANDEN WIE SIE DAFÜR GEWINNEN KÖNNTE... WÜRDE SICH DIE SCHWEDISCHE GYMNASTIK GEWISS IN GANZ JAPAN VERBREITEN. BITTE, NE...NEHMEN SIE MEIN VERMÄCHTNIS AN... SUCHEN SIE FRAU AGURI IGUCHI VOM AMT FÜR LEIBESERZIEHUNG AUF. RI...RICHTEN SIE IHR BITTE AUCH MEINE LETZTEN WORTE AUS.

SAGEN SIE IHR, ICH, MOTOICHIRO KAWASE, BIN JETZT, DA EIN HOFFNUNGS-VOLLER ANFANG GEMACHT IST, FÜR DEN SPORT IN JAPAN GESTORBEN. ALS GEIST WERDE ICH AUS DEM JENSEITS ÜBER EUREN ERFOLG WACHEN...

MEINE MÖRDER... SIND VOM HEERESMINISTERIUM GEKOMMEN... DAS DIE SCHWEDISCHE GYMNASTIK VERABSCHEUT UND DEM KULTUSMINISTERIUM DESWEGEN FEINDLICH GEGENÜBERSTEHT.

MEINE SEELE... WÜRDE SO GERN BESITZ VON IHNEN ERGREIFEN... ICH BITTE SIE... WERDEN SIE EINE VON UNS... UND STELLEN SIE IHREN FANTASTISCHEN KÖRPER... IN DEN DIENST DER SCHWEDISCHEN GYMNASTIK...

ICH HABE IHR LEBEN GERETTET UND STERBE NUN SELBER... ES IST, ALS WÜRDE ICH MEIN LEBEN FÜR IHRES GEBEN.

AUCH HEUTE SIND SIE SCHÖN... DIE BLÜTEN DER GEZEITEN.

...

DIE BLÜTEN DER GEZEITEN...
SO NENNT MAN DIE SCHÖNEN,
WEISS GLÄNZENDEN KRISTALLE,
DIE ENTSTEHEN, WEIL DIE WELLEN
IMMER UND IMMER WIEDER AN
DIE FELSEN SCHLAGEN... WO SICH
GANZ LANGSAM DAS SALZ DES
MEERWASSERS ABLAGERT...

WIE DIE WELLEN DIE BLÜTEN
DER GEZEITEN ERSCHAFFEN...
SO MÜSSEN WIR UNERMÜD-
LICH UND UNVERZAGT DIE
SCHWEDISCHE GYMNASTIK IN
GANZ JAPAN VERBREITEN...
DAMIT EINE GESUNDE
JUGEND HERANWÄCHST...

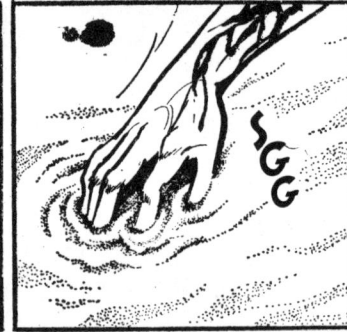

DIE
BLÜTEN
DER GE-
ZEITEN...

辞表

Entlassungsgesuch

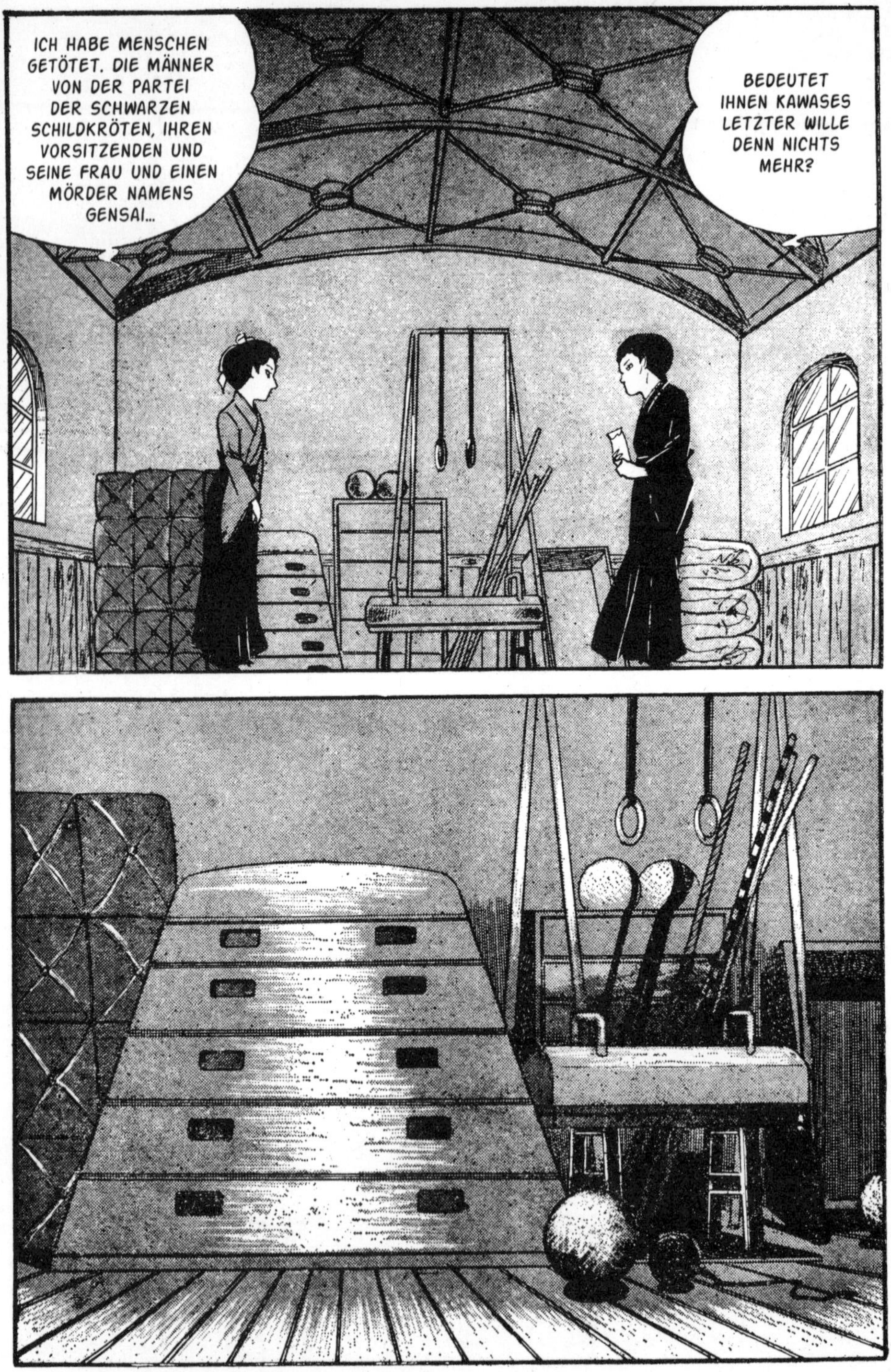

Akt 2 **Die Blüten der Gezeiten – Teil I** ENDE

AKT 2
DIE BLÜTEN DER GEZEITEN – TEIL II

WENN SIE SIE NICHT GETÖTET HÄTTEN, WÄREN SIE SELBST GE-TÖTET WORDEN.

DAS BEDEUTET NICHT, DASS ICH MORD GUTHEISSEN WÜRDE. ABER DER MENSCH HAT VOM HIMMEL DAS RECHT, ZU LEBEN, VERLIEHEN BEKOMMEN. DESHALB IST ES NUR NATÜRLICH, SICH GEGEN UNGERECHTFERTIGTE ANGRIFFE AUF SEIN LEBEN ZU VERTEIDIGEN. UND WENN MAN SEINEN GEGNER AUS DIESEM GRUND TÖTET, SO GLAUBE ICH, SOLLTE EINEM DAS ALS NOT-WEHR VERZIEHEN WERDEN.

IHRE VERGANGENHEIT ALS LADY SNOWBLOOD KENNEN NUR DER VERSTORBENE KAWASE UND ICH. FRÜHER HABEN SIE MEN-SCHEN VORSÄTZLICH GETÖTET.

DAS STIMMT DOCH?

ABER HEUTE SIND SIE EINE ANDERE. SIE SIND VON DEM GROSSEN ZIEL BESEELT, DIE SCHWEDISCHE GYMNASTIK IN GANZ JAPAN ZU VERBREITEN, WIE SIE ES DEM VERSTORBENEN KAWASE VERSPROCHEN HABEN. WAS SIE GETAN HABEN, TATEN SIE, UM SEINEN WILLEN ZU EHREN UND IHR EIGENES LE-BEN ZU SCHÜTZEN. DESHALB VERGEBE ICH IHNEN.

JA...

DIESE HÄNDE SIND VON BLUT GE-
TRÄNKT. HERR KAWASE HAT SEIN
LEBEN FÜR MICH GEGEBEN. ICH
WOLLTE DIE VERGANGENHEIT VER-
GESSEN. ABER JETZT HABE ICH
WIEDER GETÖTET. SELBST WENN ICH
ES GETAN HABE, UM MEIN EIGENES
LEBEN ZU RETTEN, GLAUBE ICH
DOCH, JEDES RECHT VERWIRKT ZU
HABEN, MENSCHEN ETWAS BEI-
ZUBRINGEN.

BESTIMMT SUCHEN
DIE POLIZEI UND DAS
HEERESMINISTERIUM SCHON
VERZWEIFELT NACH DEM
TÄTER. UND ICH WEISS
NICHT, WELCHE UNAN-
NEHMLICHKEITEN ICH
IHNEN DESWEGEN NOCH
BEREITEN WERDE.

DESHALB
BITTE ICH SIE,
LASSEN SIE
MICH GEHEN.

... AM
ENDE
DES
SOM-
MERS...

DAS
WAR VOR
EINEINHALB
JAHREN...

MIT KAWASES
LETZTEN WOR-
TEN KAMEN SIE
INS AMT FÜR
LEIBESERZIE-
HUNG...

SIE WAREN SO
HÜBSCH!! IHR KÖRPER
WAR WOHLPROPORTIO-
NIERT, GANZ ANDERS
ALS BEI DEN JAPANE-
RINNEN, DIE KEINE
TAILLE UND KURZE
BEINE HABEN...

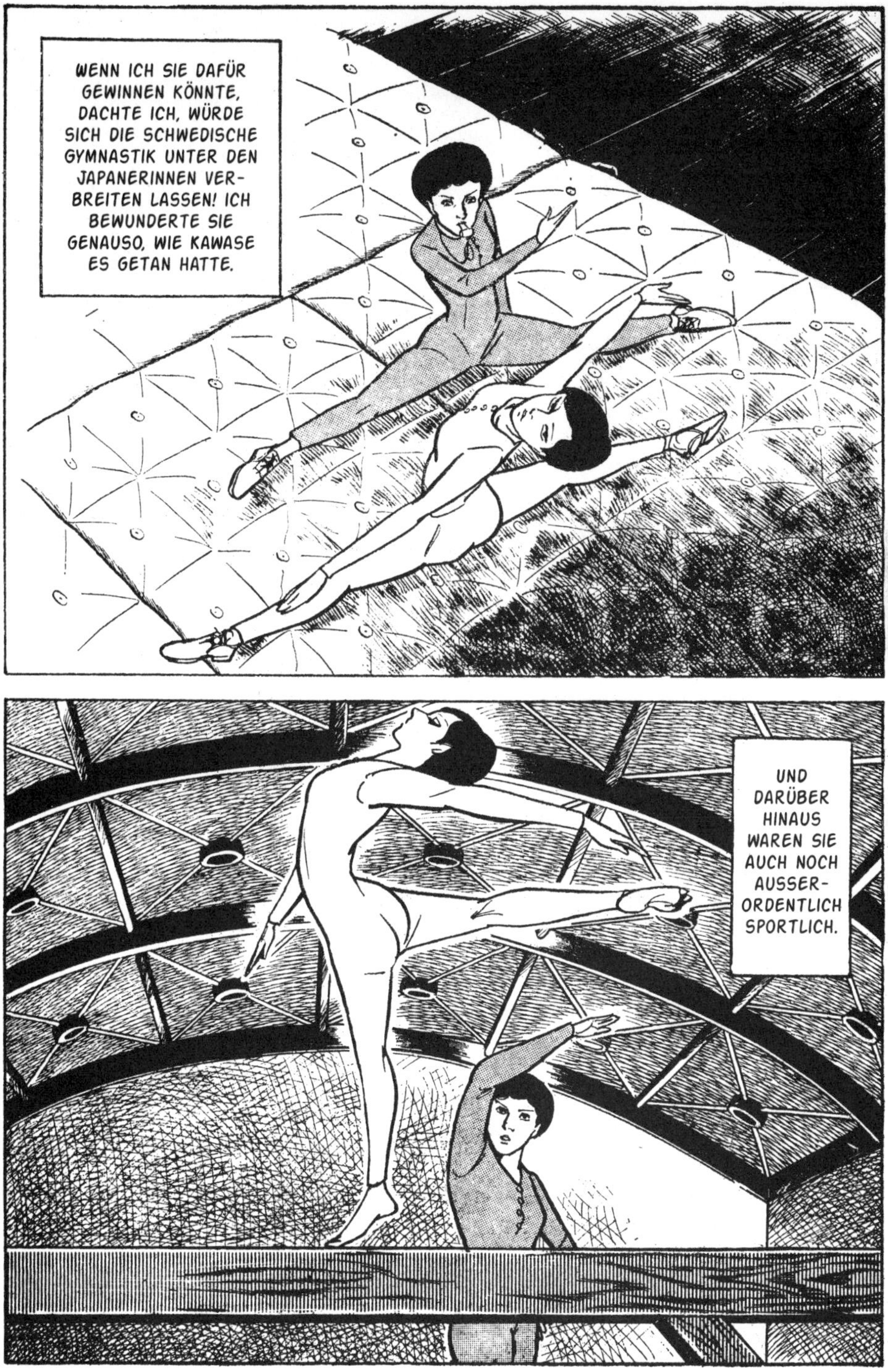

WENN ICH SIE DAFÜR GEWINNEN KÖNNTE, DACHTE ICH, WÜRDE SICH DIE SCHWEDISCHE GYMNASTIK UNTER DEN JAPANERINNEN VERBREITEN LASSEN! ICH BEWUNDERTE SIE GENAUSO, WIE KAWASE ES GETAN HATTE.

UND DARÜBER HINAUS WAREN SIE AUCH NOCH AUSSERORDENTLICH SPORTLICH.

DAS LIEGT AN EINEM FALSCHEN ÄSTHETISCHEN BEWUSSTSEIN UND DER ANGEWOHNHEIT, SICH ZU VIEL DARAUS ZU MACHEN, WAS DAZU ANDERE ÜBER EINEN DENKEN. ES HEISST BEISPIELSWEISE, UM DIE KOTO* ZU SPIELEN, BRAUCHE MAN DICKE FINGER, ODER DIE BEINE ZU HEBEN SEI UNANSTÄNDIG... DAS ERGEBNIS DESSEN IST, DASS JAPANERINNEN IM VERGLEICH ZU AUSLÄNDERINNEN VON SEHR HÄSSLICHER STATUR SIND!!

WARUM ES SO SCHWIERIG IST, DIE JAPANISCHEN FRAUEN FÜR DIE SCHWEDISCHE GYMNASTIK ZU BEGEISTERN?

* japanische Wölbbrettzither

DIE VERBREITUNG DER SCHWEDISCHEN GYMNASTIK JEDOCH WIRD DAZU FÜHREN, DASS DIE JAPANER MIT DER ZEIT AUF GANZ NATÜRLICHE WEISE GESUNDE KÖRPER ENTWICKELN WERDEN. DAS DIENT DER ZUKUNFT JAPANS UND DER ZUKUNFT UNSERER JUGEND. UND DAFÜR BRAUCHEN WIR LEUTE WIE SIE.

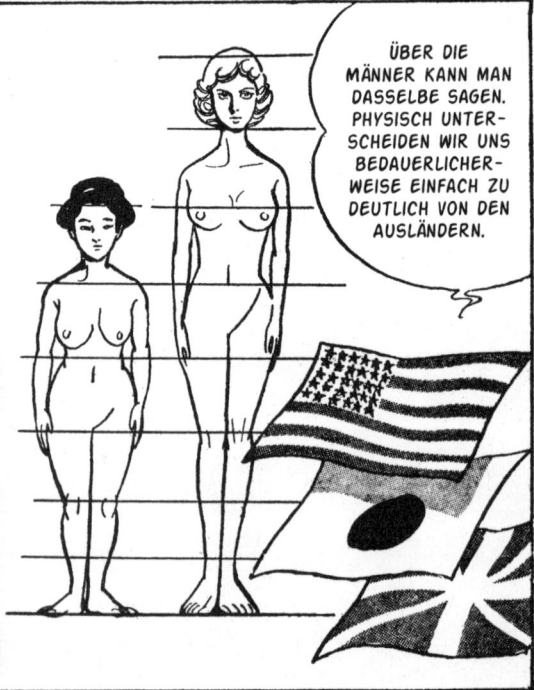

ÜBER DIE MÄNNER KANN MAN DASSELBE SAGEN. PHYSISCH UNTERSCHEIDEN WIR UNS BEDAUERLICHERWEISE EINFACH ZU DEUTLICH VON DEN AUSLÄNDERN.

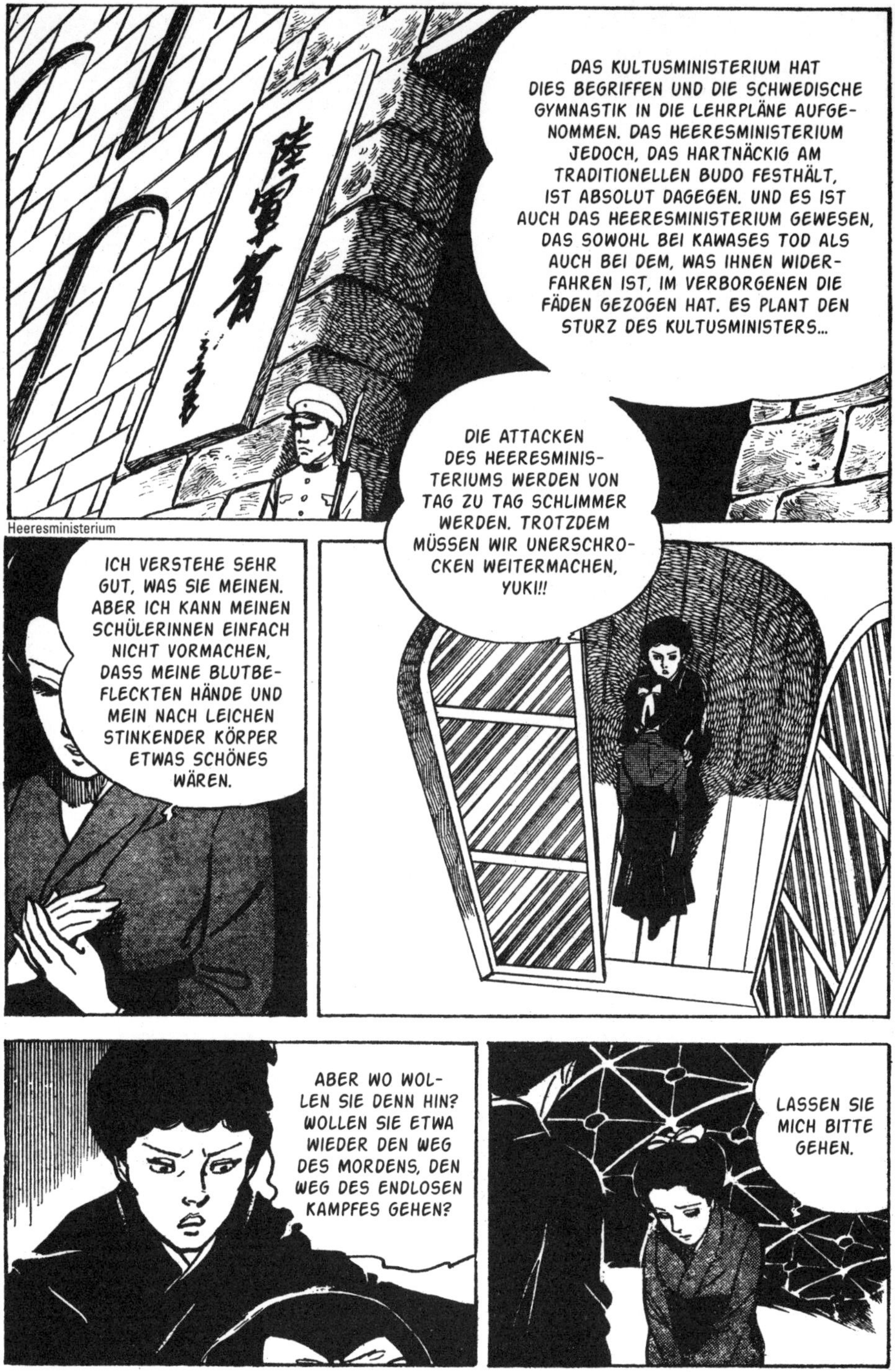

DAS KULTUSMINISTERIUM HAT DIES BEGRIFFEN UND DIE SCHWEDISCHE GYMNASTIK IN DIE LEHRPLÄNE AUFGENOMMEN. DAS HEERESMINISTERIUM JEDOCH, DAS HARTNÄCKIG AM TRADITIONELLEN BUDO FESTHÄLT, IST ABSOLUT DAGEGEN. UND ES IST AUCH DAS HEERESMINISTERIUM GEWESEN, DAS SOWOHL BEI KAWASES TOD ALS AUCH BEI DEM, WAS IHNEN WIDERFAHREN IST, IM VERBORGENEN DIE FÄDEN GEZOGEN HAT. ES PLANT DEN STURZ DES KULTUSMINISTERS...

Heeresministerium

DIE ATTACKEN DES HEERESMINISTERIUMS WERDEN VON TAG ZU TAG SCHLIMMER WERDEN. TROTZDEM MÜSSEN WIR UNERSCHROCKEN WEITERMACHEN, YUKI!!

ICH VERSTEHE SEHR GUT, WAS SIE MEINEN. ABER ICH KANN MEINEN SCHÜLERINNEN EINFACH NICHT VORMACHEN, DASS MEINE BLUTBEFLECKTEN HÄNDE UND MEIN NACH LEICHEN STINKENDER KÖRPER ETWAS SCHÖNES WÄREN.

ABER WO WOLLEN SIE DENN HIN? WOLLEN SIE ETWA WIEDER DEN WEG DES MORDENS, DEN WEG DES ENDLOSEN KAMPFES GEHEN?

LASSEN SIE MICH BITTE GEHEN.

WARTEN SIE!!

SIE MÜSSEN ES SICH EINFACH ANHÖREN. DAS SIND SIE AUCH KAWASE SCHULDIG...

LASSEN SIE UNS NOCH EIN-MAL DARÜBER REDEN. ES GIBT DA ETWAS, DAS ICH IHNEN ZEIGEN MÖCHTE. KOMMEN SIE HEUTE ABEND BITTE ZU MIR NACH HAUSE. DANN WERDE ICH IHNEN ERKLÄREN, WARUM DAS KRIEGSMINISTERIUM UNS DERART BEHINDERT.

WAS?!

DER KULTUS-MINISTER WIRD AUCH DA SEIN.

KOMMEN
SIE DES-
HALB BITTE
UNBEDINGT.

...

Reichtum

Glück

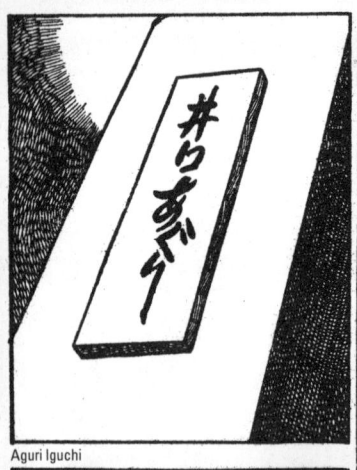

Aguri Iguchi

94

DER...
KULTUS-
MINISTER!

STILLE

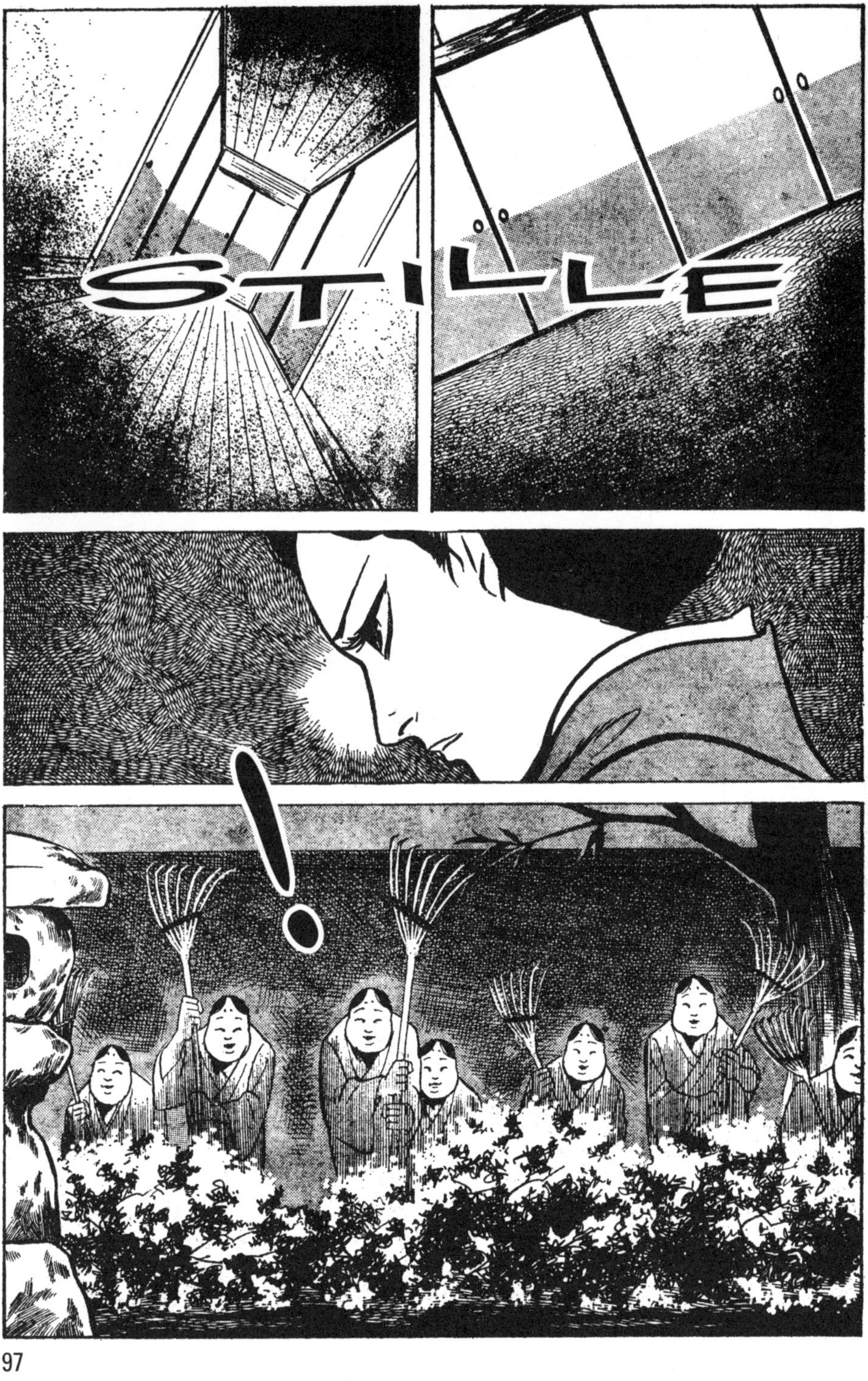

97

Akt 2 **Die Blüten der Gezeiten – Teil II** ENDE

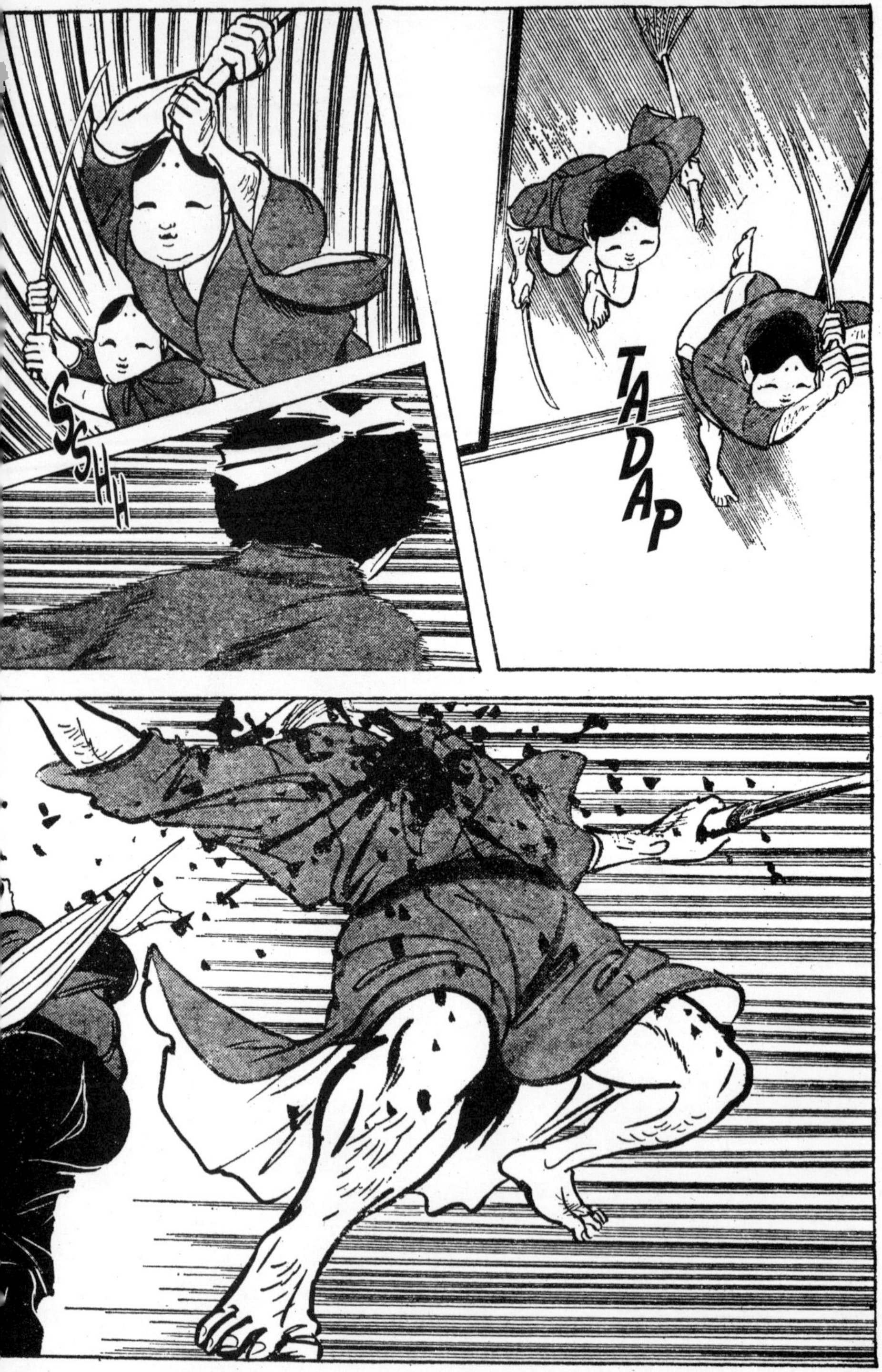
SSHH
TADAP

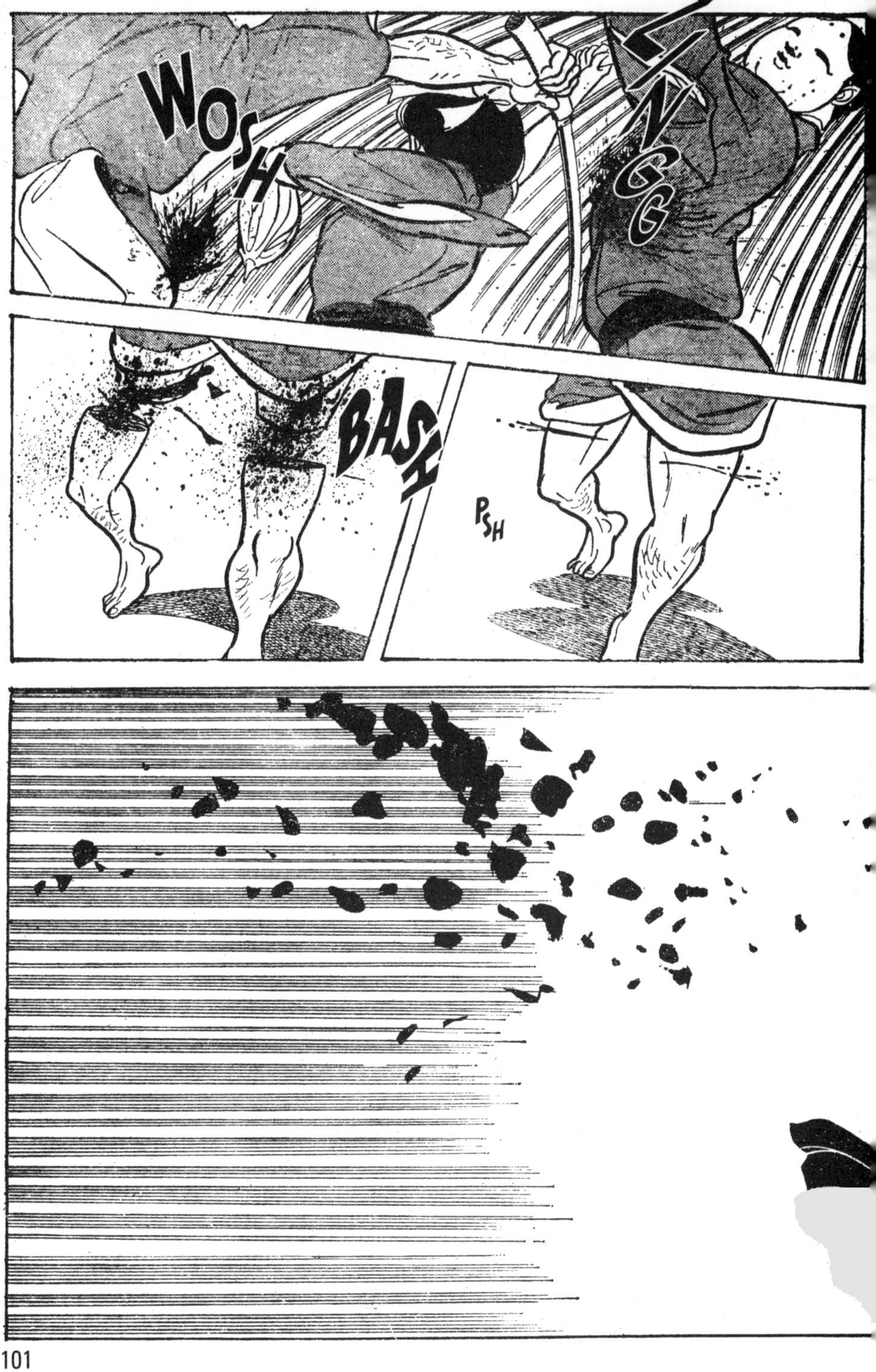
WOSH
ZINGG
BASH
PSH

DU BIST KEINE GEWÖHNLICHE FRAU... WER BIST DU?!

UH!

DAS WÜRDE ICH VON EUCH AUCH GERN WISSEN.

EBENSO WIE DU DIE MITGLIEDER DER GESELLSCHAFT DER MORGENDÄMMERUNG AN DER KÜSTE VON OARAI UMGEBRACHT HAST!

ICH VERSTEHE!! DU BIST ES GEWESEN, DIE ALS HANDLANGERIN AGURI IGUCHIS DEN VORSITZENDEN UND DIE MITGLIEDER DER PARTEI DER SCHWARZEN SCHILDKRÖTEN ERSCHLAGEN HAT!

WER BIST DU?!

WIR HATTEN GEDACHT, MOTOICHIRO KAWASE HÄTTE SIE GETÖTET, ABER KAWASE DÜRFTE WOHL KEINE DERART TÖDLICHEN TECHNIKEN BEHERRSCHT HABEN. JETZT IST DAS RÄTSEL ENDLICH GELÖST...!

LADY SNOWBLOOD...?! D...DIE MÖRDERIN LADY SNOWBLOOD... VON DER ERZÄHLT WIRD, SIE HABE SICH UMGEBRACHT, NACHDEM SIE IHRE RACHE VOLLENDET HATTE?!

ICH BIN LADY SNOWBLOOD.

WIR SIND VOM KREIS ZUR ORDNUNG ASIENS, DER DER GESELLSCHAFT DER MORGENDÄMMERUNG UNTERSTEHT!

UND WER SEID IHR?

ERLEDIGT SIE!

WAS HABT IHR MIT FRAU IGUCHI GEMACHT?!

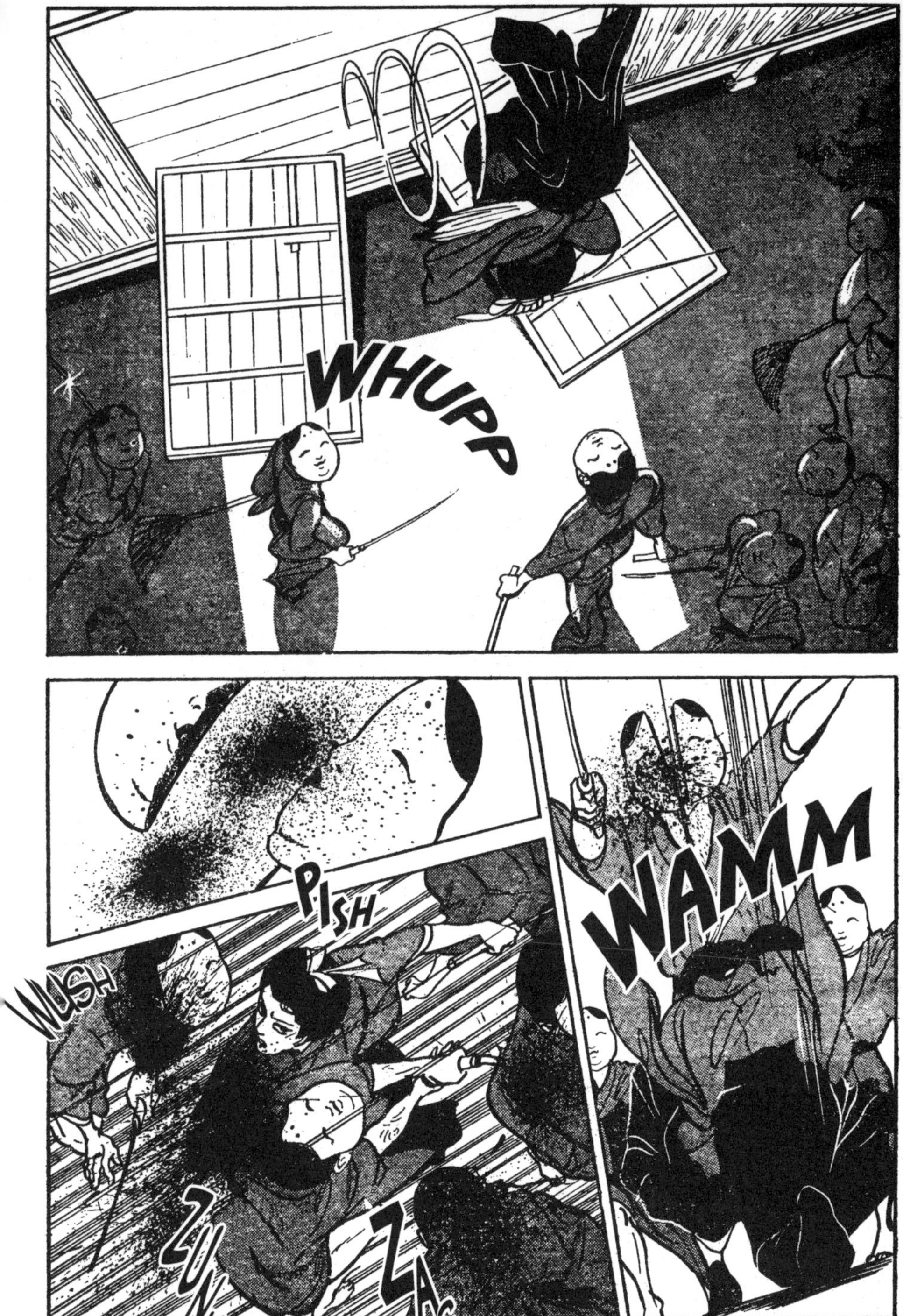
WHUPP
WAMM
PISH
WUSH
ZUNK
ZASH

107

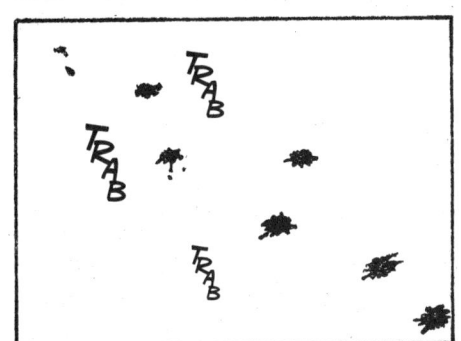

TRAB
TRAB
TRAB

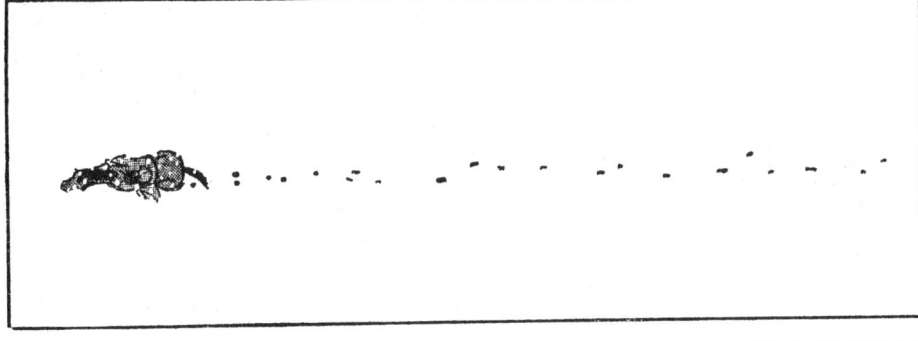

DIE BLUTIGE SPUR
DURCH DEN SCHNEE
FÜHRTE IMMER
WEITER. MUSSTE SIE
DOCH WIEDER DEM
WEG DES ENDLOSEN
KAMPFES FOLGEN? GAB
ES FÜR SIE WIRKLICH
KEINEN ANDEREN PFAD
ALS DEN DES BLUTES,
DER SICH VOR IHREN
AUGEN ERSTRECKTE?

YUKI WAR
TRAURIG.
DER BLUTIGE
SCHNEE, DER
IHR SCHICKSAL
WAR, HÖRTE
DIE GANZE
NACHT NICHT
AUF ZU FALLEN.

113

AKT 2
DIE BLÜTEN DER GEZEITEN – TEIL IV

IHR SAGT ZWAR, IHR WOLLT DIE SCHWEDISCHE GYMNASTIK VERBREITEN UND SO DAFÜR SORGEN, DASS SICH UNSERE JUGEND GESUND ENTWICKELT, UND DAS HÖRT SICH AUCH GUT AN. ABER WIR HABEN BEWEISE DAFÜR, DASS IHR IN WIRKLICHKEIT SPIONE SEID, DIE FÜR DIE WESTLICHEN GROSSMÄCHTE ARBEITEN!

REDE, AGURI IGUCHI!! ERZÄHLE UNS ALLES ÜBER EURE ORGANISATION!

UND WIR WISSEN AUCH, DASS IHR WESTLICHE IDEOLOGIEN UNTER DEN JUGENDLICHEN VERBREITET, UM DIE KOMMENDE GENERATION NACH EUREM WILLEN ZU FORMEN!

IN UNSEREM GÖTTLICHEN LAND JAPAN IST BUDO SEIT ALTEN ZEITEN ÜBERLIEFERT. UND WIR KÖNNEN NICHT ZULASSEN, DASS IHR DER NÄCHSTEN GENERATION, DIE DAS KAISERHAUS VEREHREN UND UNSEREN STAAT SCHÜTZEN SOLL, GEFÄHRLICHES GEDANKENGUT EINTRICHTERT!

SAG UNS ALLES ÜBER EURE SPIO-NAGEORGANISATION! WENN DU ES BRAV AUSSPUCKST, LAS-SEN WIR DICH AM LEBEN!

DEN KULTUSMINISTER, DER EUCH HIERIN UNTERSTÜTZT HAT, HABEN WIR SEINER GERECHTEN STRAFE ZUGEFÜHRT!

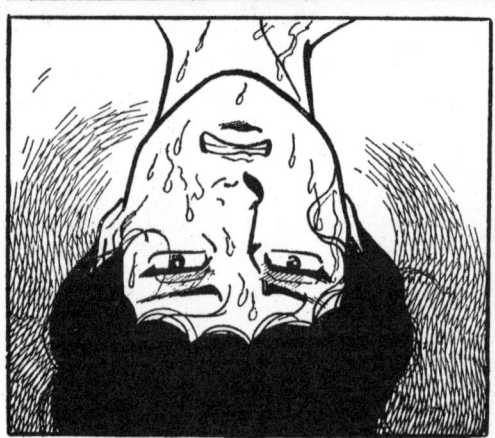

REDE, AGURI IGUCHI!!

118

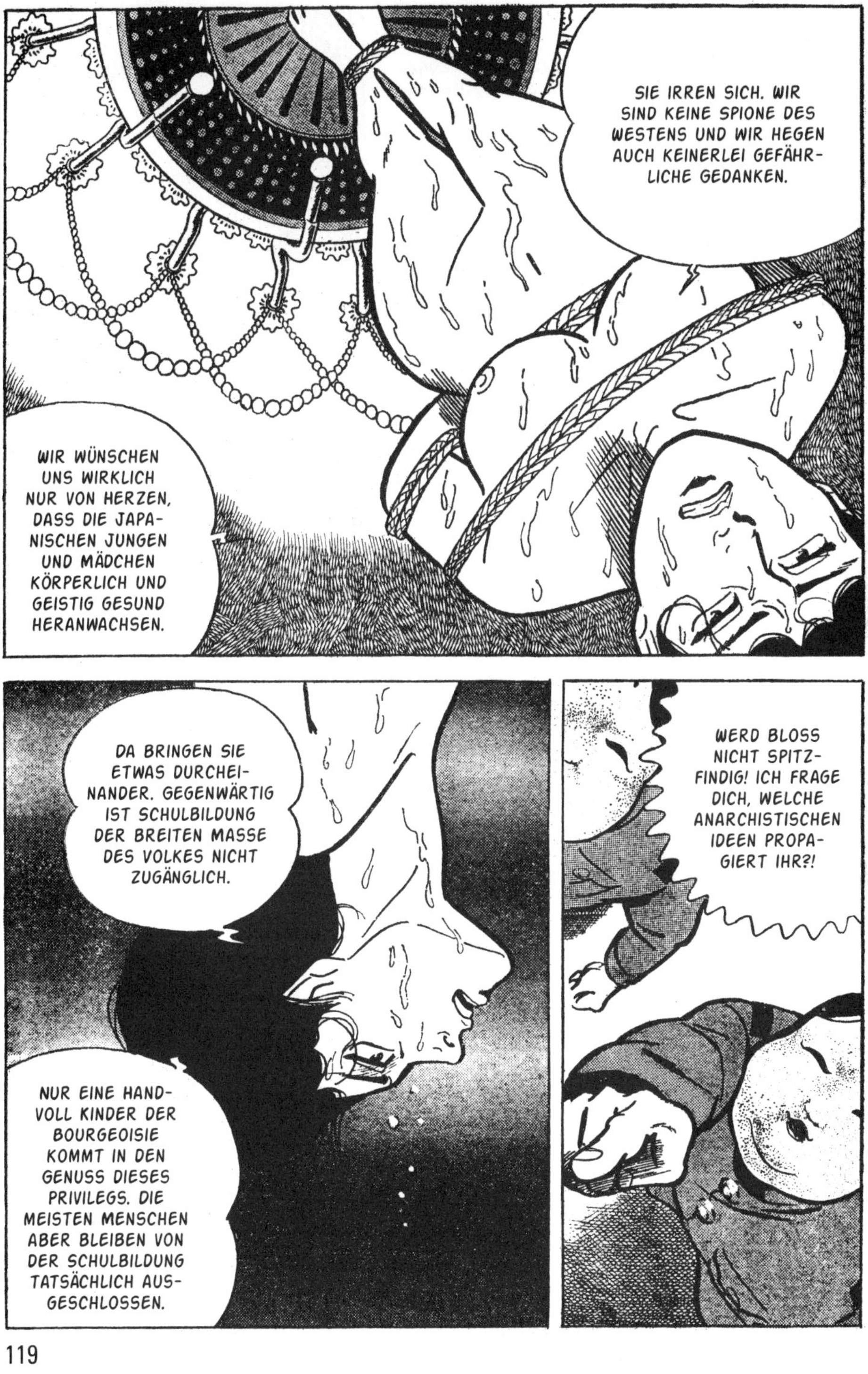

SIE IRREN SICH. WIR SIND KEINE SPIONE DES WESTENS UND WIR HEGEN AUCH KEINERLEI GEFÄHRLICHE GEDANKEN.

WIR WÜNSCHEN UNS WIRKLICH NUR VON HERZEN, DASS DIE JAPANISCHEN JUNGEN UND MÄDCHEN KÖRPERLICH UND GEISTIG GESUND HERANWACHSEN.

DA BRINGEN SIE ETWAS DURCHEINANDER. GEGENWÄRTIG IST SCHULBILDUNG DER BREITEN MASSE DES VOLKES NICHT ZUGÄNGLICH.

NUR EINE HANDVOLL KINDER DER BOURGEOISIE KOMMT IN DEN GENUSS DIESES PRIVILEGS. DIE MEISTEN MENSCHEN ABER BLEIBEN VON DER SCHULBILDUNG TATSÄCHLICH AUSGESCHLOSSEN.

WERD BLOSS NICHT SPITZFINDIG! ICH FRAGE DICH, WELCHE ANARCHISTISCHEN IDEEN PROPAGIERT IHR?!

SCHWEIG! DU REDEST VON DER PRIVILEGIER-TEN KLASSE UND IHRER BESEITIGUNG. DAMIT GIBST DU SELBER ZU, DASS IHR EBEN DOCH GEFÄHRLICHES GEDAN-KENGUT HEGT!

SICHER IST ES WICHTIG, DIE SCHWEDISCHE GYMNASTIK AN DEN SCHULEN ZU VER-BREITEN, ABER WIR MÖCH-TEN DAMIT NOCH SEHR VIEL MEHR MENSCHEN ERREICHEN. DAFÜR IST ES NOTWENDIG, DIE KLAS-SEN ZU ÜBERWINDEN UND GLEICHBERECHTIGUNG...

WO VER-STECKEN SICH DIESE TERRO-RISTEN?! REDE!

DIESE MÖRDER HABEN DIE LEUTE VON DER PARTEI DER SCHWARZEN SCHILD-KRÖTEN UND SOGAR UNSERE KAMERADEN VON DER GESELL-SCHAFT DER MORGEN-DÄMMERUNG GETÖTET!

DANN FRAGE ICH DICH JETZT: WARUM BESCHÄFTIGT IHR AUFTRAGSMÖR-DER UND LASST SIE MENSCHEN UMBRINGEN? BEI EUCH ANARCHISTEN HEISST DAS JA WOHL »TERRORISMUS«.

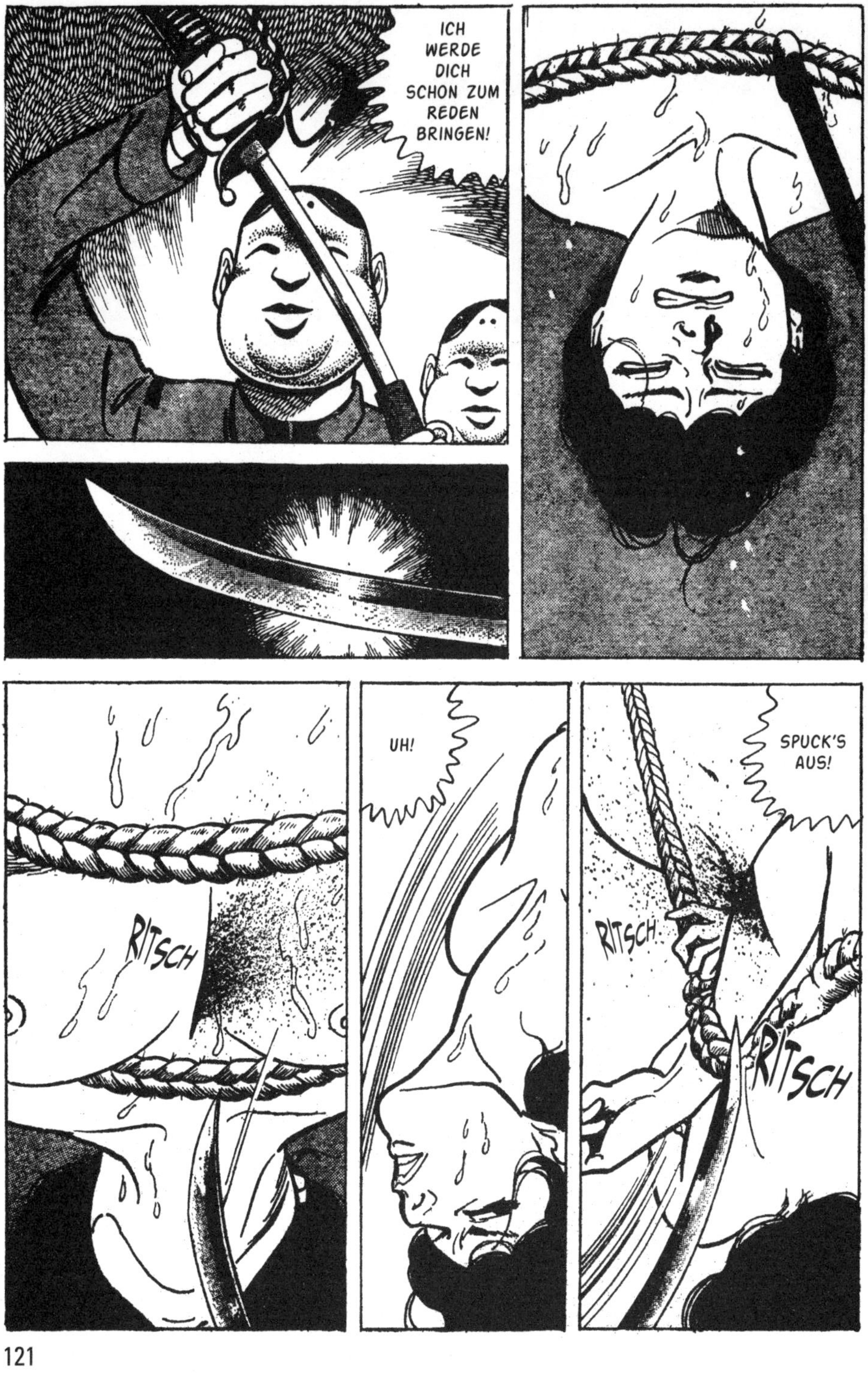

ICH WERDE DICH SCHON ZUM REDEN BRINGEN!

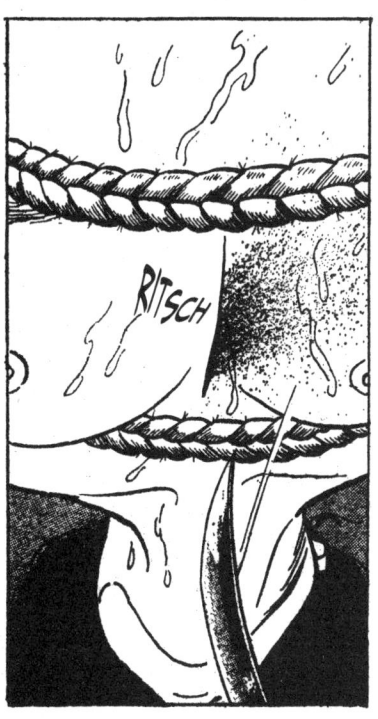

RITSCH

UH!

SPUCK'S AUS!

RITSCH

RITSCH

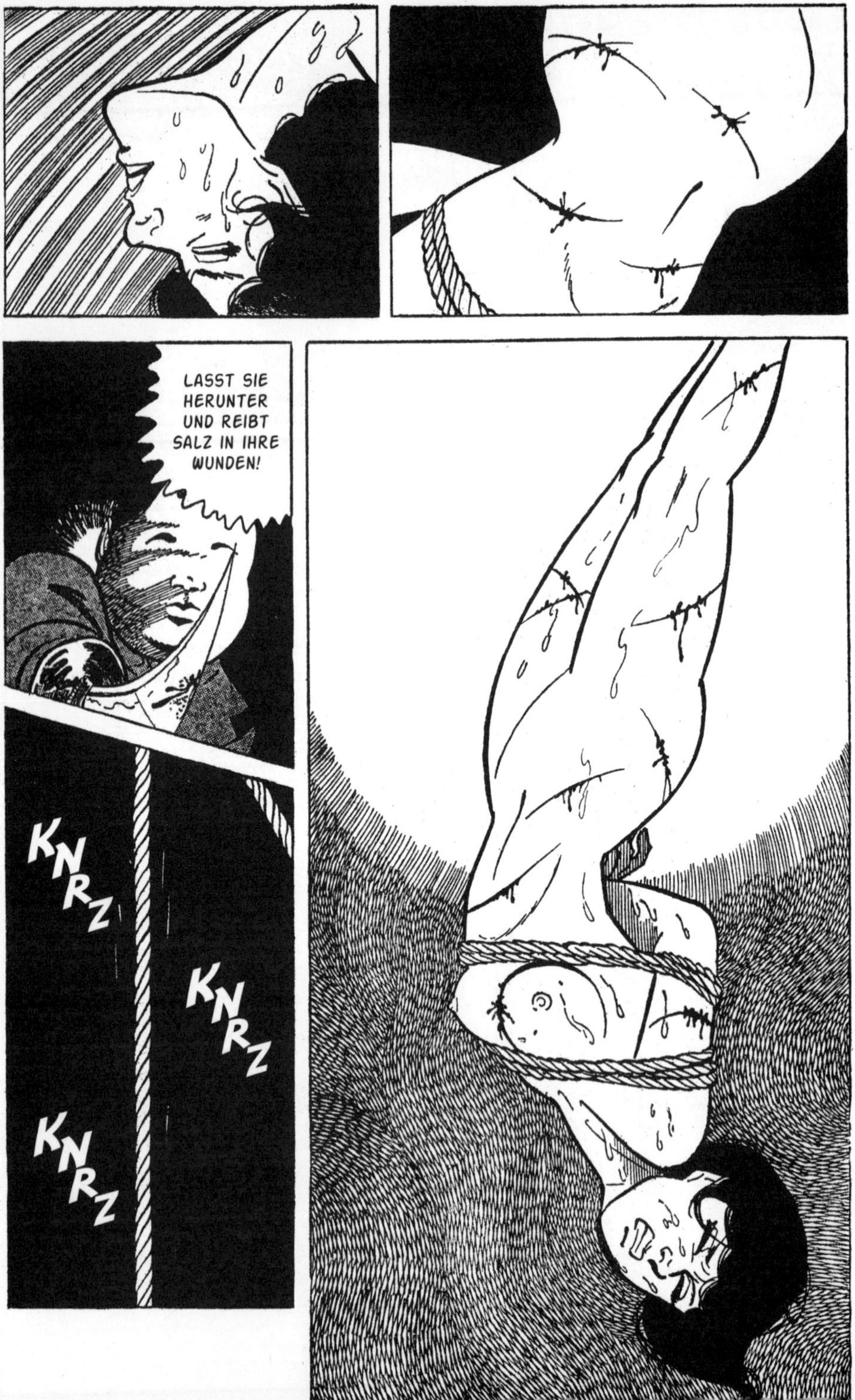

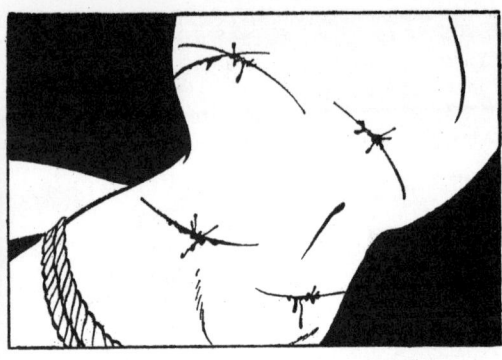

LASST SIE
HERUNTER
UND REIBT
SALZ IN IHRE
WUNDEN!

KNRZ

KNRZ

KNRZ

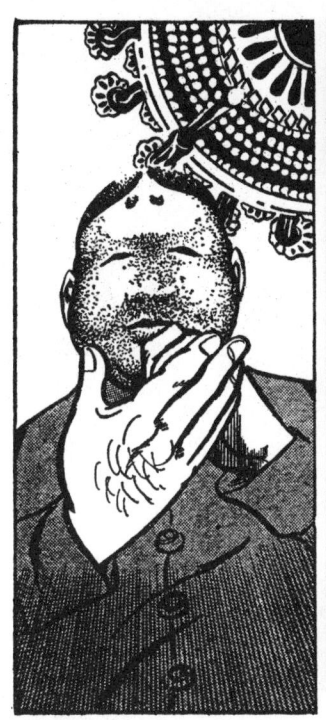

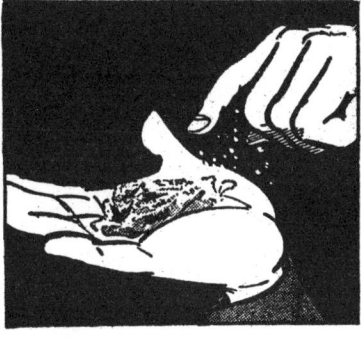

UGYAAAH

FÜR DEIN
ALTER BIST
DU WIRKLICH
NOCH ZIEM-
LICH GUT IN
FORM...

124

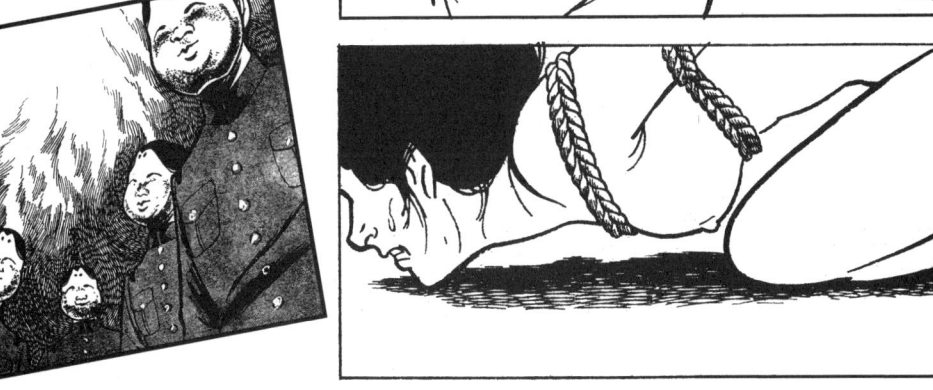

AH?!

ICH WEISS... WER DIE TERRORIS-TIN... IST...

WAS?!

E...ES
IST LADY...
SNOWBLOOD...
DIE... MÖR-
DERIN...

DOMM

ACH SO?!! DU BIST ALSO DIE MÖRDERIN LADY SNOWBLOOD?!! DASS DU SELBER HIERHERKOMMST WIE EIN INSEKT IM SOMMER, DAS INS FEUER FLIEGT, ODER WIE LEICHTER SCHNEE, DER SCHMILZT, WÄHREND ER NOCH FÄLLT, NIMMT UNS DIE ARBEIT AB, NACH DIR ZU SUCHEN!

DAS IST DIE RACHE FÜR UNSERE KAMERADEN!! DEIN ENDE IST GEKOMMEN!!

VERFLUCHTE TERRORISTIN! HANDLANGERIN DER ANARCHISTEN, DIE UNSER GÖTTLICHES LAND JAPAN VERGIFTEN WOLLEN!! WIR WERDEN DICH ERSCHLAGEN, WIE DU ES VERDIENST!!

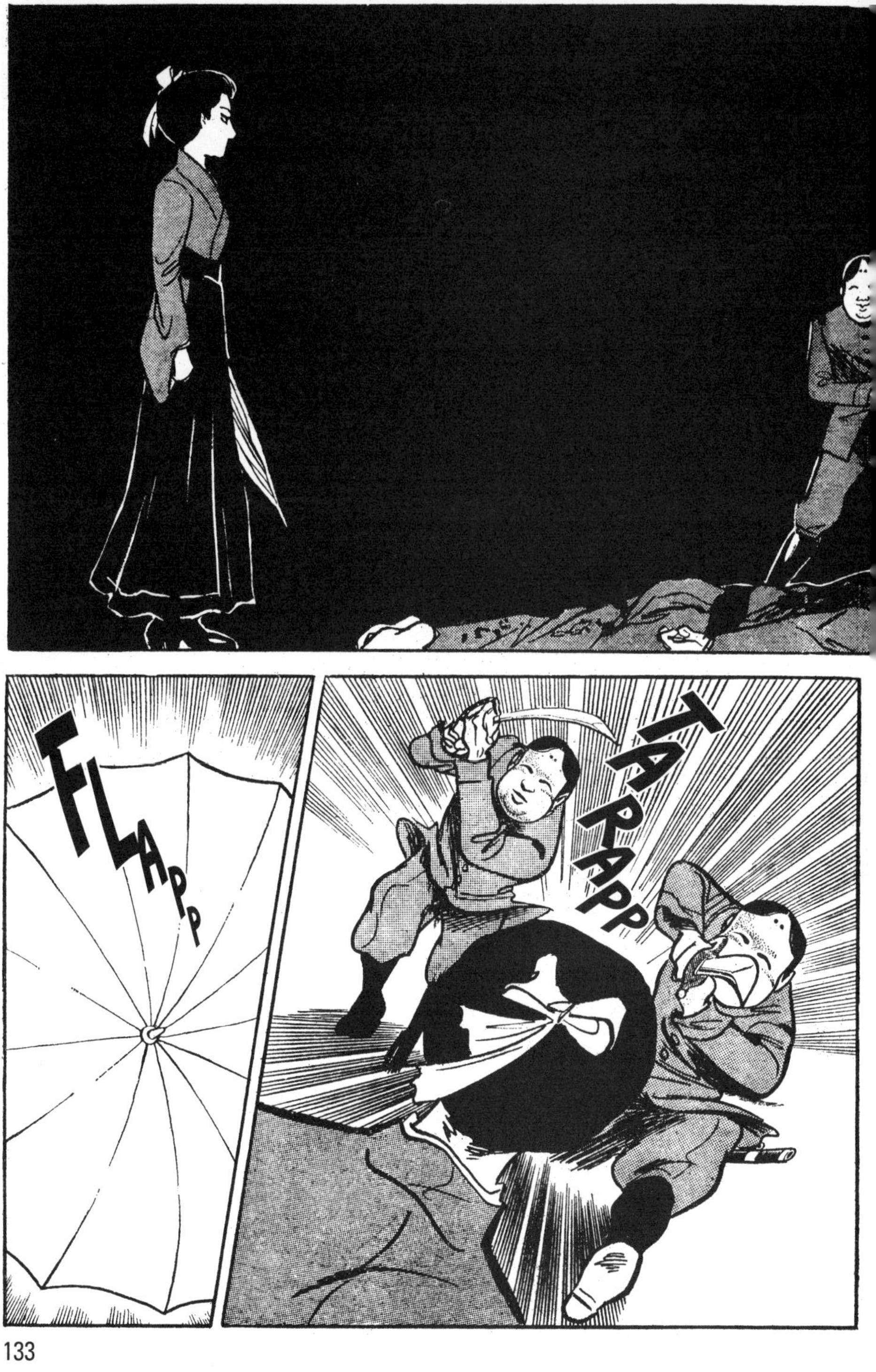
FLAPP
TARAPP

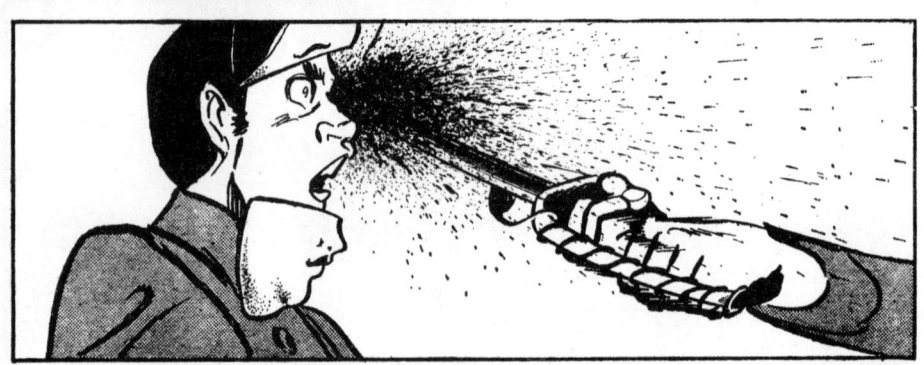

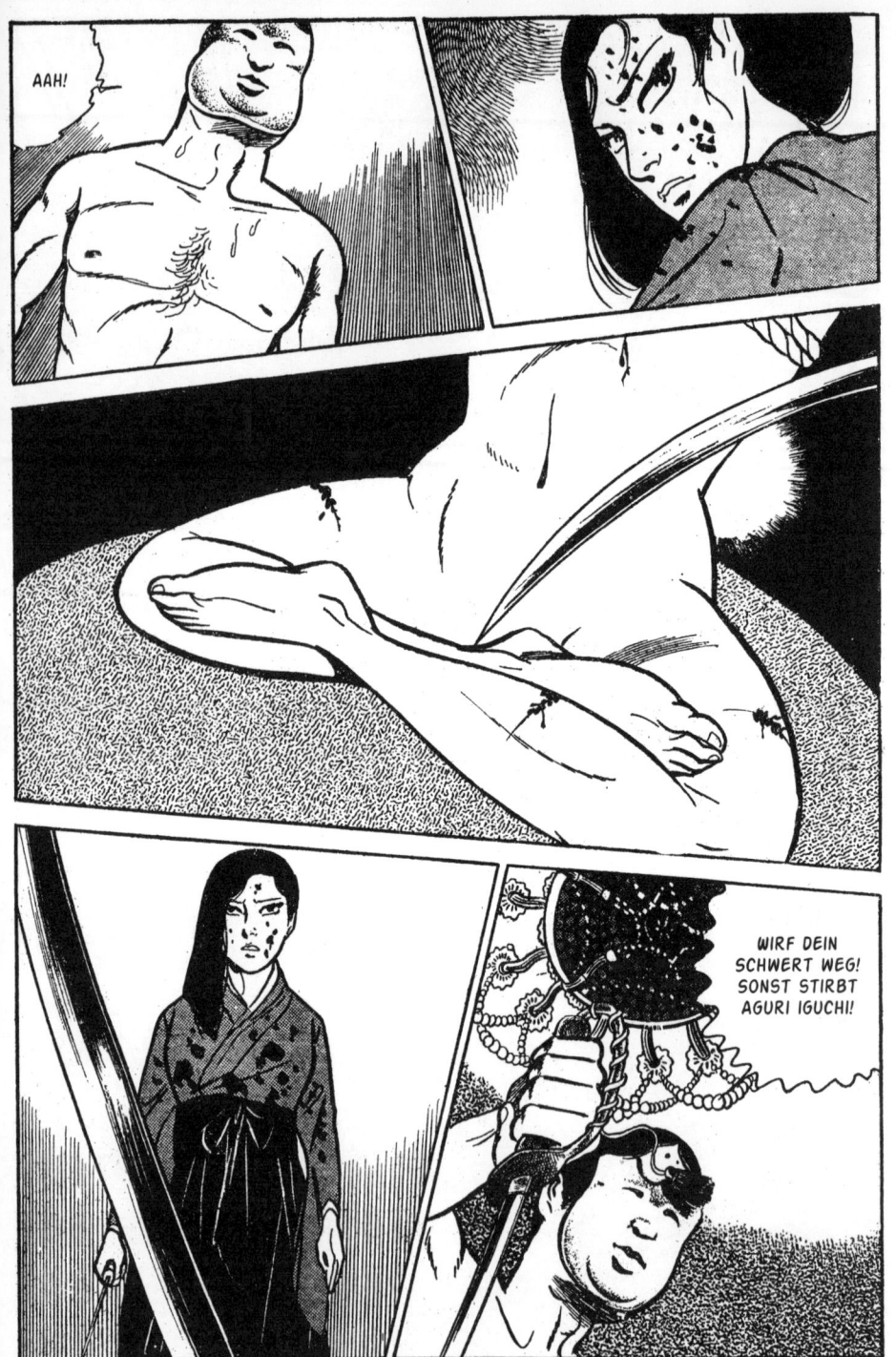

138

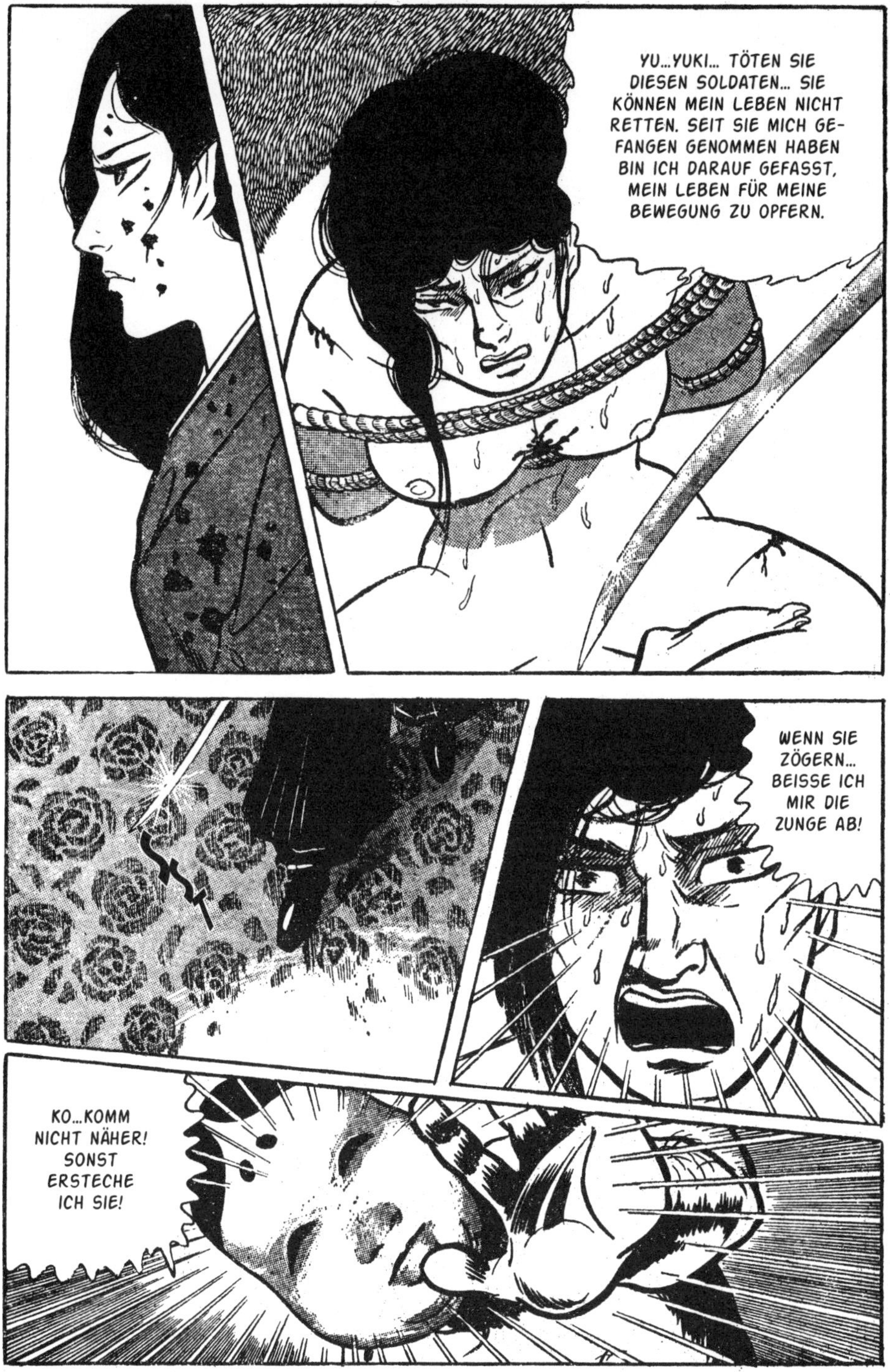

YU...YUKI... TÖTEN SIE DIESEN SOLDATEN... SIE KÖNNEN MEIN LEBEN NICHT RETTEN. SEIT SIE MICH GEFANGEN GENOMMEN HABEN BIN ICH DARAUF GEFASST, MEIN LEBEN FÜR MEINE BEWEGUNG ZU OPFERN.

WENN SIE ZÖGERN... BEISSE ICH MIR DIE ZUNGE AB!

KO...KOMM NICHT NÄHER! SONST ERSTECHE ICH SIE!

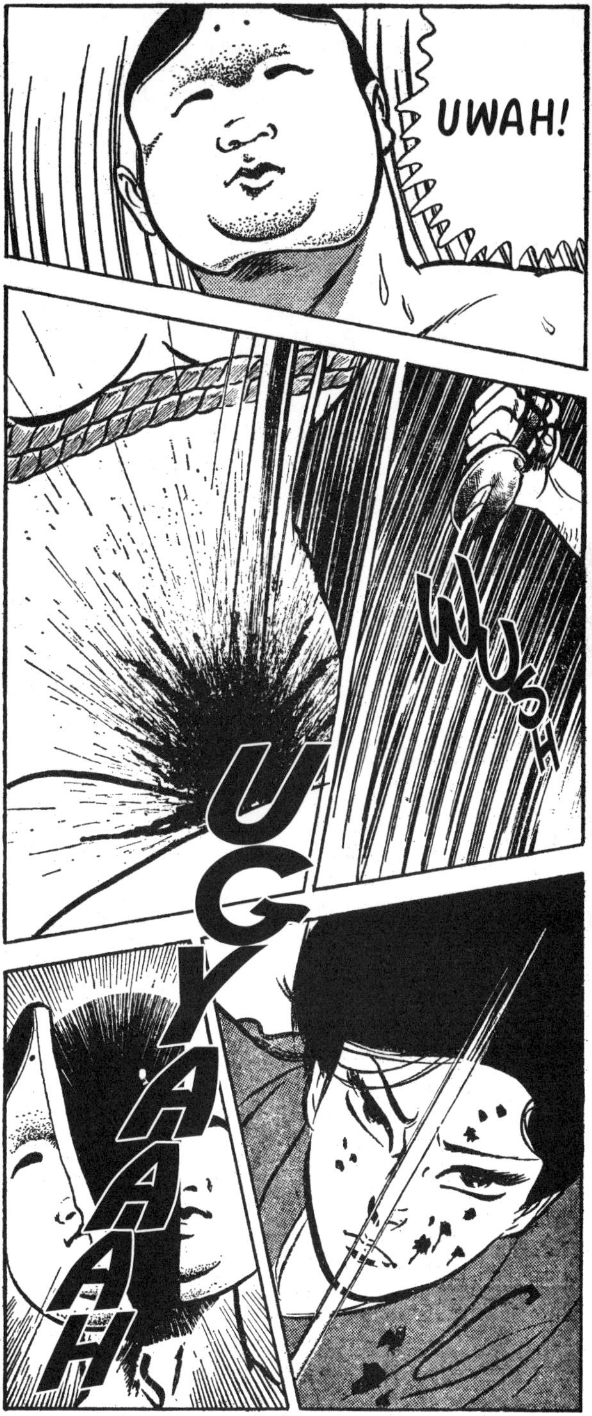

YU...YUKI...
ICH BITTE SIE...
SCHÜTZEN SIE
UNSERE BE-
WEGUNG!

S...SO WIE SIE
KAWASE... DEN KULTUS-
MINISTER... UND MICH
UMGEBRACHT HABEN...
WERDEN DIE MILITÄRS VON
JETZT AN NOCH HÄRTER
UND STRENGER GEGEN
UNS VORGEHEN...

WENN DAS SO WEITER-
GEHT... WIRD DER TAG
KOMMEN, AN DEM JAPAN
UNTERGEHEN WIRD. DAVON
BIN ICH ÜBERZEUGT. UM DAS
ZU VERHINDERN... MÜSSEN
UNSERE IDEEN... ZUSAMMEN
MIT DER SCHWEDISCHEN
GYMNASTIK DER BREI-
TEN MASSE VERMITTELT
WERDEN...

HELFEN SIE
UNS BITTE... FÜR
JAPANS JUGEND
VON MORGEN...

BITTE... BESUCHEN SIE
FRAU NOE ITO IN DER
KIKUZAKADORI*... UND...
BERICHTEN SIE IHR VON
MEINEM ENDE... NOE WIRD
IHNEN DANN... ALLES ER-
KLÄREN... ICH BITTE SIE...

*»Kikuzakadori« bedeutet »Chrysanthemenhügelstraße«

145

SO STARB DER MORGEN, AN DEM ICH WIEDERERWACHT WAR...

TRAURIG BEGRUB DER SCHNEE DEN MORGEN, DER NICHT MEHR WAR. IN DER FERNE BELLTEN STREUNENDE HUNDE. GETAS* KNIRSCHTEN IM SCHNEE. UNTER IHREM REGENSCHIRM, DER DIE DUNKELHEIT UMFING, SAH SIE DER LAST DES SCHICKSALS INS GESICHT. DIE FRAU, DIE DEN WEG DES LEBENS GING, HATTE DEN TRÄNEN LÄNGST ENTSAGT.

* Holzsandalen

Akt 2 **Die Blüten der Gezeiten – Teil V** ENDE

REINIGUNG VOM BLUT

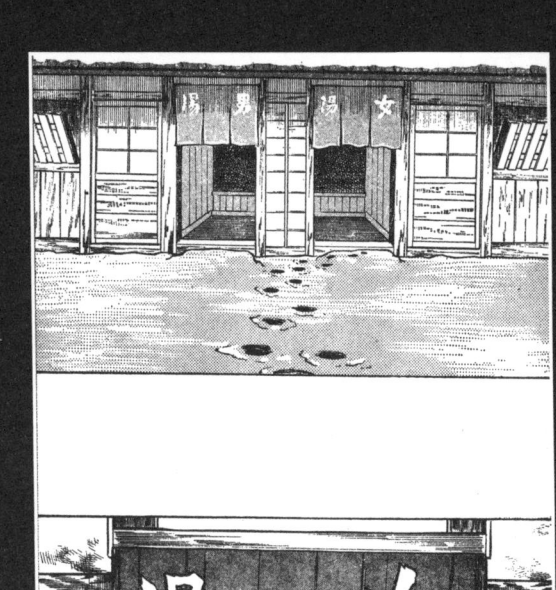

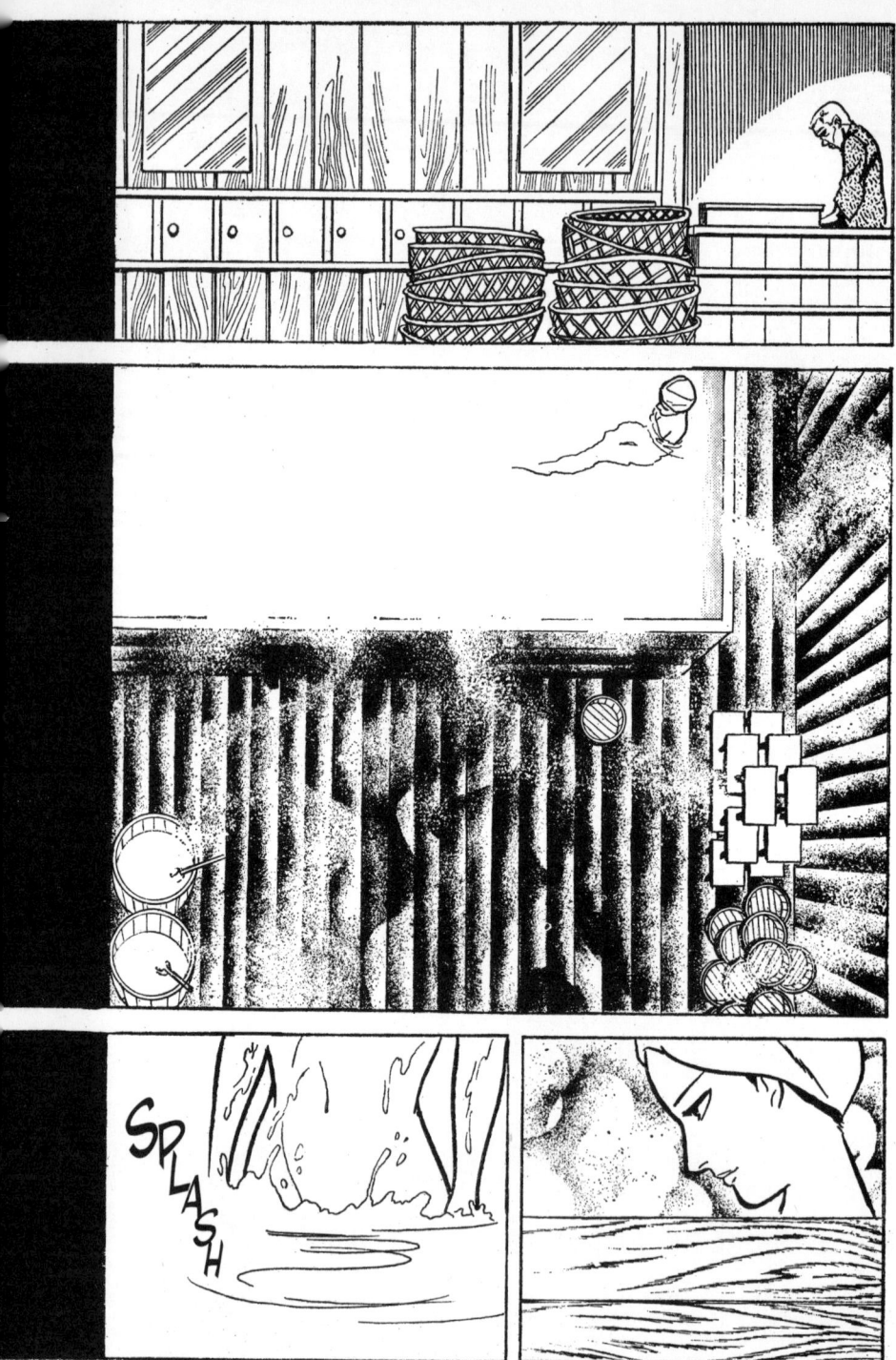

SPLASH

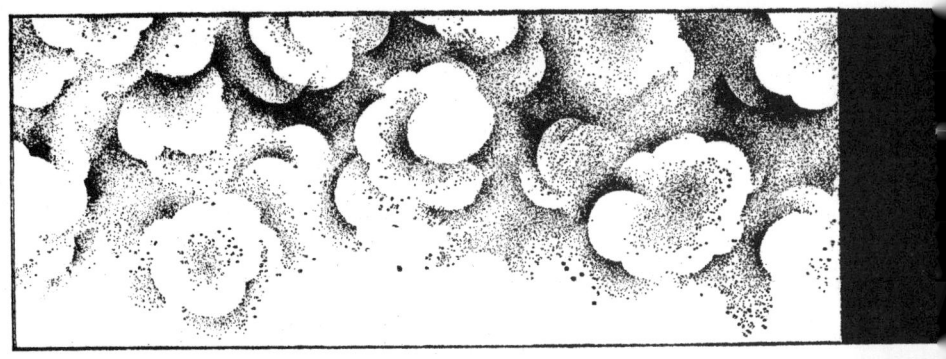

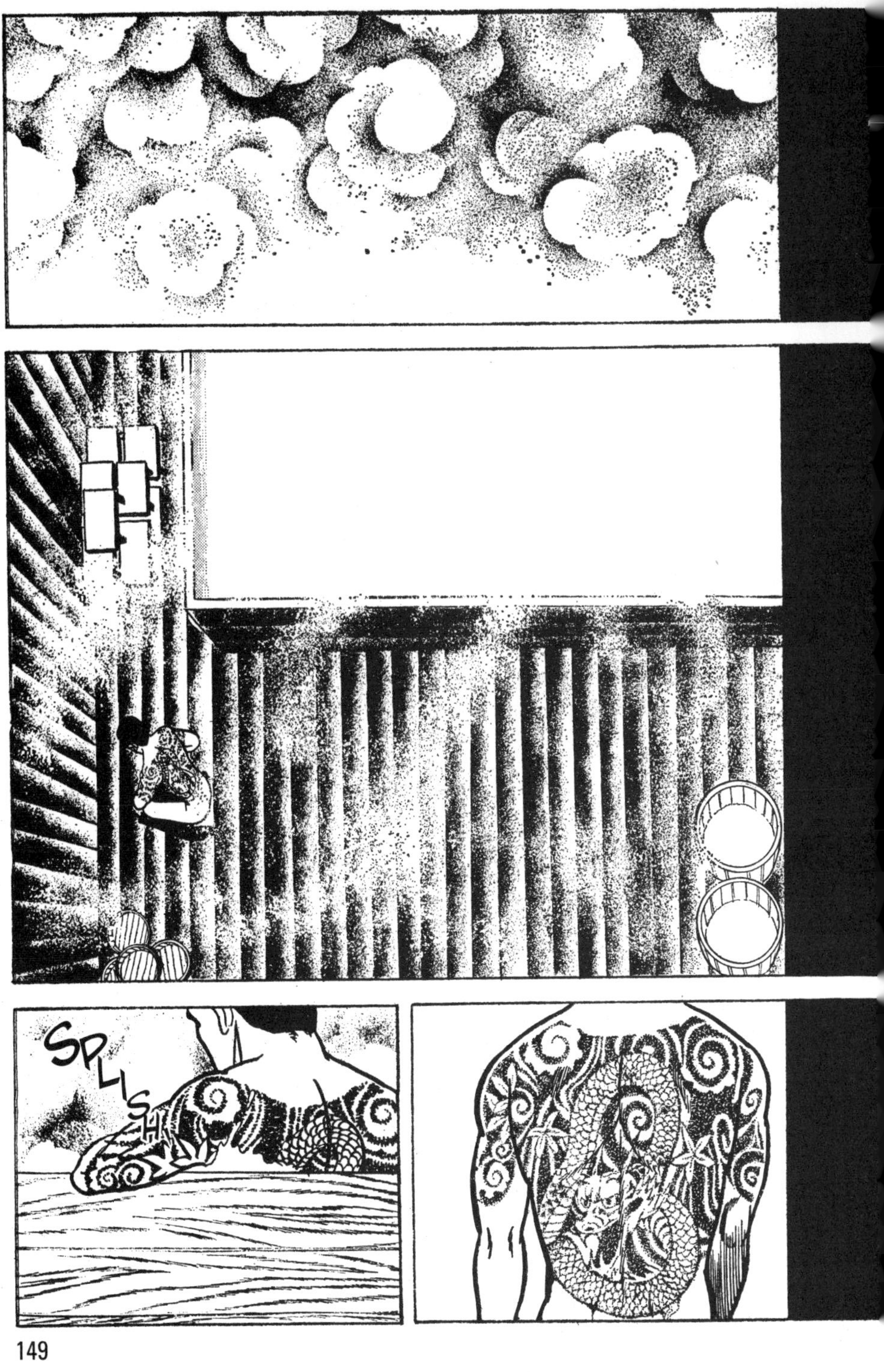

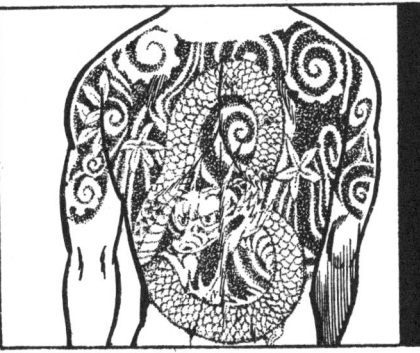

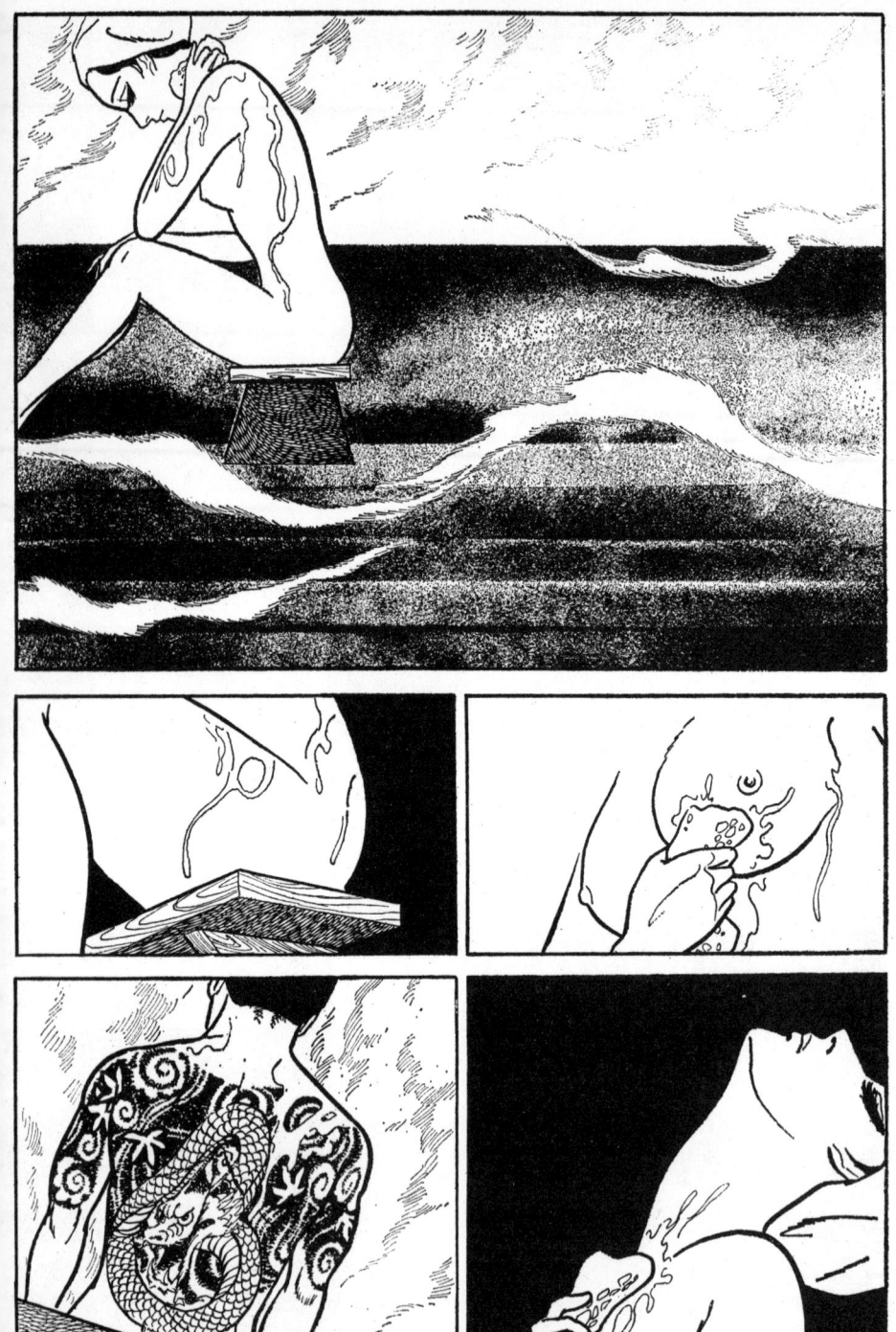

ACH, YUZO...?

DER KULTUS-MINISTER IST ERMORDET WORDEN.

WAS MACHEN SIE DENN SCHON SO FRÜH HIER? IST ETWAS PASSIERT?!

ES GIBT NOCH WEITERE OPFER, DA-RUNTER AUCH SOLDATEN. IN DER GANZEN STADT STEHEN KONTROLL-POSTEN.

WER IST DER TÄTER?!

WAS?!

WIR HABEN NICHT DIE GE- RINGSTE AHNUNG, AUSSER DASS ER UNGEWÖHNLICH GESCHICKT SEIN MUSS.

OHO...

KLONK

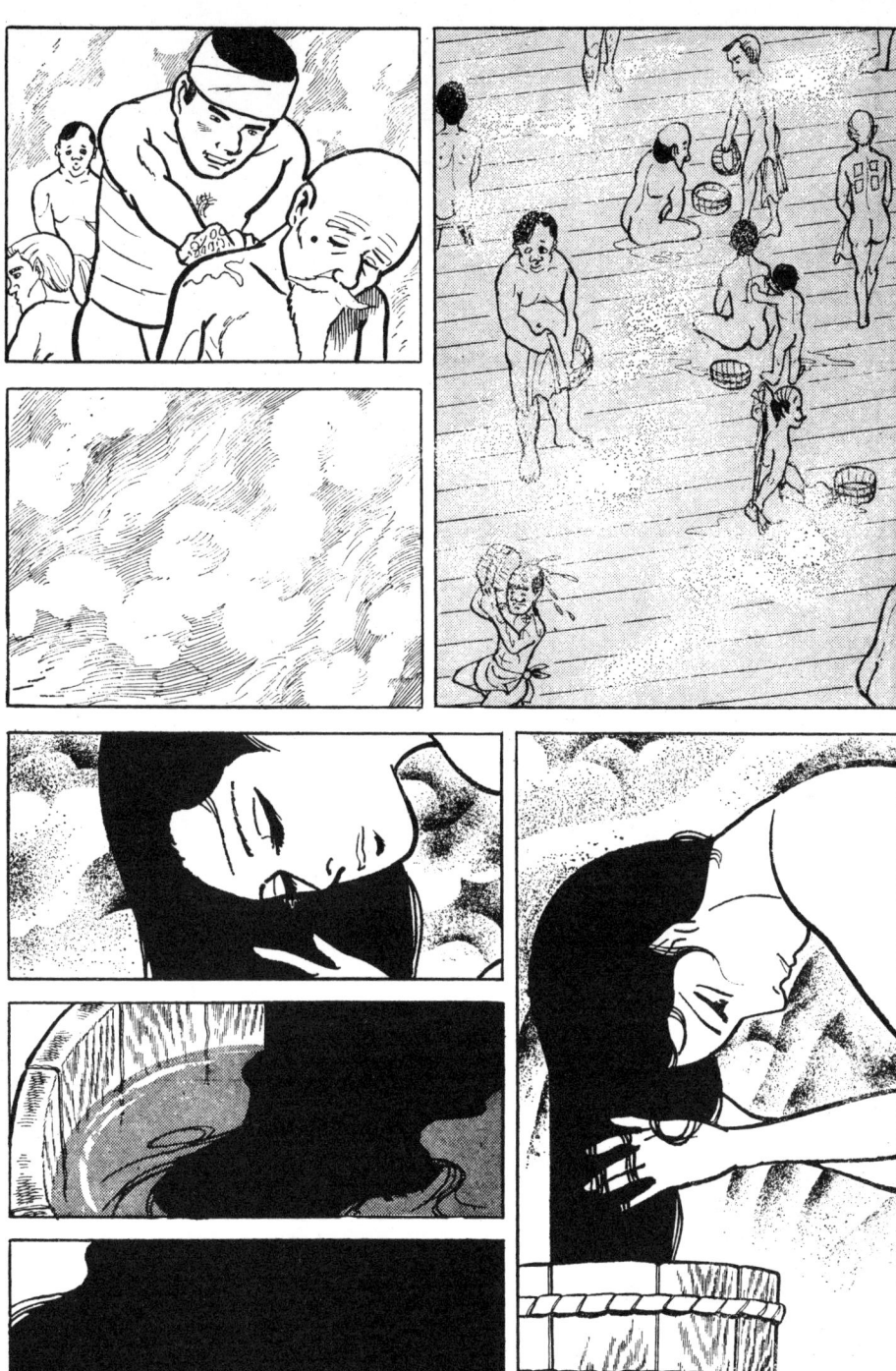

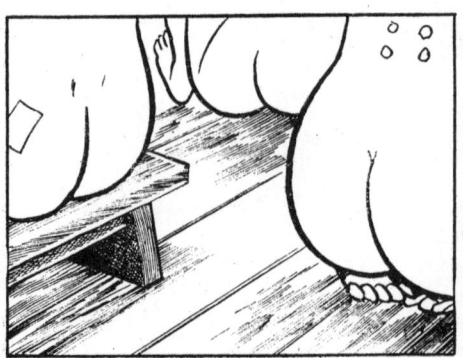

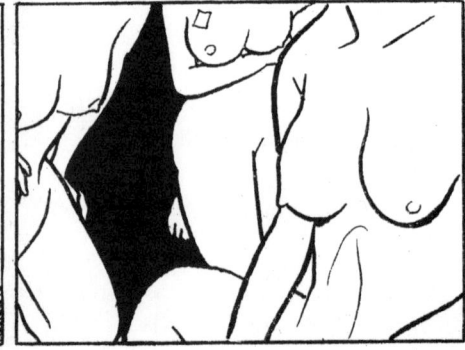

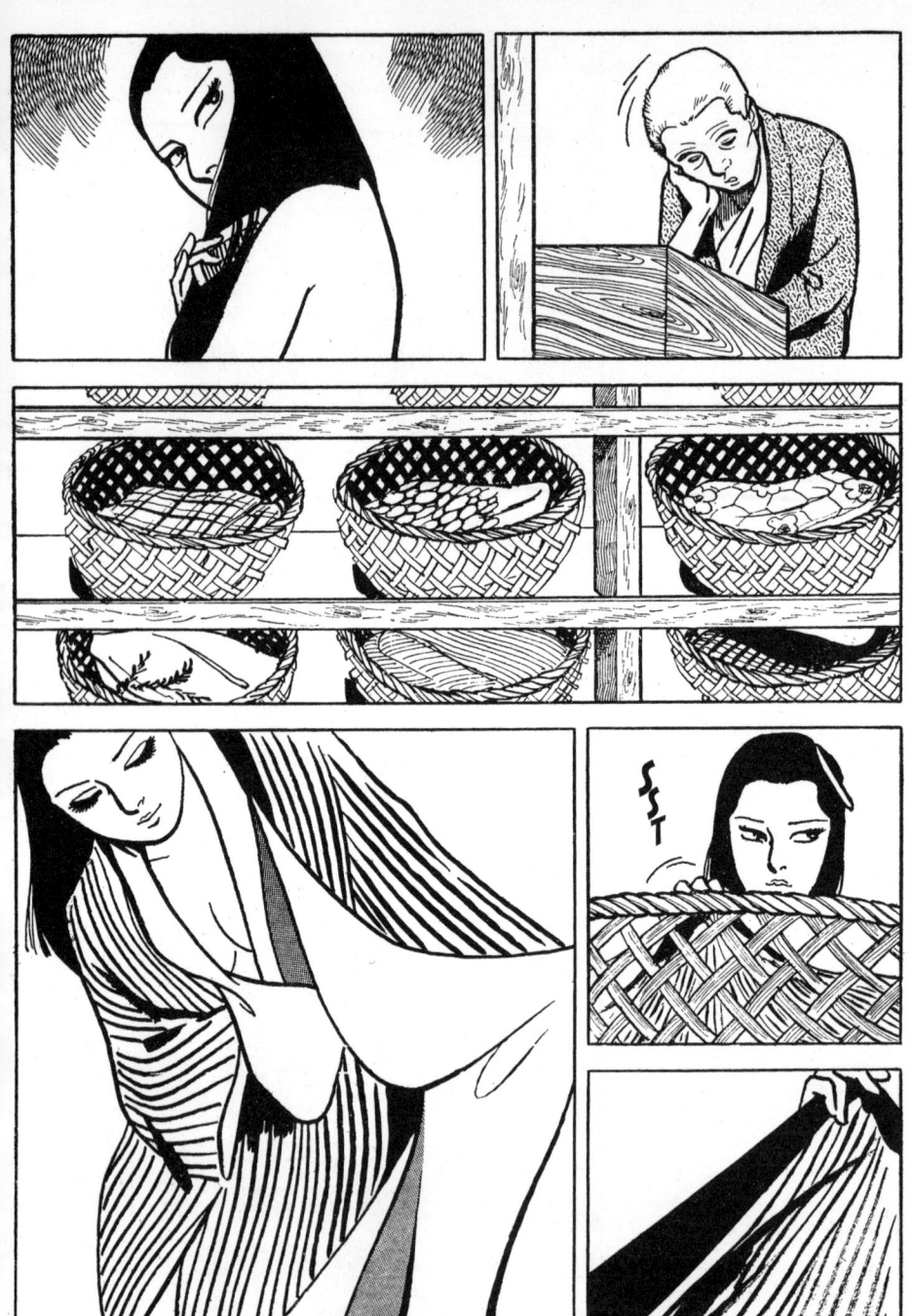

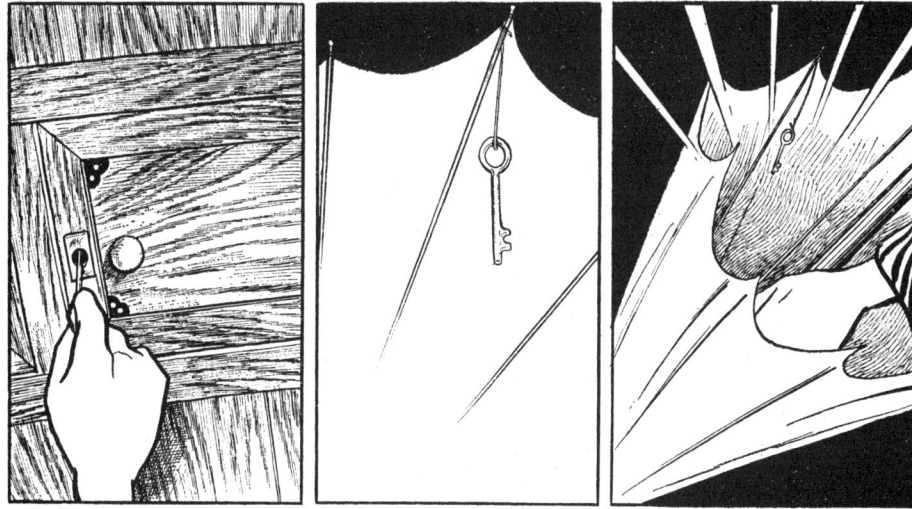

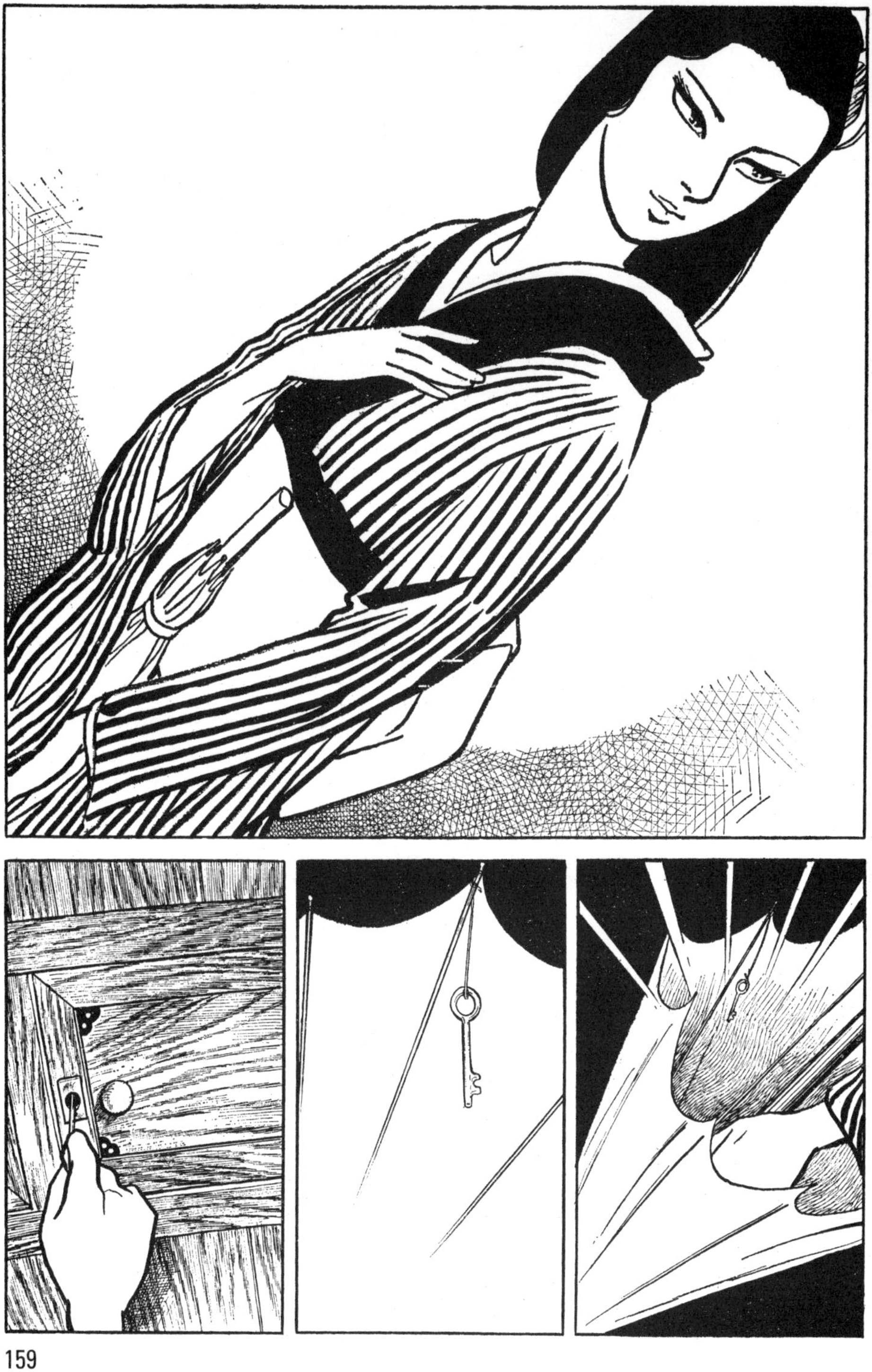

159

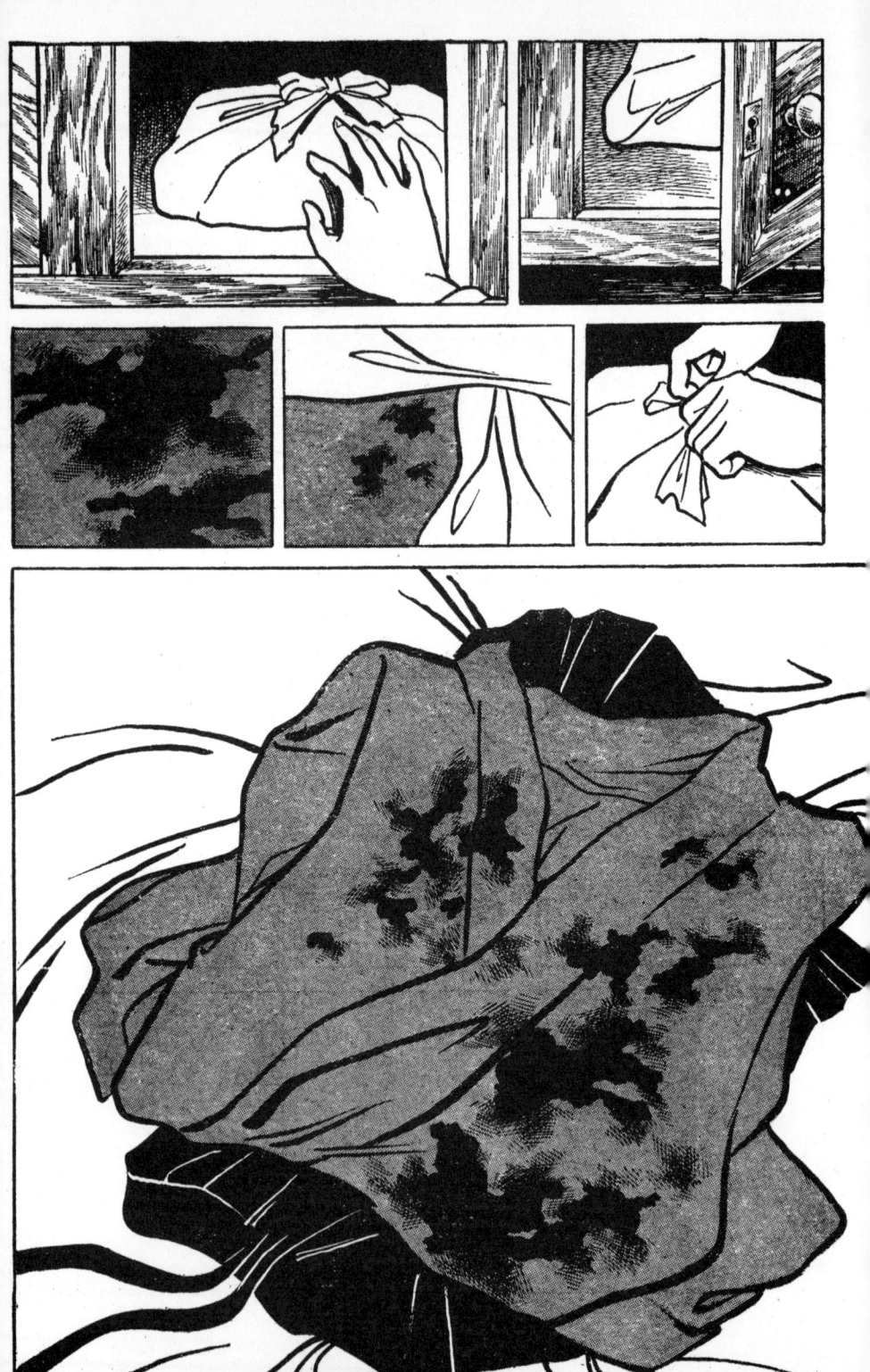

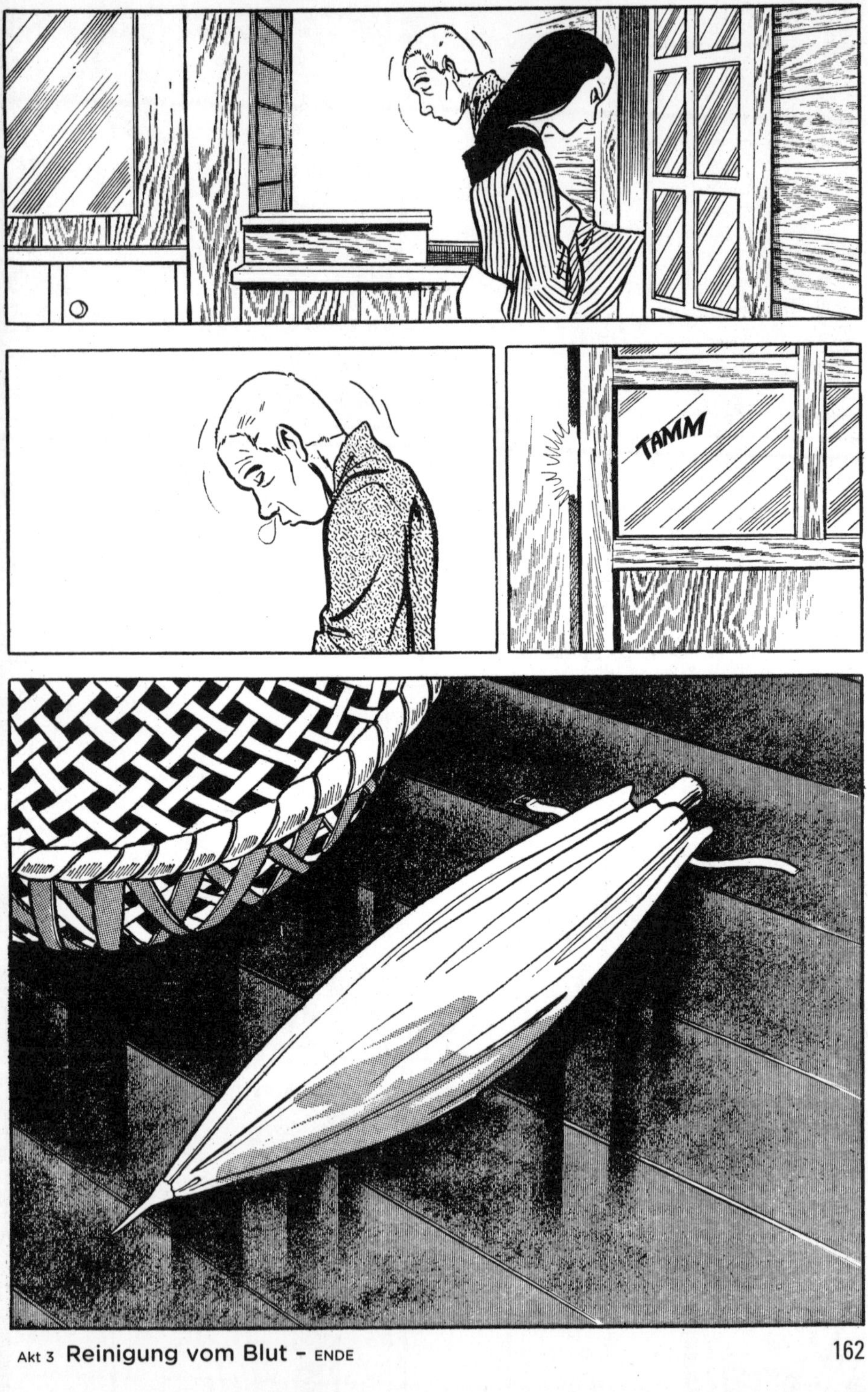

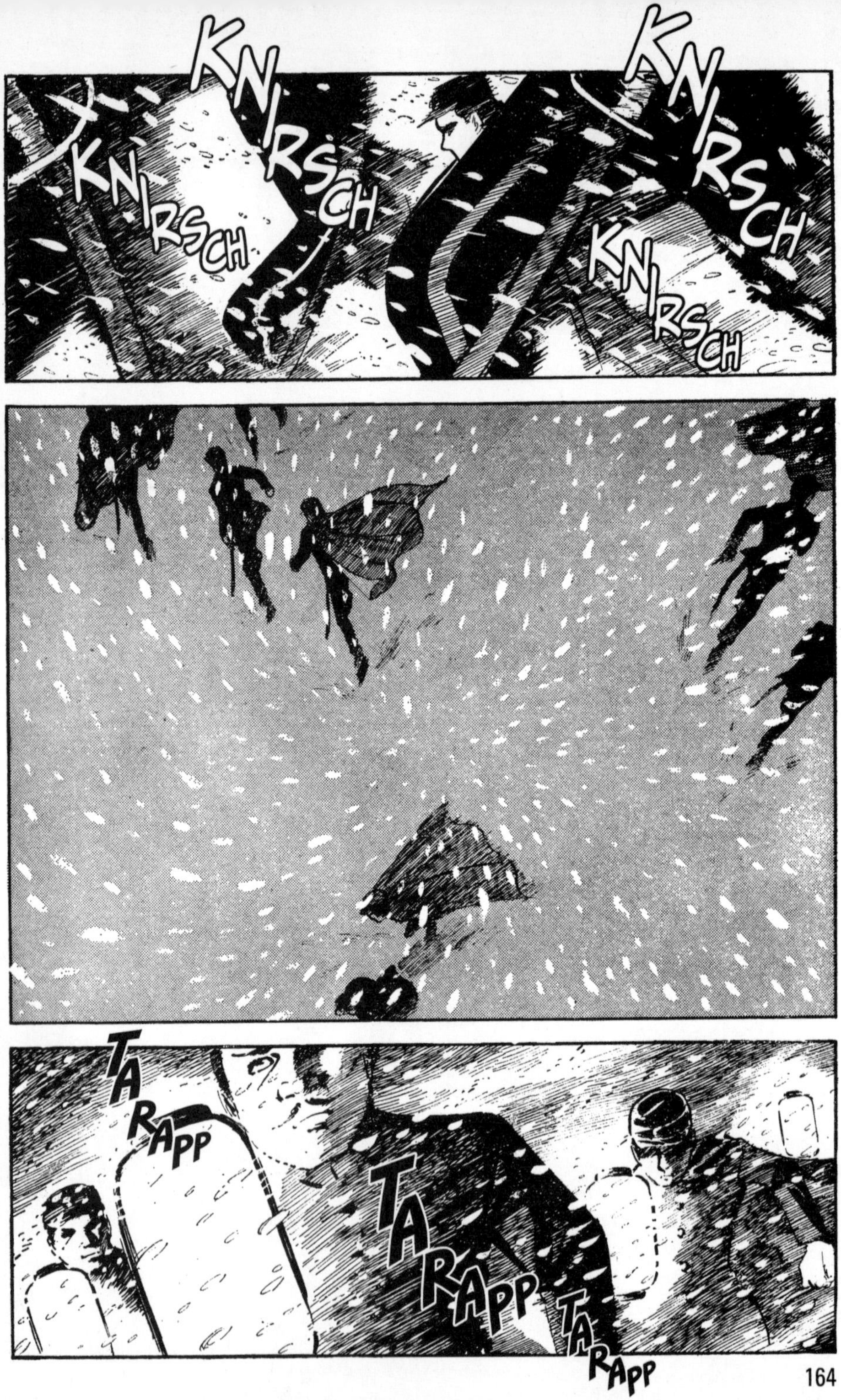

164

DER KULTUS-
MINISTER KIICHIRO
ARISHIMA IST ERMORDET
WORDEN. GANZ TOKYO
IST MIT KONTROLLPOS-
TEN ÜBERZOGEN UND
DIE FAHNDUNGSEIN-
HEITEN SUCHEN WIE
VERRÜCKT NACH
DEM TÄTER!

!

HALT!

J...JA...

KOMMST DU ETWA MITTEN IN DER NACHT VOM BADEN ZURÜCK, WEIB?!

WO WOHNST DU?!

ICH WAR HEUTE SO BESCHÄFTIGT, DASS ICH ERST JETZT INS BAD GEHEN KONNTE.

I...ICH WOHNE DA VORNE GANZ RECHTS.

WIE IST DEIN NAME?!

UND WAS MACHST DU?!

ICH HEISSE YUKI.

N...NICHTS BESONDE-RES...

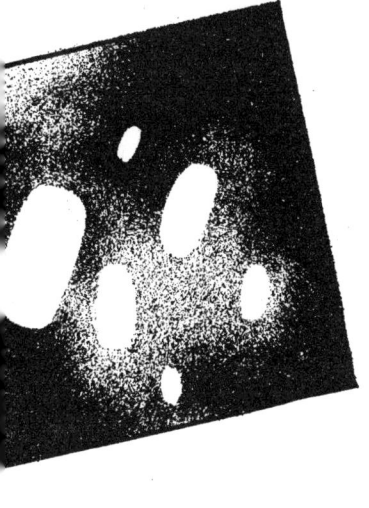

HM... DU BIST WOHL JEMANDES GELIEBTE? WIE HEISST DEIN MANN?

GAB ES IN DIESER GEGEND EINEN LADEN NAMENS ECHIGOYA?

E...ES IST DER ALTE MEISTER VOM ECHIGOYA. LA...LASSEN SIE MICH DOCH BITTE ENDLICH GEHEN...

E...ES TUT MIR LEID.

PASS IN ZUKUNFT BESSER AUF, SCHLIESSLICH MACHT SICH AUCH EINE FRAU VERDÄCHTIG, DIE MITTEN IN DER NACHT ALLEIN DURCH DIE GEGEND LÄUFT, WENN ÜBERALL POLIZEIKONTROLLEN DURCHGEFÜHRT WERDEN!

NA, MEINETWEGEN.

GUT, GEH!

ICH KANN MIR NICHT HELFEN, ABER ICH WERDE DAS GEFÜHL NICHT LOS, DASS MIT DER IRGENDWAS NICHT STIMMT.

VERMUTLICH KOMMT SIE TAT- SÄCHLICH NUR VOM BAD ZURÜCK, ABER MEIN GE- FÜHL SAGT MIR...

GEHT IHR NACH... WAHRSCHEINLICH MACHE ICH MIR UNNÖTIG SORGEN, ABER VERGE- WISSERT EUCH, DASS SIE NACH HAUSE GEHT.

WENN ICH NICHT IN IRGENDEIN HAUS GEHE, MACHE ICH MICH VERDÄCHTIG. AN- DERERSEITS...

TSS...

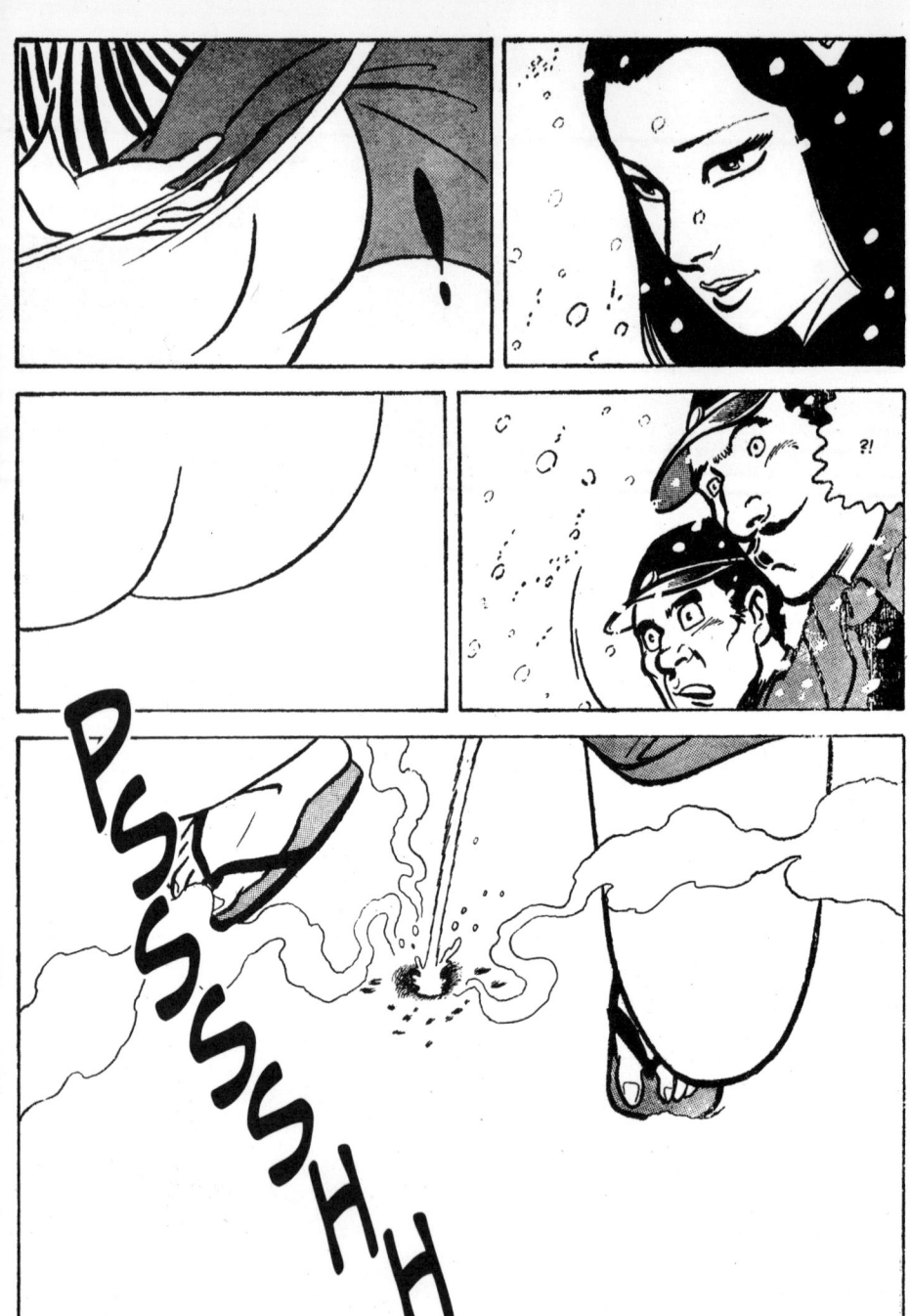

PSSSSSHH

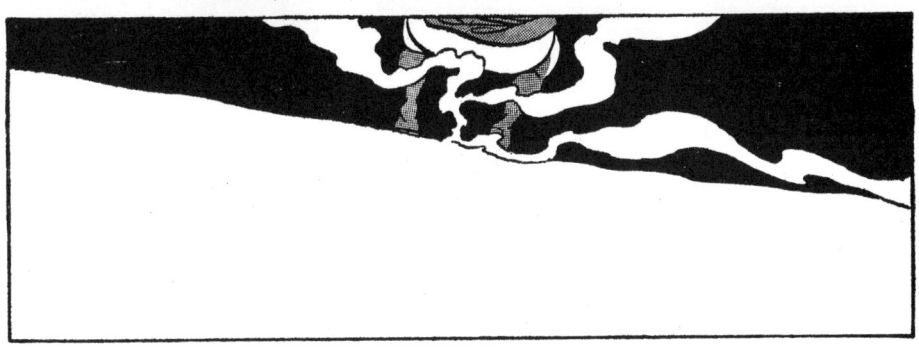

FLAPP

Akt 4 **Der verschneite Weg –** ENDE

WAS?! SIE HAT GEPINKELT?! UND DESHALB HABT IHR EUCH NICHT VERGEWISSERT, DASS SIE NACH HAUSE GEGANGEN IST?!

UND SELBST WENN DIE NACHT NOCH SO KALT SEIN UND SIE NOCH SO SEHR FRIEREN MAG, IST ES UNWAHRSCHEINLICH, DASS SIE SICH NICHT ZURÜCKHALTEN KANN!

GLAUBT IHR WIRKLICH, IRGENDEINE FRAU WÜRDE IM FREIEN PISSEN, WENN SIE UNMITTELBAR VOR IHRER EIGENEN HAUSTÜR STÜNDE?!

BRINGT TSUGUHIME HER!

HMM... SIE IST ALSO KEINE GEWÖHNLICHE FRAU. ALS SIE BEMERKT HAT, DASS SIE BESCHATTET WIRD, HAT SIE UNS AUSGETRICKST.

ABER VIELLEICHT KANN UNS DAS SOGAR VON NUTZEN SEIN, UM HERAUSZUBEKOMMEN, WER SIE IST.

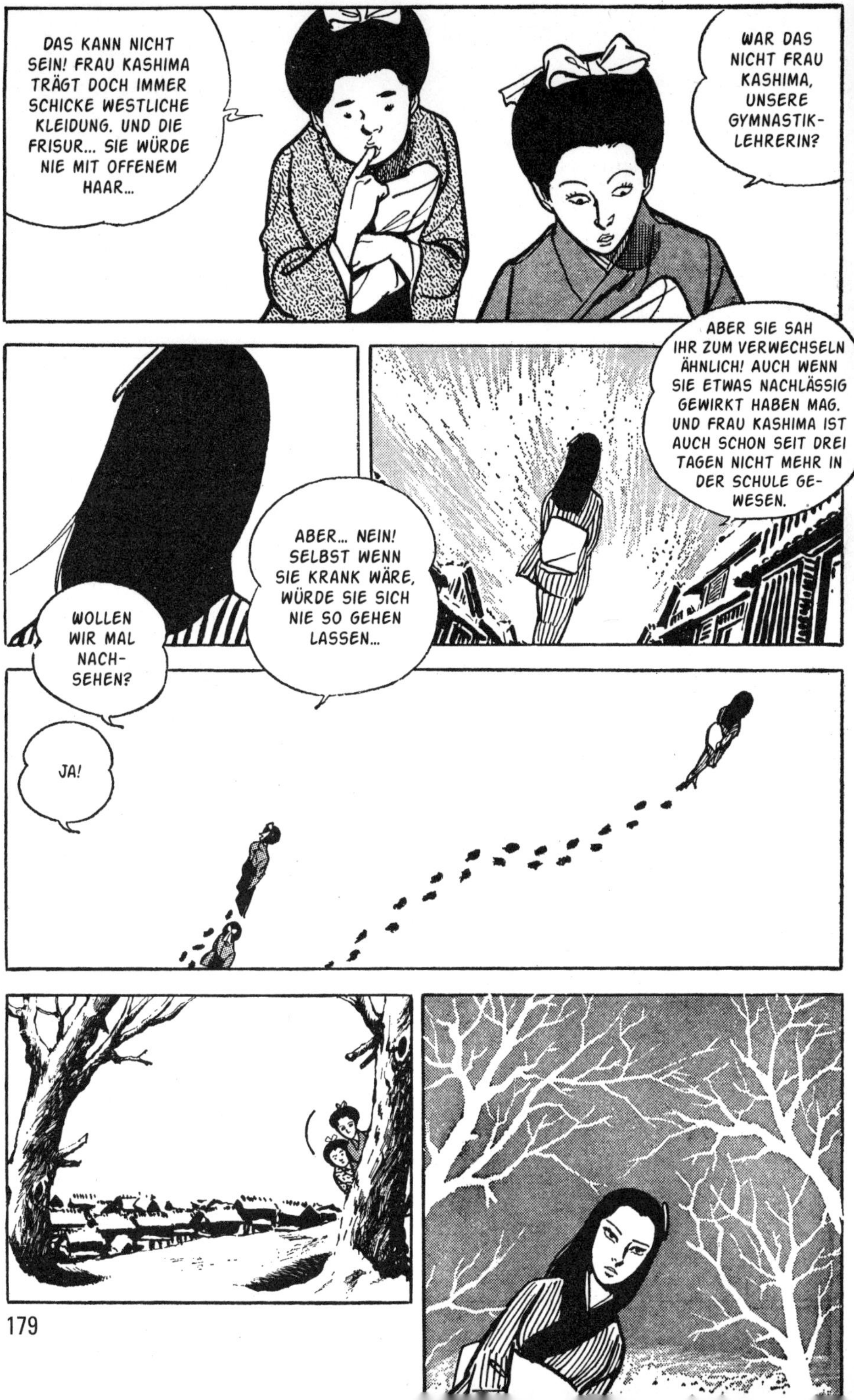

DAS KANN NICHT SEIN! FRAU KASHIMA TRÄGT DOCH IMMER SCHICKE WESTLICHE KLEIDUNG. UND DIE FRISUR... SIE WÜRDE NIE MIT OFFENEM HAAR...

WAR DAS NICHT FRAU KASHIMA, UNSERE GYMNASTIK-LEHRERIN?

ABER SIE SAH IHR ZUM VERWECHSELN ÄHNLICH! AUCH WENN SIE ETWAS NACHLÄSSIG GEWIRKT HABEN MAG. UND FRAU KASHIMA IST AUCH SCHON SEIT DREI TAGEN NICHT MEHR IN DER SCHULE GE-WESEN.

ABER... NEIN! SELBST WENN SIE KRANK WÄRE, WÜRDE SIE SICH NIE SO GEHEN LASSEN...

WOLLEN WIR MAL NACH-SEHEN?

JA!

179

DA IST SIE!

TSS!

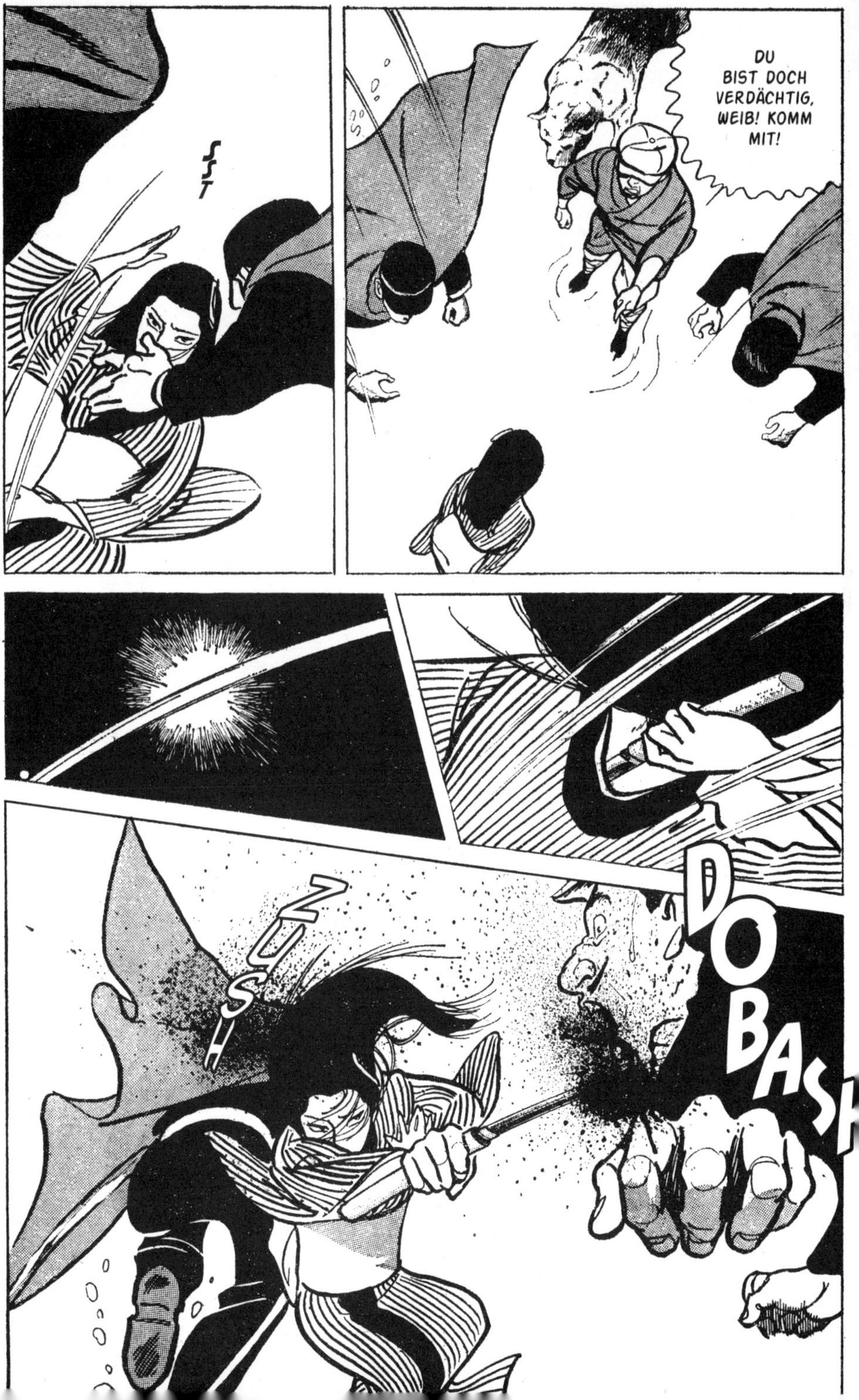

DU BIST DOCH VERDÄCHTIG, WEIB! KOMM MIT!

HAH.

AAH...

MEINE
SCHÜLE-
RINNEN...

?!

KYAAH!!

WENN ICH MORGEN WIEDER IN DIE SCHULE GEHE, WERDEN SIE EINSEHEN, DASS SIE MICH VERWECHSELT HABEN. UND NACHDEM ICH DAS WIEDER EINGERENKT HABE...

... WERDE ICH...

Akt 5 **Ein Einpersonenstück** – ENDE

AKT 6
ABSCHIEDSVORFÜHRUNG IM SCHNEE

UND DIE FRAU, DIE SICH ERSCHOSSEN HAT, SAH FRAU KASHIMA SO ÄHNLICH.

DAVON HABE ICH GEHÖRT. EIN KRIMINALPOLIZIST UND VIELE STREIFENPOLIZISTEN SIND GETÖTET WORDEN. ES HAT EINEN RIESENWIRBEL GEGEBEN...

FEHLT FRAU KASHIMA NICHT SCHON EINE GANZE WEILE...?

WIE AUS DEM GESICHT GESCHNITTEN!

D...DU MEINST DOCH NICHT ETWA...?

NEIN! DAS WILL ICH NICHT GLAUBEN. DAS WAR GANZ BESTIMMT NICHT FRAU KASHIMA!

AH! DA KOMMT FRAU KASHIMA!

ABER...

189

ICH HAB'S EUCH DOCH GESAGT, DAS KANN NICHT WAHR SEIN!

WAS FÜR EIN GLÜCK.

FRAU KASHIMA!

FRAU LEHRERIN!

GUTEN MORGEN!

FRAU LEHRERIN!

ENTSCHULDIGT BITTE, DASS ICH EIN PAAR TAGE GEFEHLT HABE...!

GUTEN MORGEN! ABER WIESO BEGRÜSST IHR MICH HEUTE SO HERZLICH?

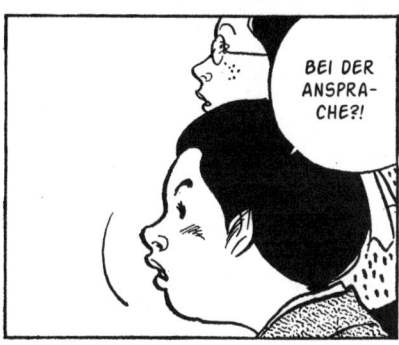

BEI DER ANSPRACHE?!

JETZT MUSS ICH ERST EINMAL DEN HERRN DIREKTOR BEGRÜSSEN.

SIND SIE KRANK GEWESEN, FRAU LEHRERIN?!

NEIN, DAS WAR NICHT DER GRUND...! IHR ERFAHRT ES SPÄTER BEI DER ANSPRACHE.

Entlassungsgesuch

Büro des Direktors

ER IST NUR EIN KLEINER GEMISCHT-WARENHÄNDLER AUF DEM LAND IN TOHOKU*, ABER ER IST EIN SEHR GUTER MENSCH... ES TUT MIR LEID, DASS ES SO ÜBERRASCHEND KOMMT.

ICH VERSTEHE! WENN DAS SO IST, KANN MAN NICHTS MA-CHEN! ICH GRATULIERE IHNEN JEDENFALLS UND WÜNSCHE IHNEN ALLES GUTE FÜR DIE FAMILIENGRÜNDUNG.

* Region im Nordosten von Honshu, der größten der japanischen Hauptinseln

FÜR UNSERE SCHULE IST DAS EIN GROSSER VERLUST, ABER ES GEHT SCHLIESSLICH UM IHR GLÜCK, FRAU KASHIMA.

ICH GRATU-LIERE IHNEN AUFRICHTIG.

192

AUCH WENN ES
PLÖTZLICH KOMMT UND
WIR ALLE ÜBERRASCHT
SIND, SO WOLLEN WIR
DOCH FÜR FRAU KASHI-
MAS GLÜCK BETEN UND
SIE HERZLICH VERAB-
SCHIEDEN.

HERZLICHEN
GLÜCKWUNSCH
ZUR HOCHZEIT!

HERZLICHEN
GLÜCKWUNSCH,
FRAU
LEHRERIN!

DESHALB HAT SIE ALSO GEFEHLT.

SCHADE!

JA, DAS KOMMT WIRKLICH ZU PLÖTZLICH.

ICH MÖCHTE MICH BEI EUCH ALLEN ENTSCHULDIGEN! ICH KANN MIR VORSTELLEN, WIE IHR EUCH JETZT FÜHLT. DIE TAGE, DIE ICH AN DIESER SCHULE VERBRACHT HABE, WERDE ICH NIE VERGESSEN. AUCH WENN ES NICHT EINMAL EIN JAHR GEWESEN IST, SO WAR JEDER TAG EIN ERFÜLLTER, ERFOLGREICHER UND GLÜCKLICHER TAG!

ICH KANN EUCH ALLE ZWAR NICHT EINLADEN, WEIL ICH SEHR WEIT WEGGEHE, ABER ICH VERLASSE DIESE SCHULE VOLLER DANKBARKEIT FÜR DIE GEFÜHLE, DIE IHR MIR JETZT ENTGEGENBRINGT.

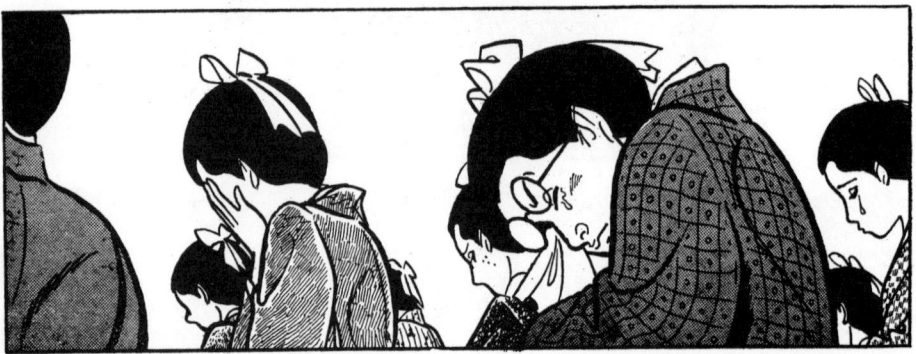

ZULETZT HABE ICH NOCH EINE BITTE AN EUCH. WENN IHR DIESE SCHULE ABSCHLIESST UND INS LEBEN EINTRETET, VERBREITET BITTE DIE SCHWEDISCHE GYMNASTIK, DIE ICH EUCH GELEHRT HABE, UNTER DEN JUNGEN LEUTEN!

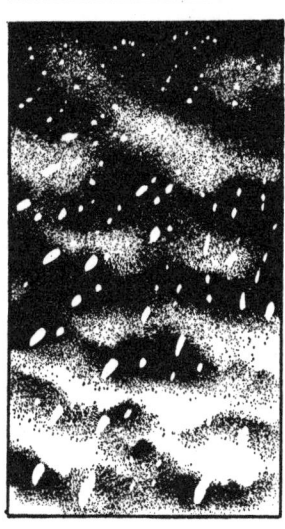

ZUM ABSCHIED WÜRDE ICH EUCH JETZT GERN EINE LETZTE FREIÜBUNG VORFÜHREN.

196

YUKI TANZTE IM SCHNEE EINEN TANZ, DER IHREN ABSCHIED VOM MENSCHSEIN BEKLAGTE.

ES WAR EIN TRAURIGER TANZ, DENN SIE WAR IM BEGRIFF, IHRER MENSCHLICHKEIT ZU ENTSAGEN UND SICH WIEDER AUF DEN WEG DES HASSES UND DES UNENDLICHEN KAMPFES ZU BEGEBEN.

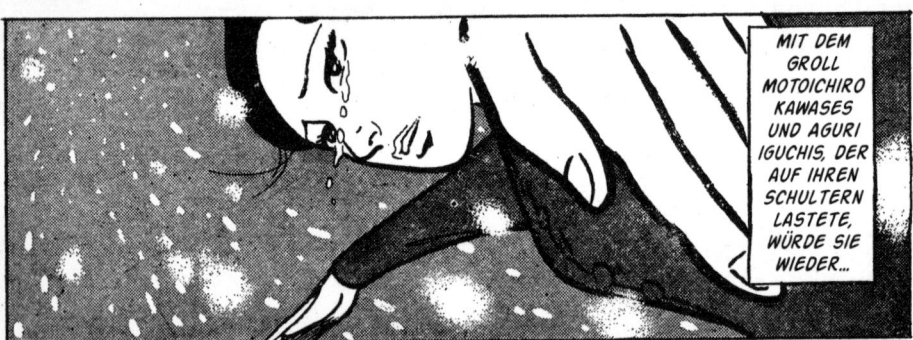

MIT DEM GROLL MOTOICHIRO KAWASES UND AGURI IGUCHIS, DER AUF IHREN SCHULTERN LASTETE, WÜRDE SIE WIEDER...

ACH! LADY SNOWBLOOD, WIEDER...

Akt 6 **Abschiedsvorführung im Schnee** – ENDE

AKT 7
HONGO GOCHOME
KIKUZAKADORI – TEIL I

KIKUZAKADORI, SO HEISST DIE STRASSE ZWISCHEN DEN HAUSNUMMERN 9 UND 33 IM FÜNFTEN BLOCK DES VIERTELS HONGO, WOBEI DER TEIL AUF DEM HÜGEL ALS KIKUZAKADAICHO BEZEICHNET WIRD UND DER HANGABWÄRTS GELEGENE ALS KIKUZAKACHO.

»Kikuzaka« bedeutet wörtlich »Chrysanthemenhügel«

Pfandhaus

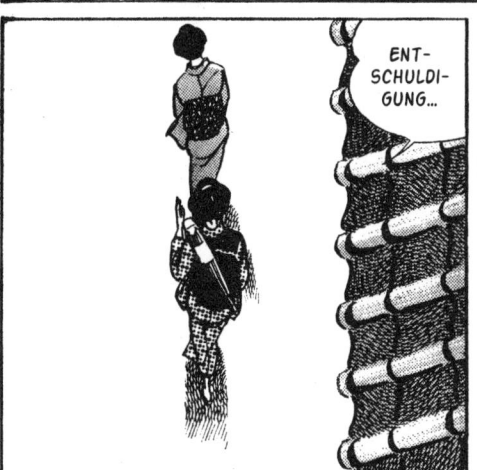
ENT-
SCHULDI-
GUNG...

WORUM
GEHT ES
DENN?

KÖNNEN
SIE MIR
VIELLEICHT
WEITER-
HELFEN...?

201

NOE KENNE ICH SEHR GUT! WENN DU DIESEN HÜGEL HINAUF-GEHST...

IN DIESER GEGEND WOHNT DOCH EINE FRAU NOE ITO, ODER?

ICH BIN AUS TSUGARU*!

WOHER KOMMST DU?

ICH WERDE DICH BE-GLEITEN! SIE WOHNT NÄMLICH DI-REKT NEBEN MEINEM HAUS.

VIELEN DANK.

* Gegend im Nordosten Honshus, deren Dialekt Yuki hier anfänglich auch spricht.

ENTSCHULDIGE! ABER NOE IST DERZEIT NICHT ZU HAUSE... UND ICH VERWAHRE IHREN SCHLÜSSEL. DESHALB MUSS ICH DAS FRAGEN...

UND WOHER KENNST DU NOE?!

EIN BEKANNTER VON FRAU NOE ITO HAT MIR GESAGT, ICH SOLLE SIE AUFSUCHEN!

DORT, WO ICH HER-KOMME, KANN ICH MICH NICHT DURCH-BRINGEN. DESHALB BIN ICH NACH TOKYO GEKOMMEN, UM HIER AUF EMPFEHLUNG ALS DIENSTMÄDCHEN ZU ARBEITEN...

DAS VERSTEHE ICH SEHR GUT. ABER IN WELCHEM VERHÄLTNIS STEHEN DEIN BEKANNTER UND NOE...?!

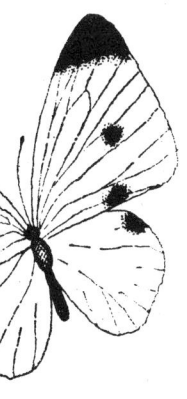

TASUKE AUS IIDASHINDEN IST DER MANN MEINER ÄLTEREN SCHWESTER. UND DIE KLEINE SCHWESTER DER FRAU VON TASUKES COUSIN ZWEITEN GRADES IST MIT FRAU NOE BEKANNT...

SCHON GUT...
SIE SIND ÜB-
RIGENS SEHR
HÜBSCH!

ABER DAS MACHT
NICHTS! ICH WERDE DICH
IN IHR HAUS LASSEN!
ENTSCHULDIGE NOCH-
MALS, ABER ICH TRAGE
DIE VERANTWORTUNG
UND MUSSTE EINFACH
FRAGEN...

HO HO HO...
DANN KENNT
DEIN BEKANNTER
SIE ALSO
GAR NICHT!
HO HO HO...

UND ICH
BIN NATSU
HIGUCHI.

ICH HEISSE
KASHIMA! VIELEN
DANK FÜR IHRE
HILFE.

NICK

ACH, FRAU
ICHIYO. ICH
HABE IHNEN
IHRE BESTEL-
LUNG VORBEI-
GEBRACHT.

VIELEN
DANK.

WAS BIN ICH IHNEN SCHULDIG?

SIE LIEGT AN DEM ÜBLICHEN PLATZ. ICH WUSSTE JA, DASS SIE DARAUF WARTEN, UND BIN AUF MEINEM HEIMWEG SOWIESO BEI IHNEN VORBEI-GEKOMMEN.

EINEN YEN UND ZEHN SEN...!

UNTER DEM NAMEN ICHIYO SCHREIBE ICH GEDICHTE UND ROMANE... DESHALB HAT ER MICH GERADE SO GENANNT.

ACH SO...?

ICHIYO HIGUCHI! EIN SCHÖNER NAME.

AUSSERDEM HAT NOE MIR NUR IHREN SCHLÜSSEL DAGELASSEN UND IST FORTGEGANGEN, OHNE MIR ZU SAGEN, WOHIN. DAS IST JETZT SCHON ZEHN TAGE HER! UND SIE WAR IRGENDWIE ANDERS ALS SONST. ICH MACHE MIR SORGEN.

IN LETZTER ZEIT SCHLEICHEN SELTSAME MÄNNER UM NOES HAUS HERUM UND BEOBACHTEN ES. DESHALB MUSSTE ICH DICH VERSCHIEDENES FRAGEN...

ICH HOFFE, IHR IST NICHTS PASSIERT... DENN SIE IST EIN GUTER UND AUFRICHTIGER MENSCH, ABER...

AAH...

Akt 7 **Hongo Gochome Kikuzakadori Teil I** – ENDE

伊藤

Ito

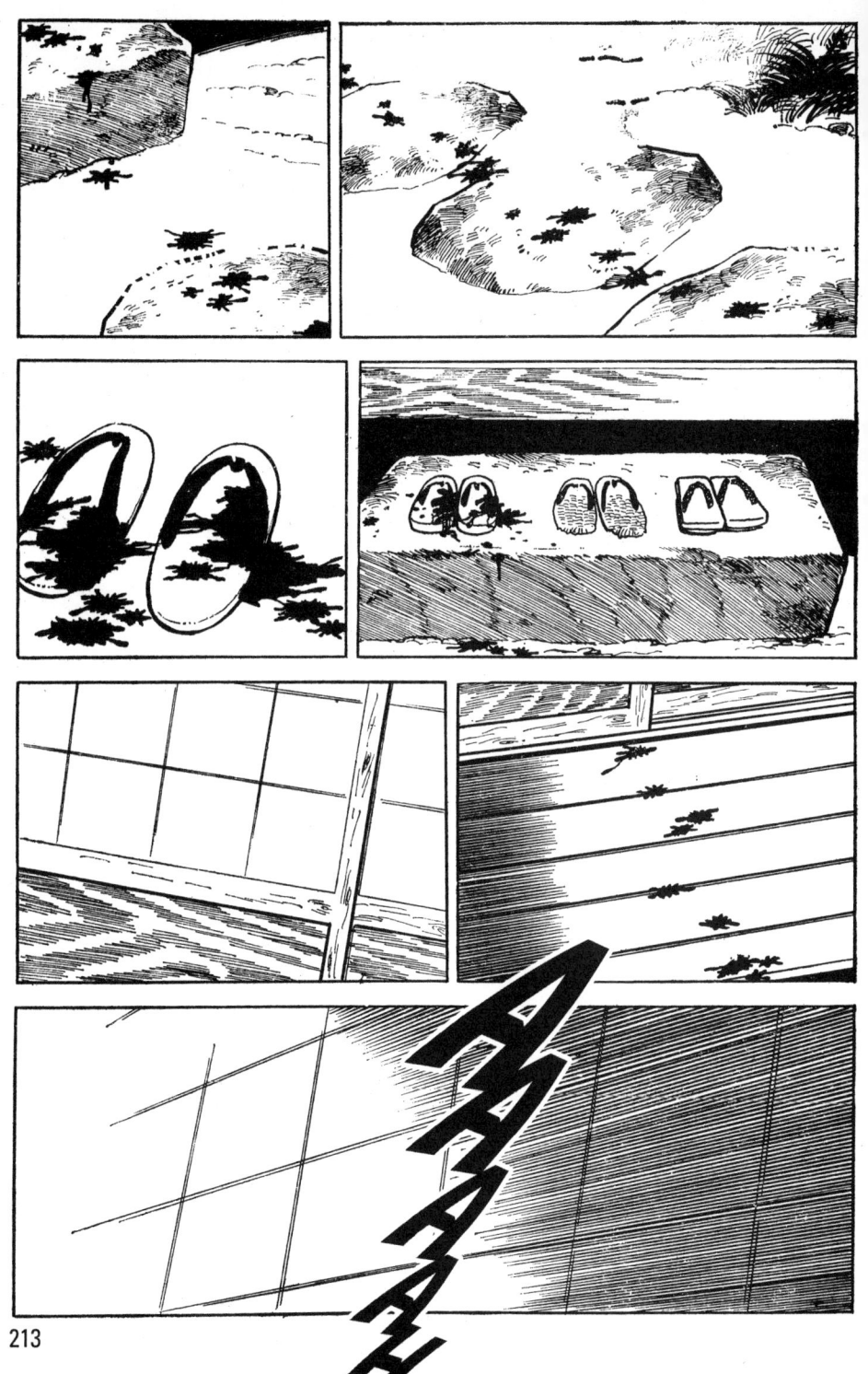

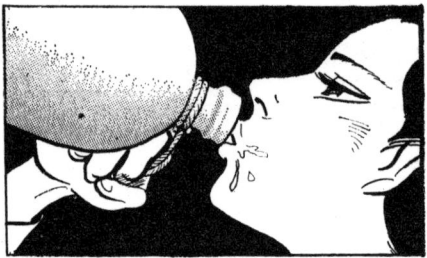

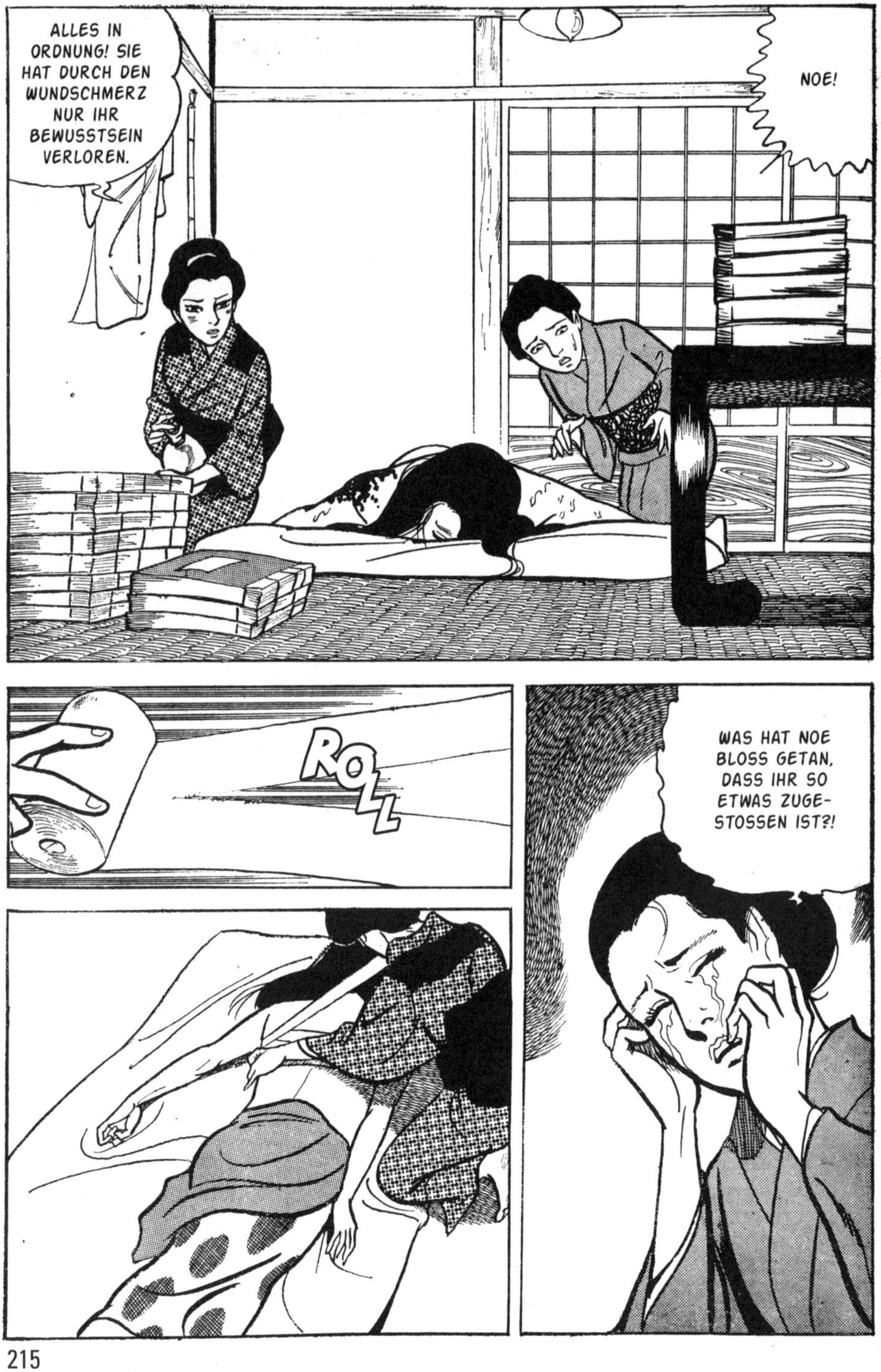

215

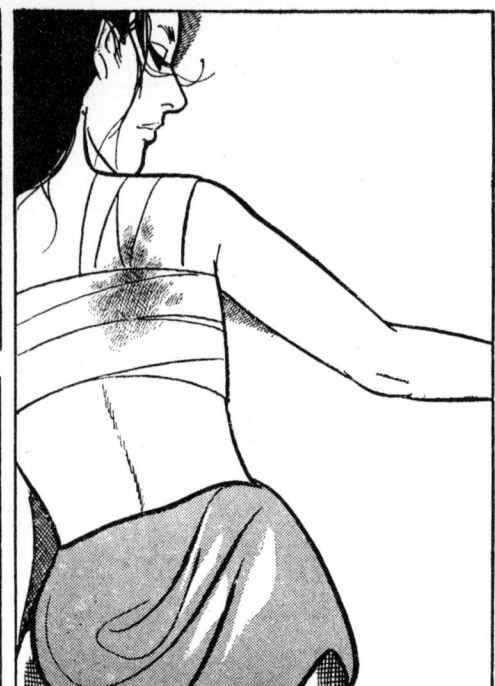
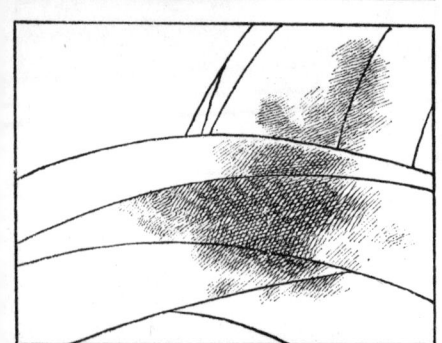

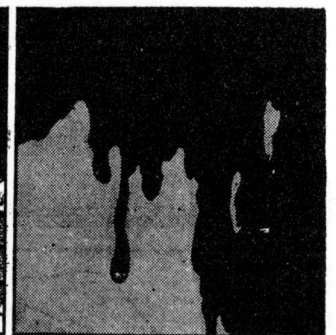

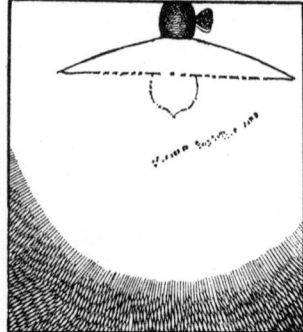

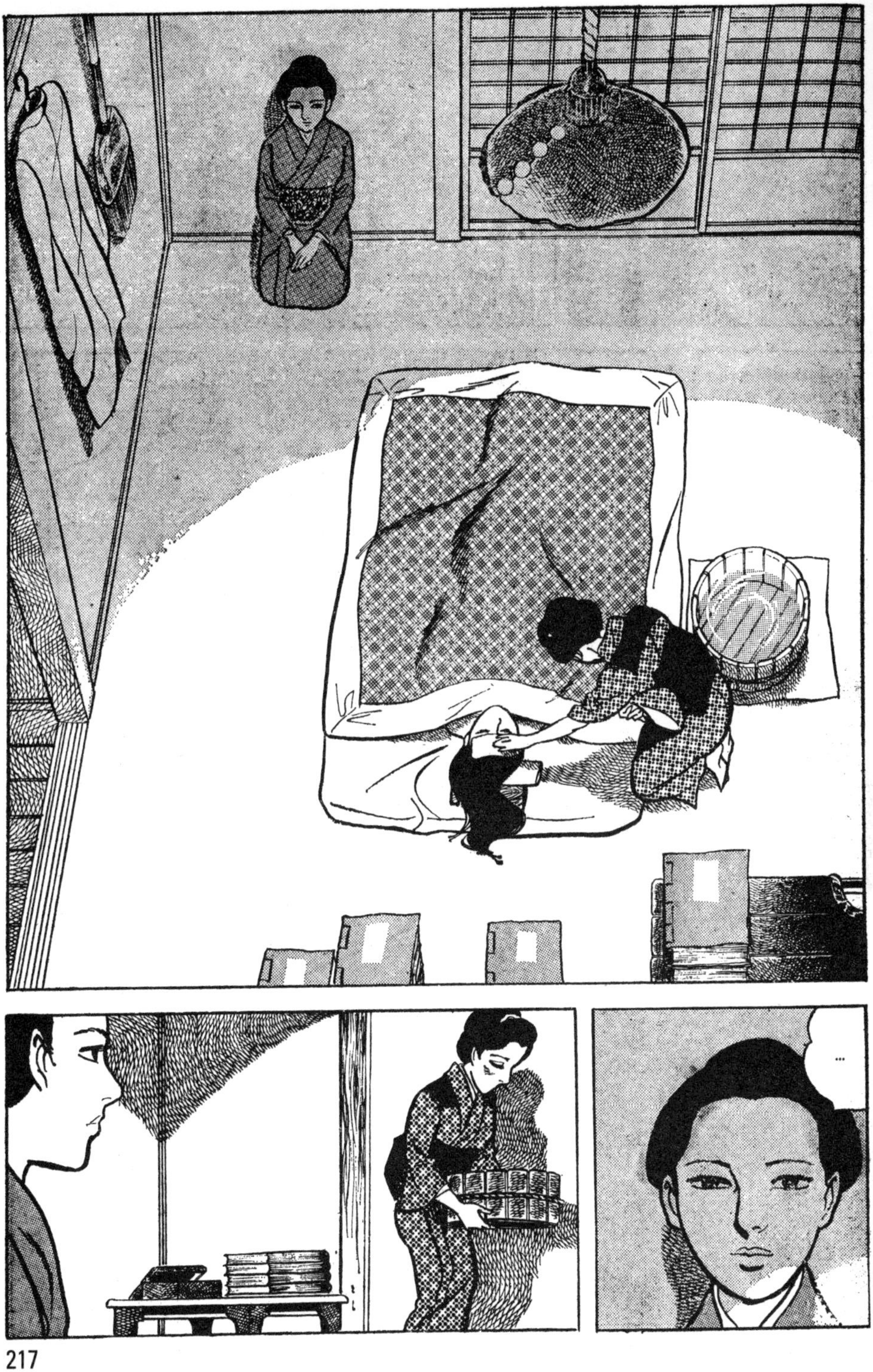

YUKI...!

KLACK
KLACK
KLACK

ALS DU NOES VERFOLGER ER-STOCHEN HAST, WAR DEIN BLICK SO ABWESEND... ALS WÄRE DEIN GEIST VOLL-KOMMEN LEER.

ICH FRAGE MICH, OB DU MIR NICHT LANGSAM DIE WAHRHEIT ERZÄHLEN KÖNNTEST...

DAS HAT MIR EHRLICH GE-SAGT ANGST GEMACHT...

SO HEISST DU DOCH?

JA.

FRAGEN SIE BITTE NICHT WEITER. UND VERGESSEN SIE AM BESTEN, WAS SIE HEUTE GESEHEN HABEN... ALS WÄRE ES EIN TAGTRAUM GEWESEN.

...

SONST MUSS
ICH AUCH SIE
TÖTEN!

ABER WER
BIST DU
WIRKLICH...?

PSST!

WIE ICH IHNEN
BEREITS GESAGT
HABE, BIN ICH
NUR EIN MÄDCHEN
VOM LANDE, DAS
BEI FRAU ITO ALS
HAUSMÄDCHEN AR-
BEITEN MÖCHTE!

SSH

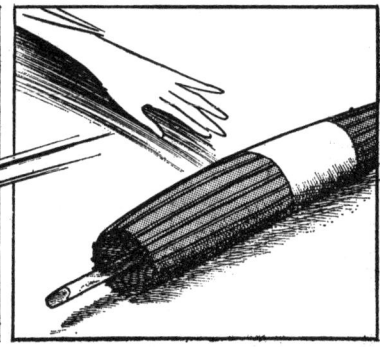

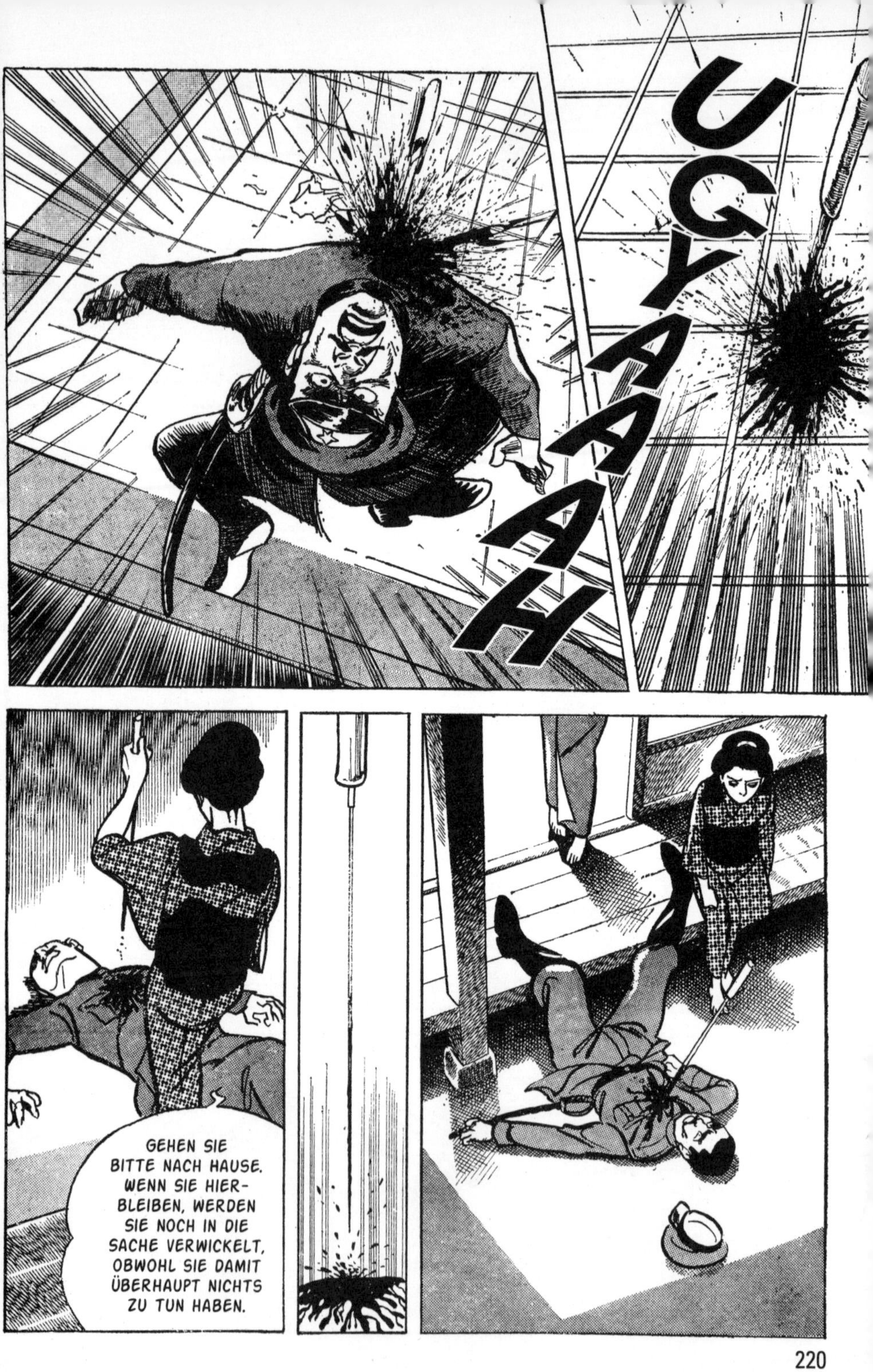

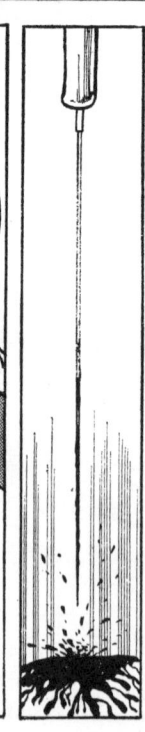

GEHEN SIE
BITTE NACH HAUSE.
WENN SIE HIER-
BLEIBEN, WERDEN
SIE NOCH IN DIE
SACHE VERWICKELT,
OBWOHL SIE DAMIT
ÜBERHAUPT NICHTS
ZU TUN HABEN.

ICH BIN ZWAR EINE FRAU, ABER ICH BIN AUCH EINE LITERATIN! WENN ICH DICH ANSEHE, SPÜRE ICH ETWAS AUSSERORDENTLICH INTENSIVES...

... ETWAS WIE HASS... DAS LODERND IN DIR BRENNT...

ALS FRAU UND SCHRIFTSTELLERIN BIN ICH VON DIR FASZINIERT. BITTE LASS MICH BLEIBEN, ICH WERDE DICH AUCH NICHT STÖREN.

...

...

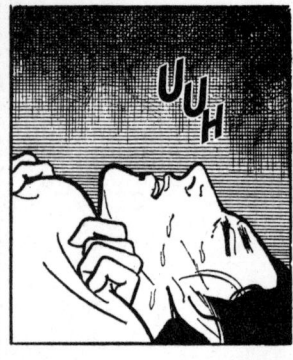

Akt 7 **Hongo Gochome Kikuzakadori – Teil II** ENDE

AKT 7
HONGO GOCHOME
KIKUZAKADORI – TEIL III

I...ICHIYO!

WHAP

NOE!! DU BIST WIEDER ZU DIR GE-KOMMEN.

D...DU DARFST NICHT HIER-BLEIBEN! G...GEH SO-FORT NACH HAUSE!

NICHT... BLEIB BITTE LIEGEN.

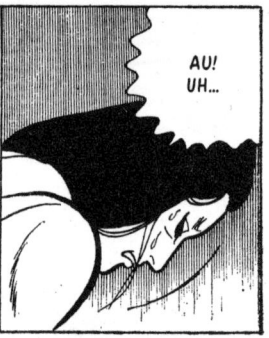

AU! UH...

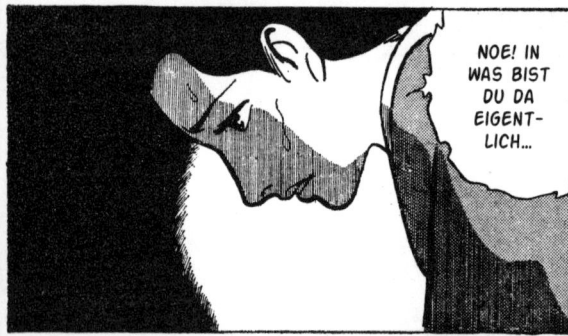

NOE! IN WAS BIST DU DA EIGENT-LICH...

SIE WISSEN, WO ICH WOHNE!

FRAG BITTE NICHT! U...UND GEH SCHNELL NACH HAUSE! SONST STÖSST DIR AUCH NOCH ETWAS ZU...

224

FRAU NOE HAT RECHT. UM DEN REST HIER KÜMMERE ICH MICH. GEHEN SIE BITTE NACH HAUSE, ICHIYO.

A... ABER...

NICHTS HÖREN, NICHTS SEHEN, NICHTS SAGEN. SO MÜSSEN SIE ES MACHEN, ICHIYO! WAS HEUTE PASSIERT IST, WAR NUR EIN TRAUM. SIE HABEN NUR GETRÄUMT UND MÜSSEN DAS ALLES BITTE VERGESSEN!

J...JA! SIE HAT RECHT, DU DARFST DICH NICHT IN DIESE SACHE EINMISCHEN, ICHIYO! GEH BITTE NACH HAUSE.

ICH HEISSE KASHIMA.

UND WER SIND SIE... MEINE RETTERIN?!

225

DAS ERKLÄRE ICH IHNEN SPÄTER... JETZT SOLLTEN WIR ERST EINMAL SO SCHNELL WIE MÖGLICH VON HIER VERSCHWINDEN! AN EINEN SICHEREN ORT, BEVOR DIE KERLE WIEDERKOMMEN.

WIESO... HABEN SIE MICH...

KOMMEN SIE, NOE! LEGEN SIE DEN ARM UM MEINE SCHULTERN!

SIE WISSEN ALSO ÜBER DIESE KERLE BESCHEID... UND ÜBER ALLES ANDERE AUCH?

KOMMT DOCH IN MEIN HAUS, WENN ES HIER ZU GEFÄHR-LICH IST!

NEIN! WENN SIE SICH JETZT BE-WEGT, WIRD SIE VERBLUTEN!

DAS KANN ICH NICHT! ICH STECKE DOCH SCHON MITTENDRIN! ICH WAR SOGAR AUGENZEUGIN DIE-SES GEMETZELS!

ICHIYO! VERGISS MICH UND GEH! BITTE, SONST WIRST DU AUCH IN DIE SACHE HINEIN-GEZOGEN!

ERKLÄRT MIR BITTE, WAS HIER EIGENTLICH LOS IST!

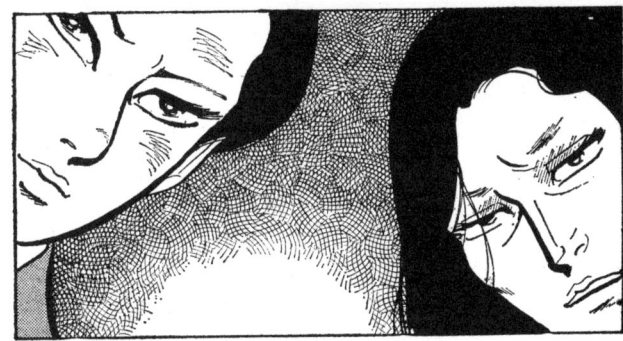

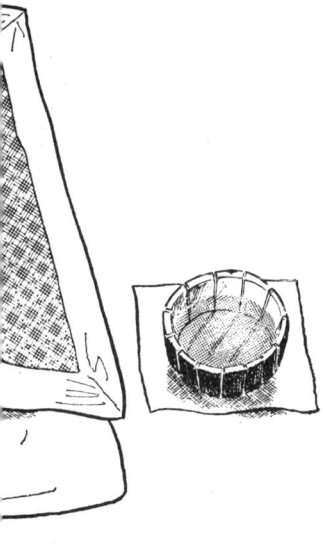

WIR WISSEN JETZT, WO NOE WOHNT! BEEILUNG!

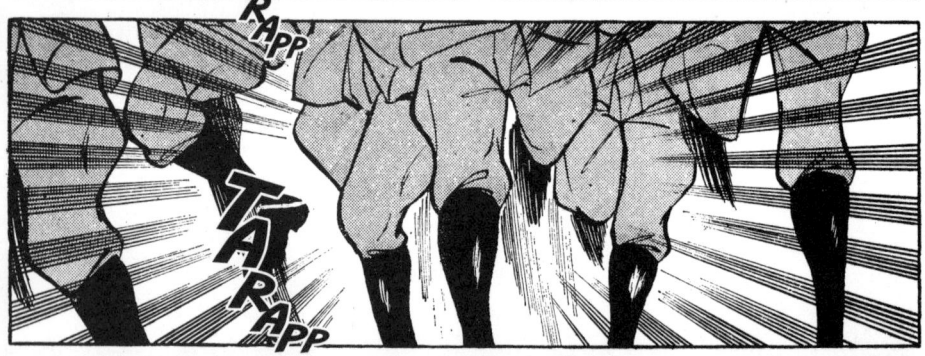

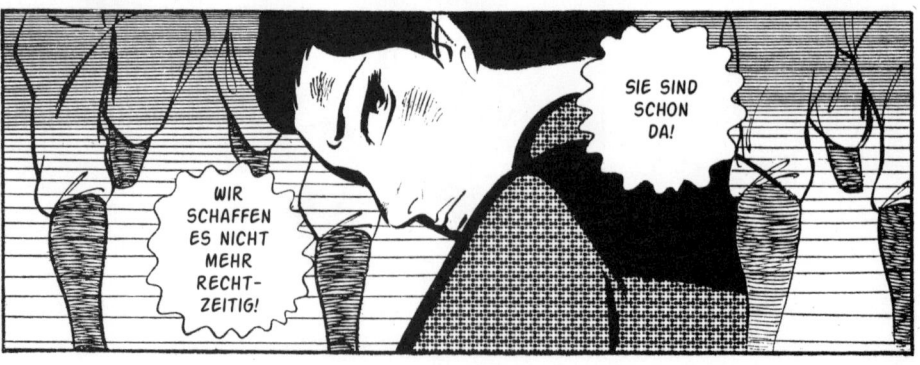

SIE SIND SCHON DA!

WIR SCHAFFEN ES NICHT MEHR RECHT- ZEITIG!

YUKI... SIE HÖREN SICH AUF EINMAL SO ANDERS AN?!

ICH MUSS MEINE WAHRE IDENTITÄT NICHT LÄNGER VERBERGEN.

KO...KOMMT JEDENFALLS MIT ZU MIR!

JA, EINEN ANDE-REN WEG GIBT ES WOHL NICHT! JETZT HABEN WIR SIE DOCH MIT IN DIESE SACHE HINEINGEZOGEN, ICHIYO, ABER DANN WILL ES DAS SCHICK-SAL WOHL SO.

Bisher hat Yuki nordostjapanischen Dialekt gesprochen, nun redet sie Hochjapanisch.

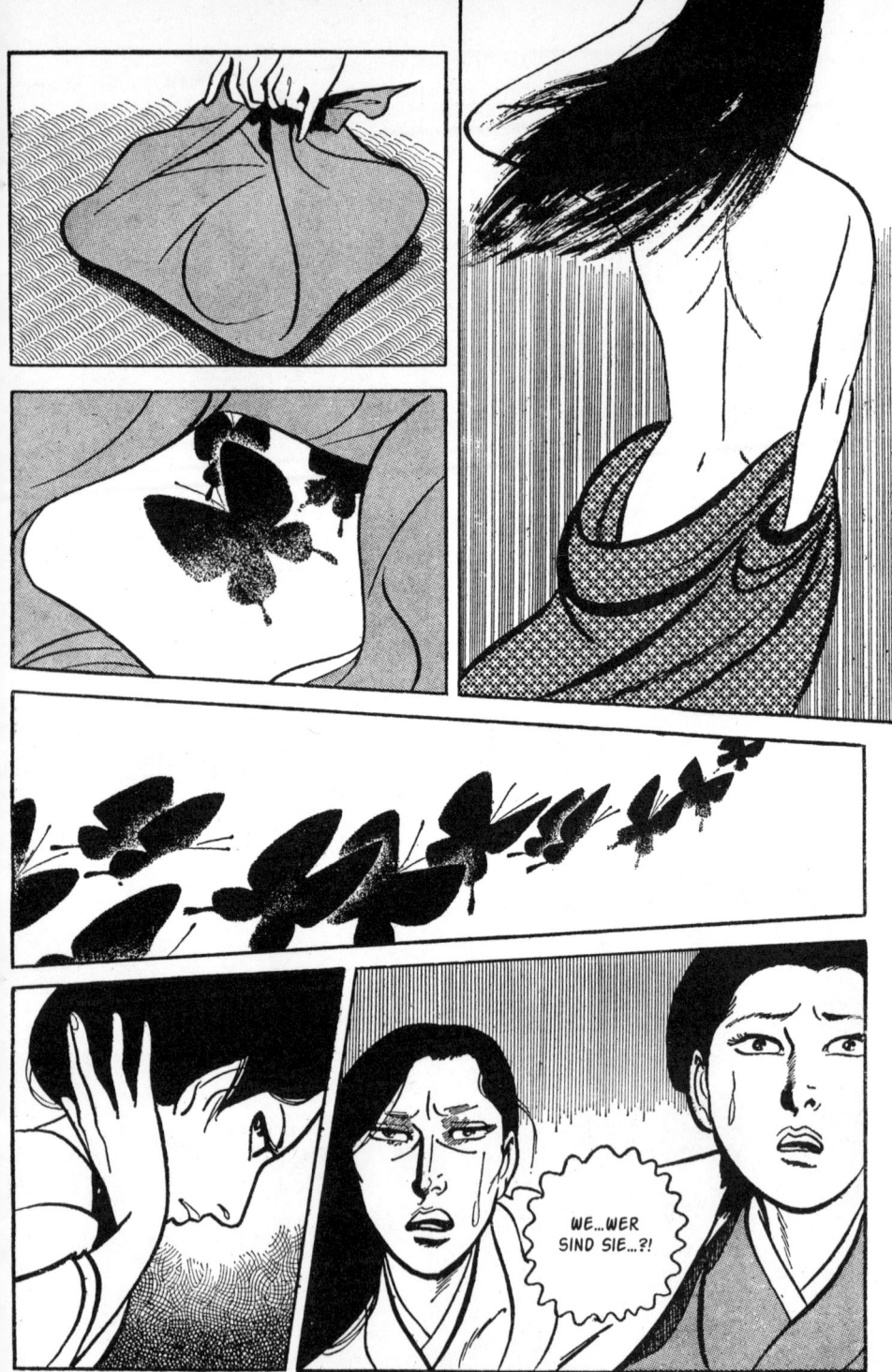

230

ICH BIN LADY SNOWBLOOD!

ICH WERDE DIE KERLE ABLENKEN... JETZT BEEILT EUCH!

BSHH

D...DIE... AUS MEISTER GAIKOTSUS ROMAN...?

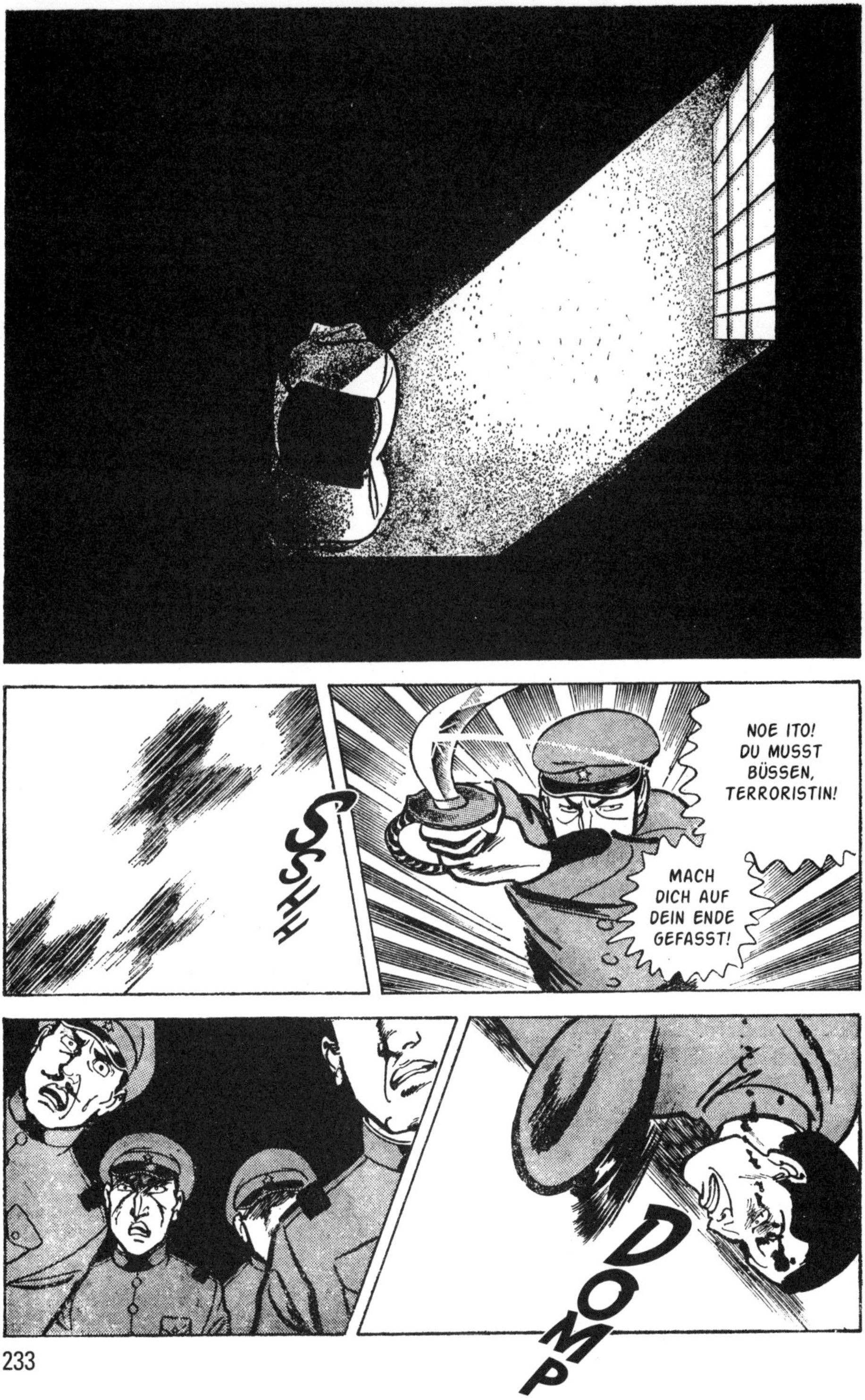
NOE ITO! DU MUSST BÜSSEN, TERRORISTIN!
MACH DICH AUF DEIN ENDE GEFASST!
SSHH
DOMP

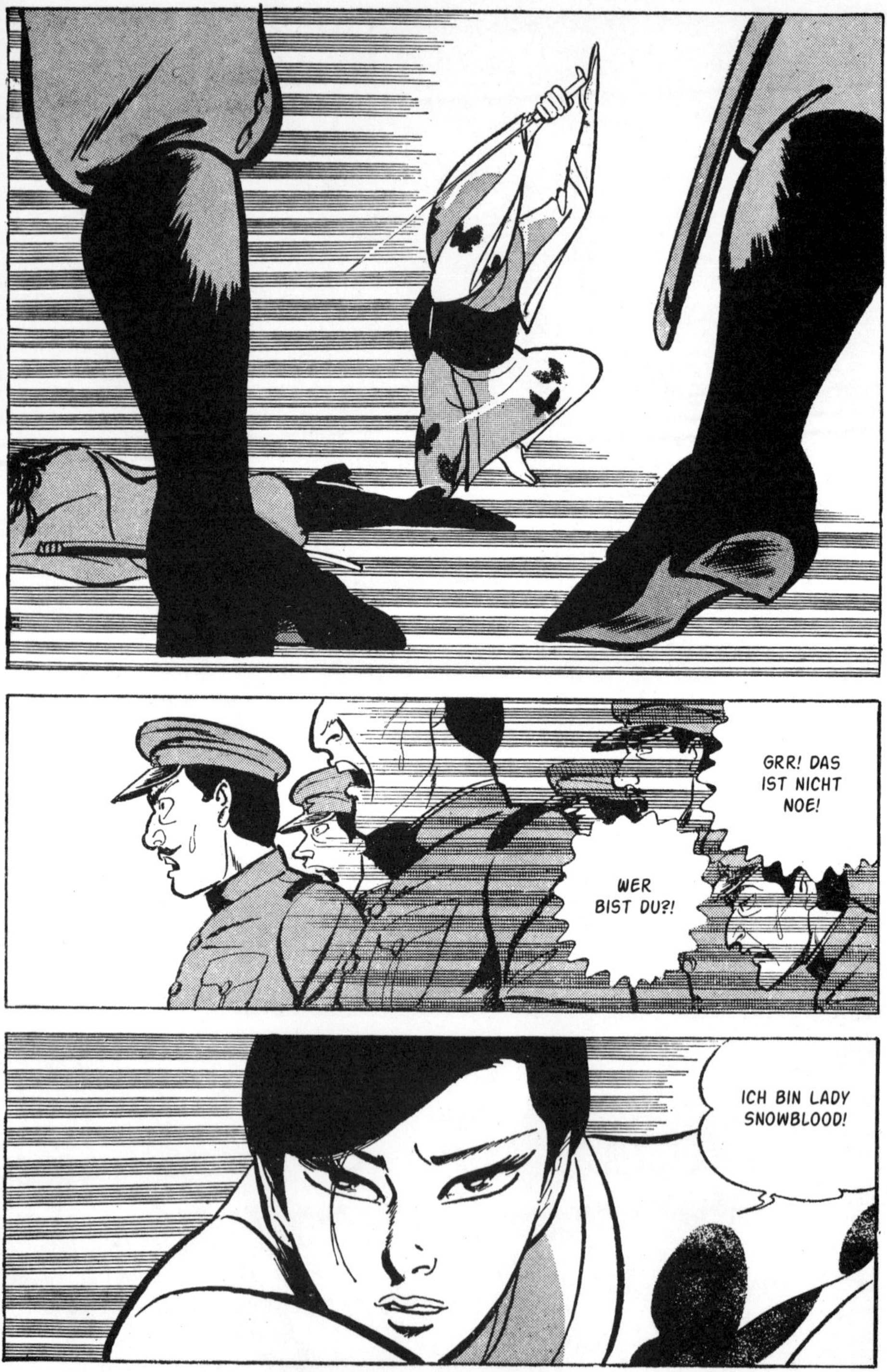

AKT 7
HONGO GOCHOME
KIKUZAKADORI – TEIL IV

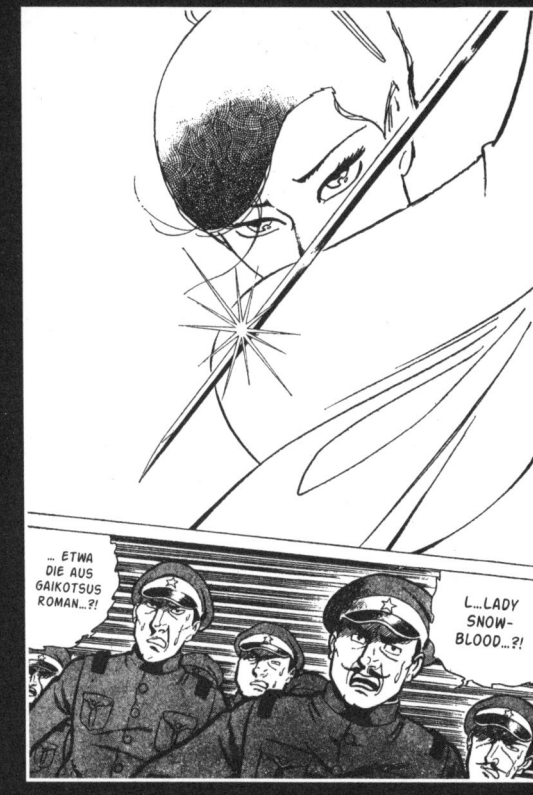

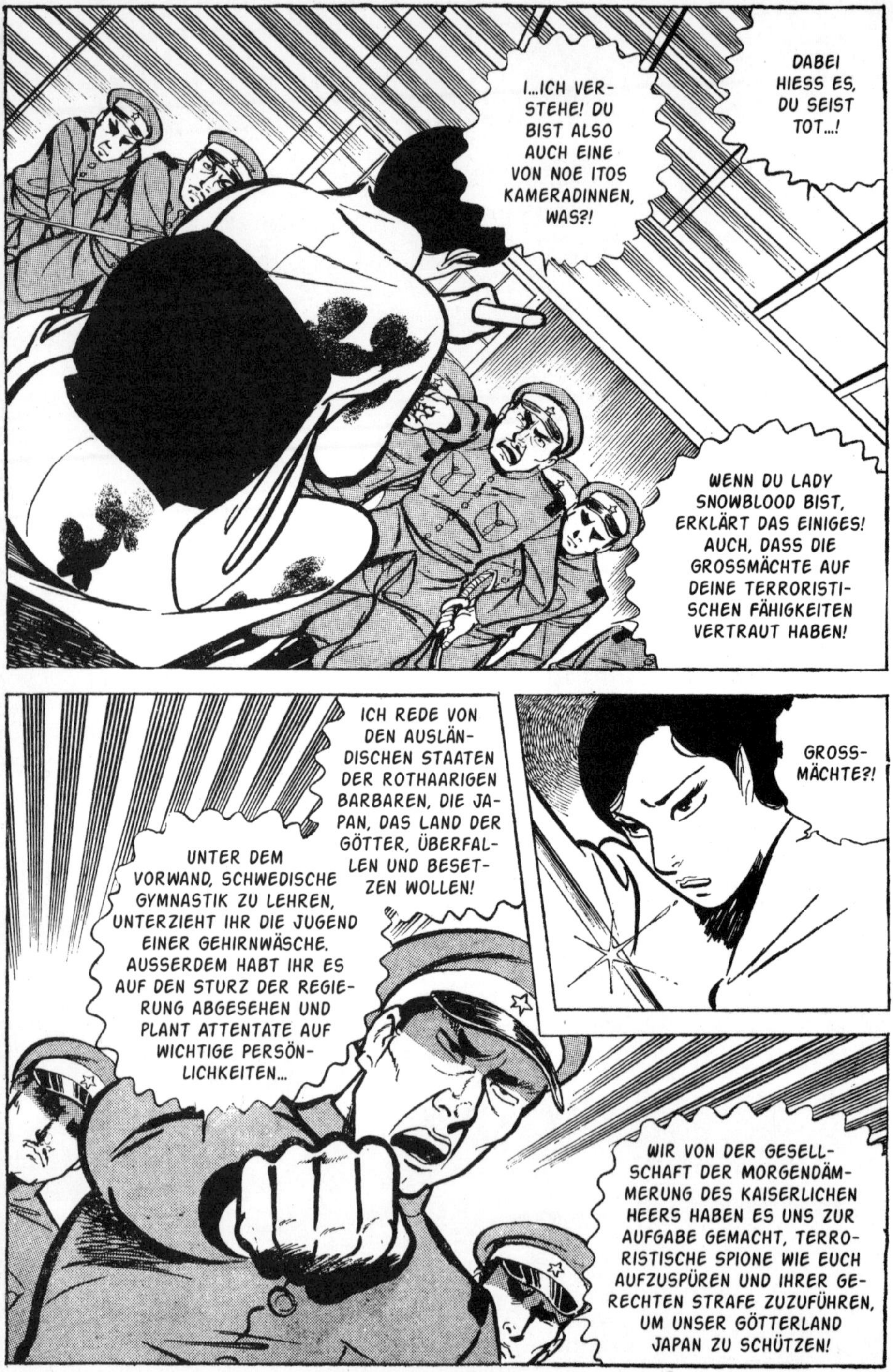

236

WIR WISSEN ALLES ÜBER EUCH TERRORISTEN! AUCH WENN LADY SNOWBLOOD EINE ÜBERRASCHUNG FÜR UNS IST!

WER SEINE PATRIOTISCHE GESINNUNG AN DIE GROSSMÄCHTE VERKAUFT, IST FÜR UNS EIN VATERLANDSVERRÄTER, MIT DEM WIR ABRECHNEN – UND SEI ES DER KULTUSMINISTER!!

NONK

ERGIB DICH UND VERRATE UNS ALLES ÜBER EURE ORGANISATION! DANN WERDEN WIR DICH ZUMINDEST AM LEBEN LASSEN!

WIR SIND MEISTER DER JIGENRYU*!

DASS EINE FRAU DER GESELLSCHAFT DER MORGENDÄMMERUNG DIE STIRN BIETET, IST VOLLKOMMEN LÄCHERLICH!

ZINGG

* um 1600 gegründete Schwertkampfschule

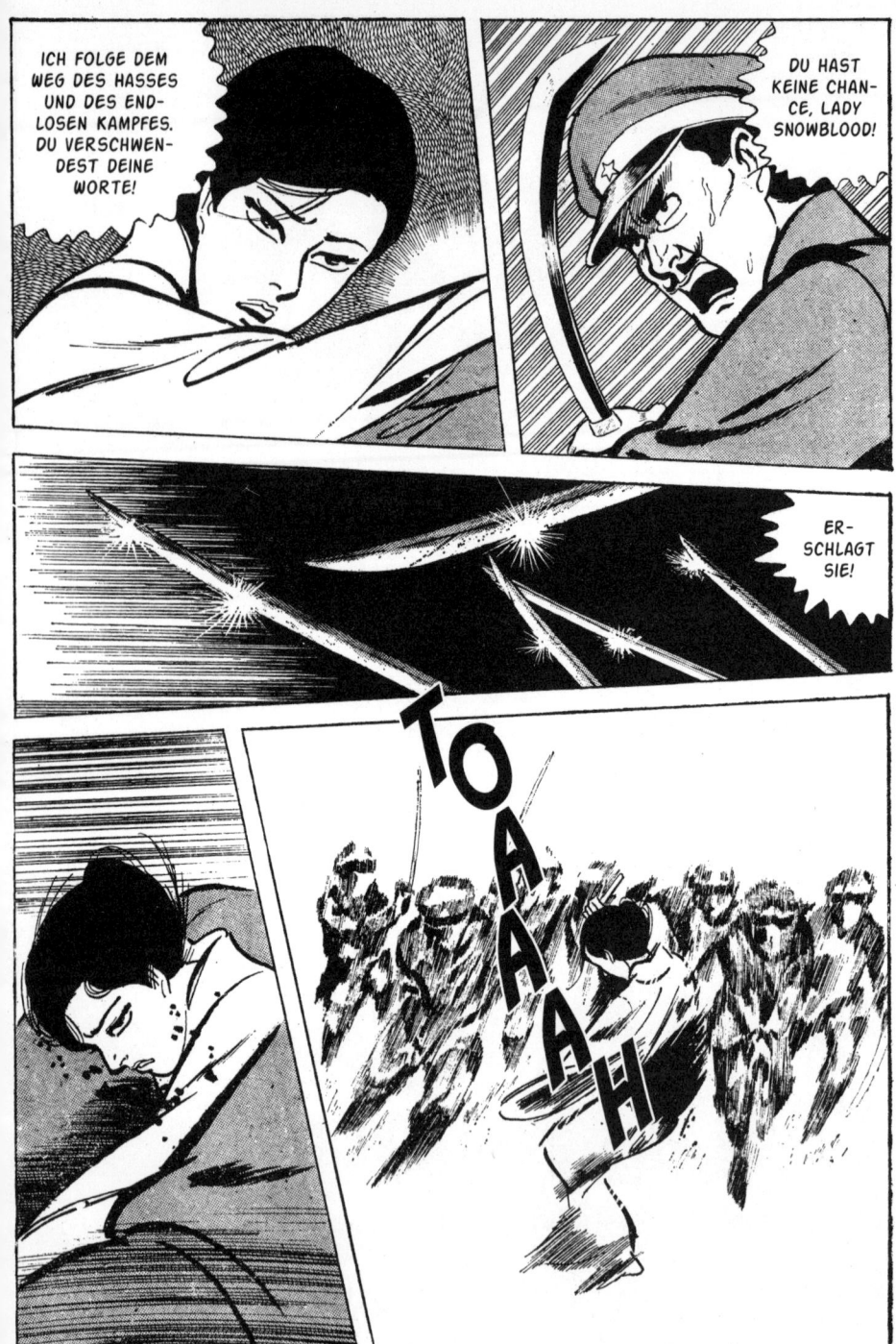

241

D...DU
HÜNDIN!

FLAPP

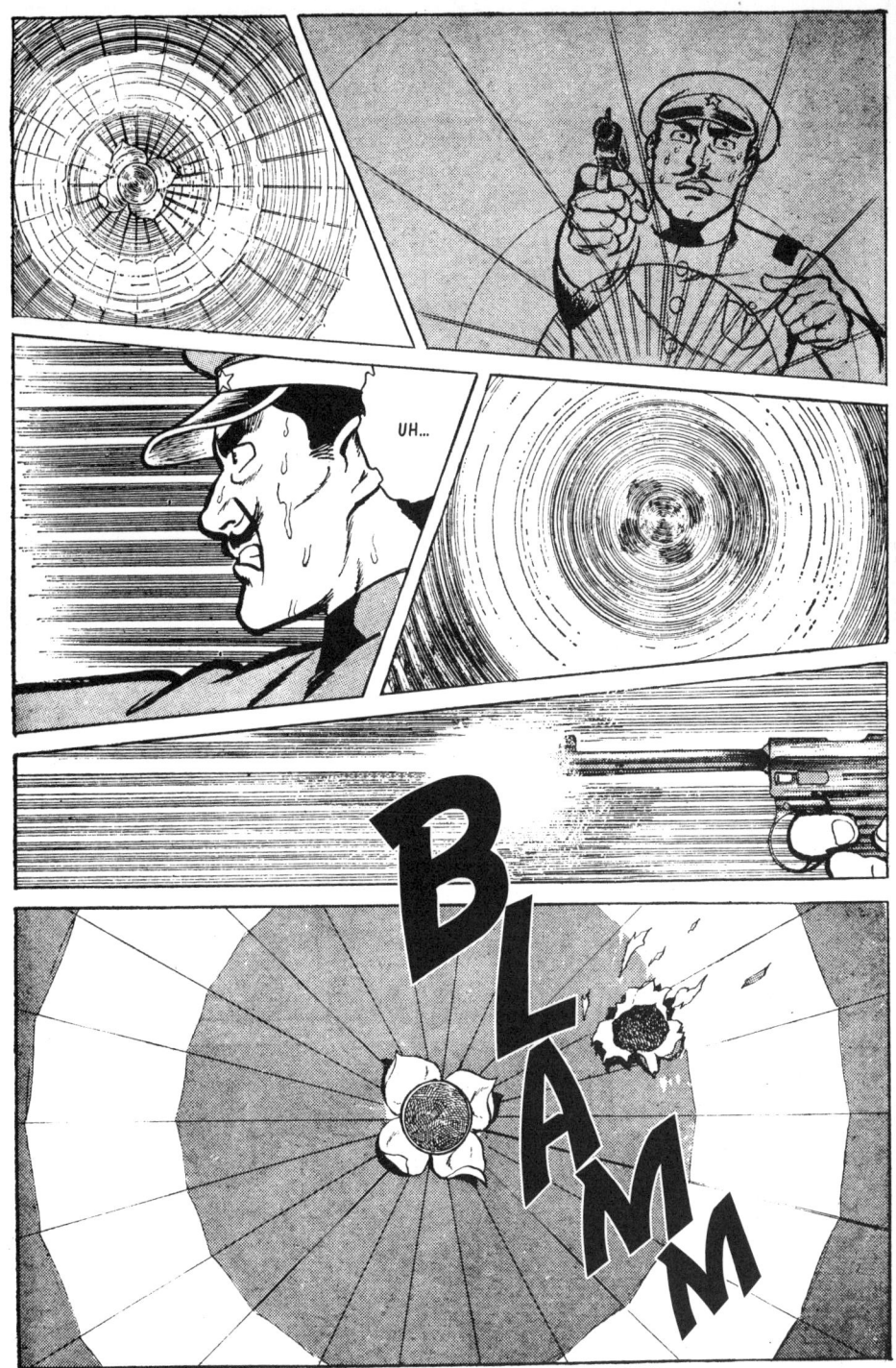

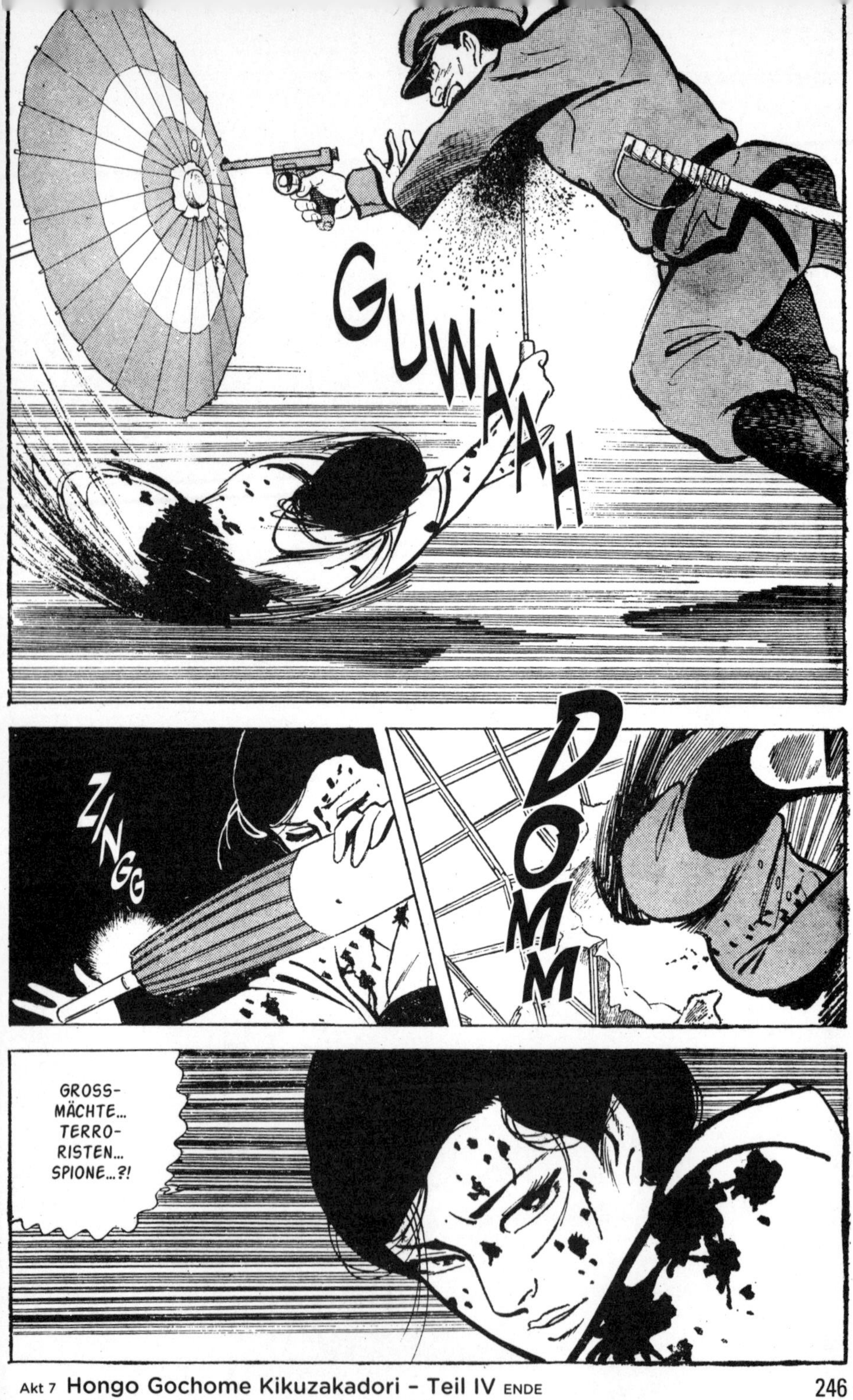

GROSS-
MÄCHTE...
TERRO-
RISTEN...
SPIONE...?!

Akt 7 **Hongo Gochome Kikuzakadori – Teil IV** ENDE

AKT 7
HONGO GOCHOME
KIKUZAKADORI – TEIL V

WAS HATTE DAS ALLES ZU BE-DEUTEN...?

GROSS-MÄCHTE ?! SPIONE ?!

TER-RO-RIS-TEN ?!

GESELL-SCHAFT DER MOR-GEN-DÄMME-RUNG!

ALL DAS MUSSTE NOE MIR ERKLÄREN...

... ABER ES GAB EINFACH ZU VIEL, DAS ICH NICHT VERSTAND. ES WAR... ALS WÄRE ICH IN EINEN GROSSEN STRU-DEL GESOGEN WORDEN...

AUS WUT ÜBER MOTOICHIRO KAWASES UND AGURI IGUCHIS TOD WAR ICH IN DIE KIKUZAKADORI GEKOMMEN...

ABER VORHER MUSSTE ICH DAFÜR SORGEN, DASS DIE GUTMÜTIGE ICHIYO... DIE MIT DER GANZEN SACHE ÜBERHAUPT NICHTS ZU TUN HATTE... NICHT NOCH MEHR IN GEFAHR GERIET...

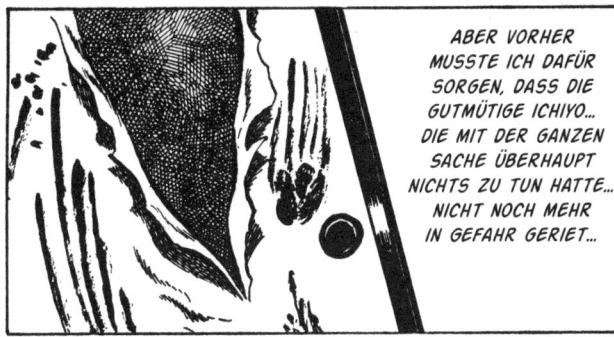

WENN ICH NICHTS UNTERNEHMEN WÜRDE... WÜRDEN DIE KERLE BESTIMMT WIEDERKOMMEN! UND WENN NOE UND ICH DANN VERSCHWUNDEN WÄREN, WÜRDE ES FÜR ICHIYO HIER GANZ GEWISS GEFÄHRLICH WERDEN.

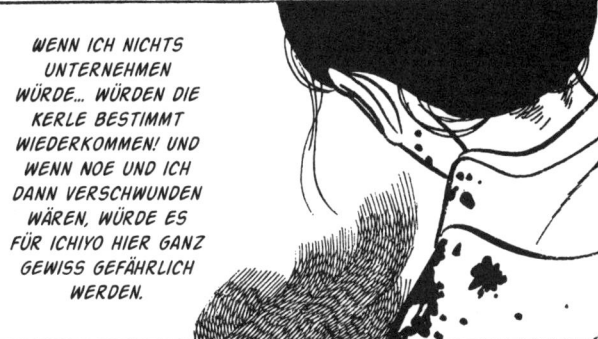

Higuchi

!

YU...YUKI...
IHNEN IST NICHTS
PASSIERT, ODER...?
I...ICH HABE MIR
SOLCHE SORGEN
GEMACHT...

SIE SIND ALLE TOT...
ABER BEVOR NEUE
KOMMEN, MÜSSEN WIR
HIER WEG SEIN...

YU...YUKI!

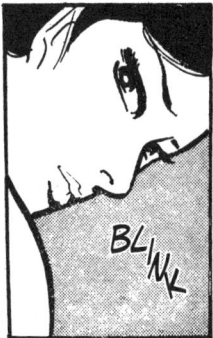

BLINK

»In der trüben Bucht...«

252

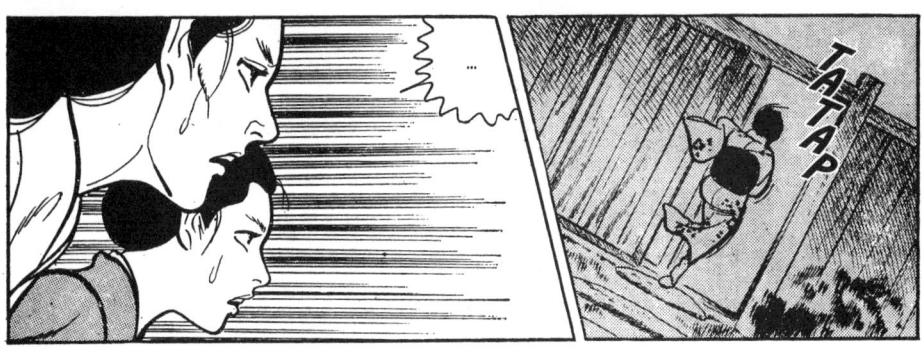

DOMP

M...MEINE MUTTER... IST ZUM GLÜCK AUF EINER BADE-KUR... A...ABER WARUM...?

WENN ICH ES RICHTIG SEHE, LEBEN SIE HIER MIT IHRER MUT-TER ZUSAMMEN, ICHIYO...

JA.

ICH MÖCHTE NICHT, DASS SIE IN NOCH GRÖSSERE GE-FAHR GERATEN, ICHIYO.

WENN DIE KERLE KOMMEN... SAGEN SIE IHNEN... PLÖTZLICH HÄTTE ES EINEN KAMPF ZWISCHEN SOLDATEN UND ZIVILISTEN GEGE-BEN, BEI DEM AUCH IHR HAUS BESCHÄDIGT WORDEN IST.

SIE HATTEN SOLCHE ANGST, DASS SIE OHN-MÄCHTIG GEWOR-DEN SIND. UND ALS SIE WIEDER ZU SICH KAMEN, WAREN SIE HIER GEFESSELT...

VERGIB MIR... ICHIYO... WIR WERDEN UNS WOHL NIE WIEDER- SEHEN... ABER ICH WERDE DIR EWIG DANKBAR SEIN! UUH...

WENN GRAS ÜBER DIE SACHE GEWACHSEN IST, SOLLTEN SIE BESSER UMZIEHEN. ALS ENTSCHÄ- DIGUNG FÜR DIE ZERSTÖ- RUNG HIER HABE ICH 500 YEN UNTER DEN TATAMI VERSTECKT. VERWENDEN SIE SIE BITTE DAFÜR.

...

LEBEN SIE WOHL, ICHIYO!

LEBEN
SIE WOHL,
ICHIYO...

Akt 7 **Hongo Gochome Kikuzakadori – Teil V** ENDE

AKT 8
DAS TUNNELHAUS – TEIL I

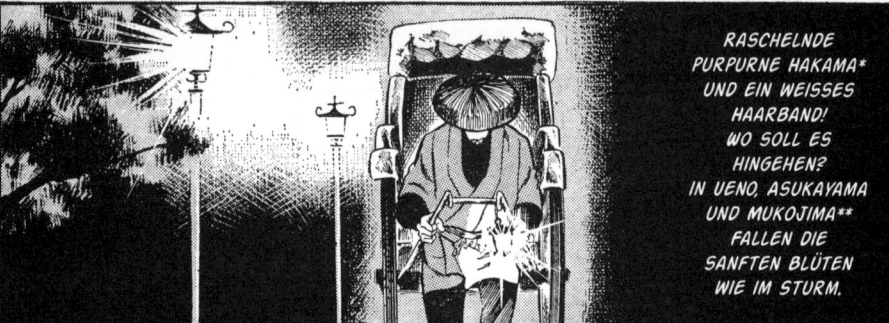

RASCHELNDE
PURPURNE HAKAMA*
UND EIN WEISSES
HAARBAND!
WO SOLL ES
HINGEHEN?
IN UENO, ASUKAYAMA
UND MUKOJIMA**
FALLEN DIE
SANFTEN BLÜTEN
WIE IM STURM.

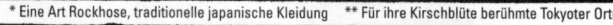

* Eine Art Rockhose, traditionelle japanische Kleidung   ** Für ihre Kirschblüte berühmte Tokyoter Orte

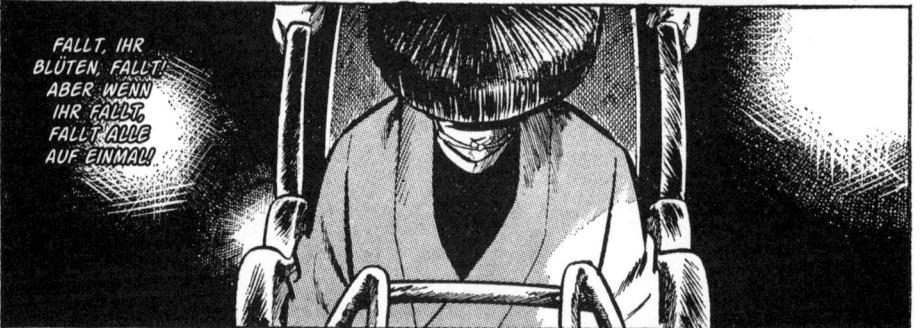

FALLT, IHR
BLÜTEN, FALLT!
ABER WENN
IHR FALLT,
FALLT ALLE
AUF EINMAL!

ALLE AUF
EINMAL!

JA?!

FAHRER!

BITTE, STEIGEN SIE EIN!

NICHTS EINFACHER ALS DAS... ICH BRINGE SIE SCHNELL ÜBERALLHIN...

ICH MUSS EINE KRANKE TRANSPORTIE-REN! KANNST DU MIR HELFEN?!

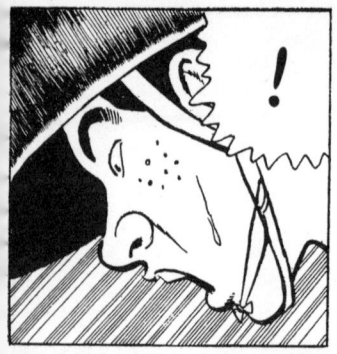

HIER IST DEIN FAHR-GELD!

WO SOLL ES HIN-GEHEN?!

ICH GEBE DIR 100 YEN... WEIL ICH MÖCHTE, DASS DU MIR DEINEN WAGEN VERKAUFST! DAVON KANNST DU DIR FÜNF NEUE RIK-SCHAS KAUFEN.

HU...HU...HUNDERT YEN...?! DA...DAS SOLL WOHL EIN SCHERZ SEIN! WIE SOLL ICH IHNEN DENN DARAUF RAUSGEBEN?«

RATTER

RATTER

RATTER

A...A... ABER...

...TSCHI!!

HAAA...

RATTER RATTER RATTER RATTER

IM TOZAKICHO IN KOISHIKAWA* HALTEN SICH VIELE MEINER GLEICHGESINNTEN VERSTECKT... BRINGEN SIE UNS ERST EINMAL DORTHIN... UND DANN MÜSSEN SIE MIR EINIGES ERKLÄREN, YUKI...

DENN ICH HABE NOCH IMMER KEINE AHNUNG, WER SIE SIND! UND ICH WEISS AUCH NICHT, WARUM SIE ZU MIR GEKOMMEN SIND...

* Ein Viertel im Tokyoter Bezirk Bunkyo

... ALLES, WAS ICH WEISS, IST, DASS ICH IHNEN MEIN LEBEN VERDANKE...

ICH VERSTEHE DAS ALLES HIER AUCH NICHT! WENN WIR DORT SICHER ANGEKOMMEN SIND, MÖCHTE ICH SO VIELES VON IHNEN WISSEN.

IST ALLES IN ORDNUNG MIT IHNEN, NOE?!

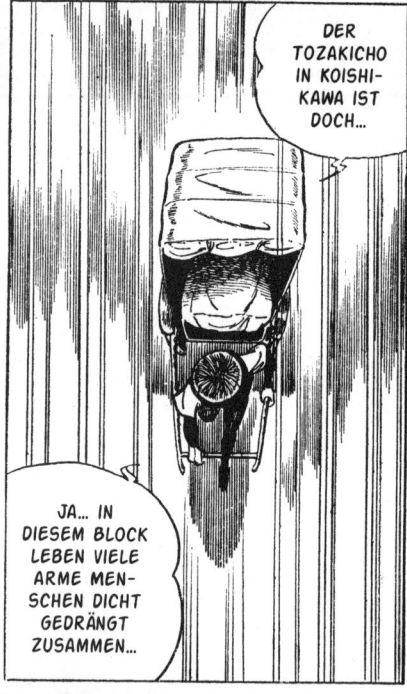

DER TOZAKICHO IN KOISHI-KAWA IST DOCH...

JA, DANKE... MIT IHNEN AUCH...?

JA... IN DIESEM BLOCK LEBEN VIELE ARME MEN-SCHEN DICHT GEDRÄNGT ZUSAMMEN...

RATTER

RATTER

BEEILEN WIR UNS BESSER.

MIT MIR IST ALLES IN ORDNUNG!

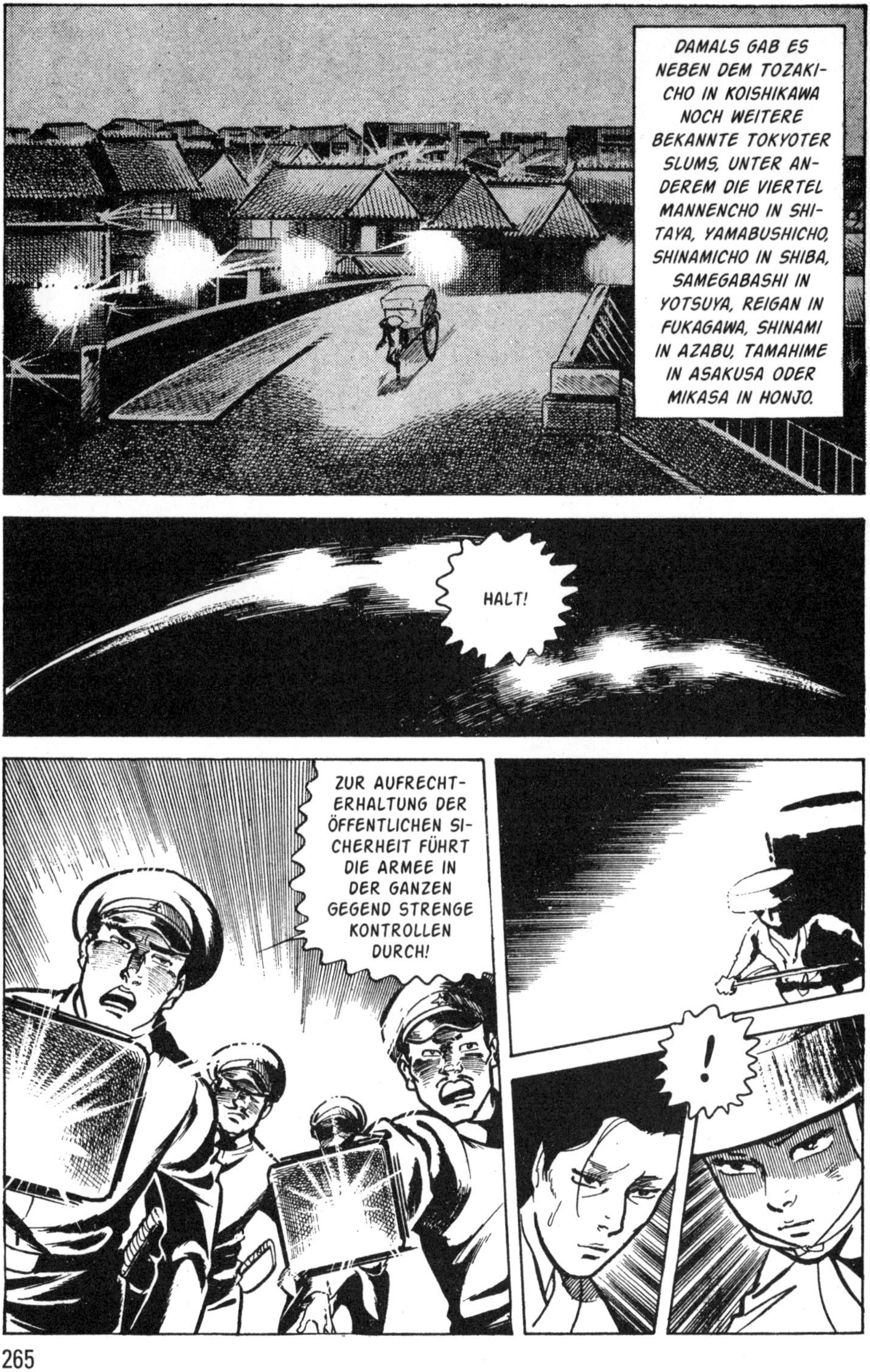

DAMALS GAB ES
NEBEN DEM TOZAKI-
CHO IN KOISHIKAWA
NOCH WEITERE
BEKANNTE TOKYOTER
SLUMS, UNTER AN-
DEREM DIE VIERTEL
MANNENCHO IN SHI-
TAYA, YAMABUSHICHO,
SHINAMICHO IN SHIBA,
SAMEGABASHI IN
YOTSUYA, REIGAN IN
FUKAGAWA, SHINAMI
IN AZABU, TAMAHIME
IN ASAKUSA ODER
MIKASA IN HONJO.

HALT!

ZUR AUFRECHT-
ERHALTUNG DER
ÖFFENTLICHEN SI-
CHERHEIT FÜHRT
DIE ARMEE IN
DER GANZEN
GEGEND STRENGE
KONTROLLEN
DURCH!

!

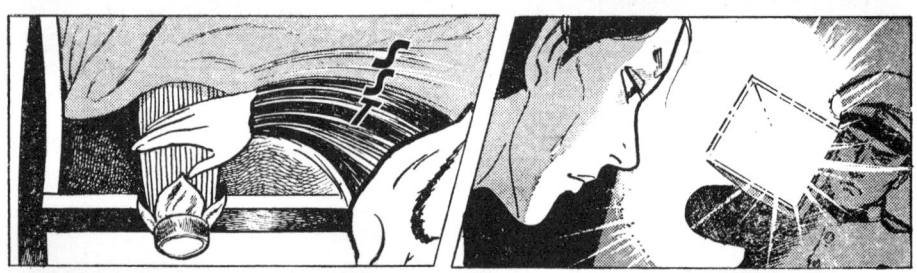

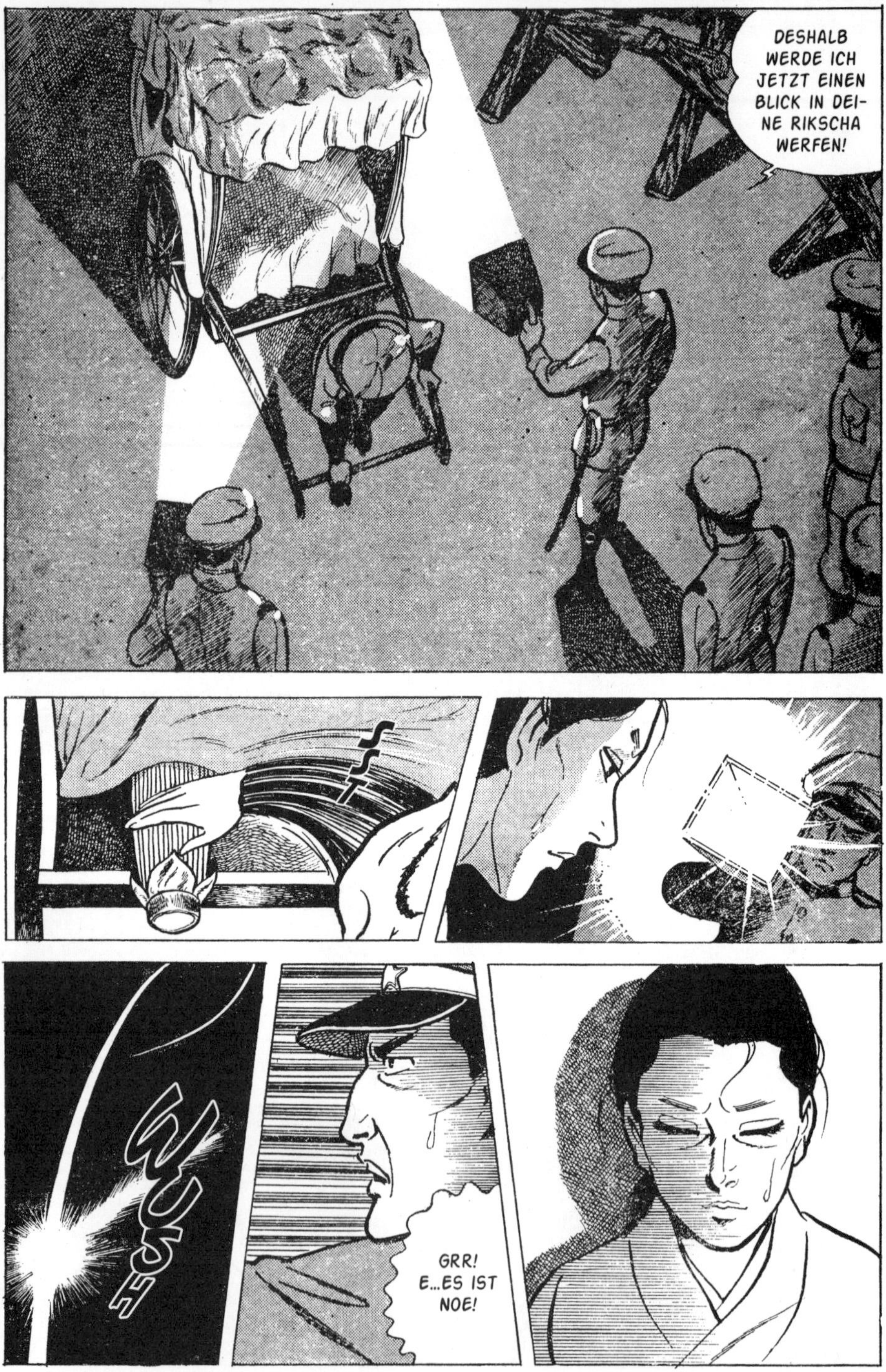

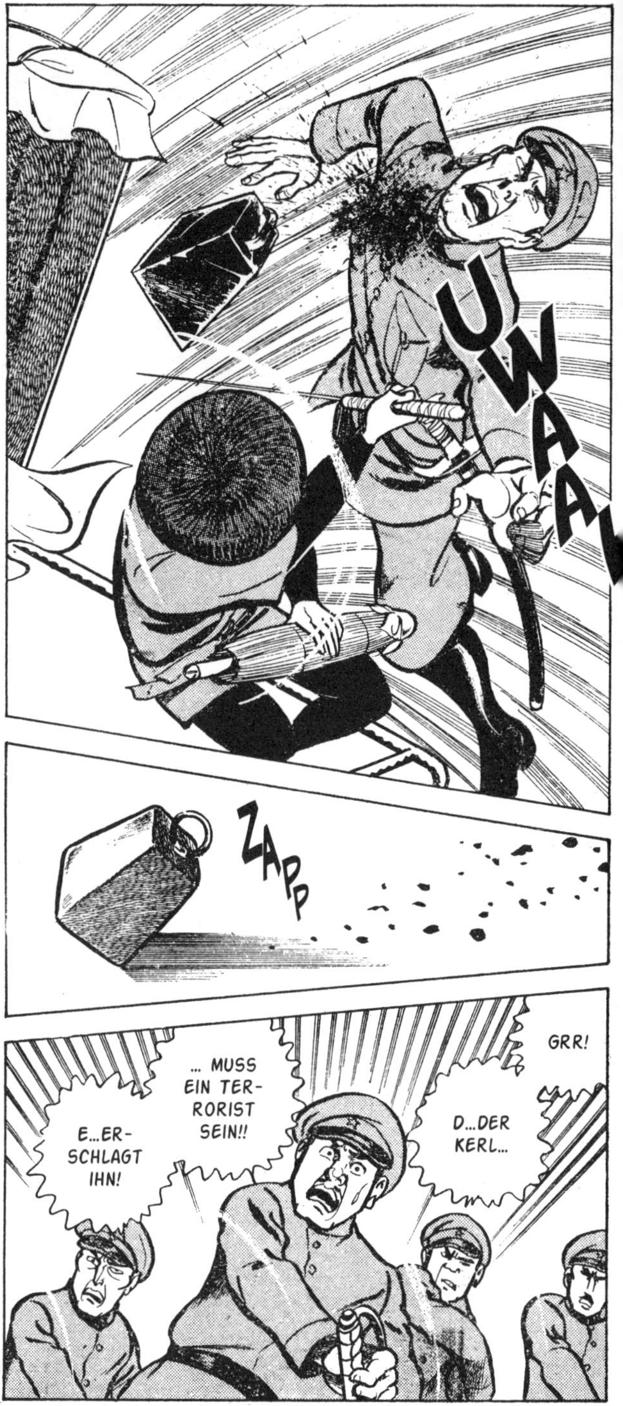

UWAA!

ZAPP

E...ER-
SCHLAGT
IHN!

... MUSS
EIN TER-
RORIST
SEIN!!

GRR!

D...DER
KERL...

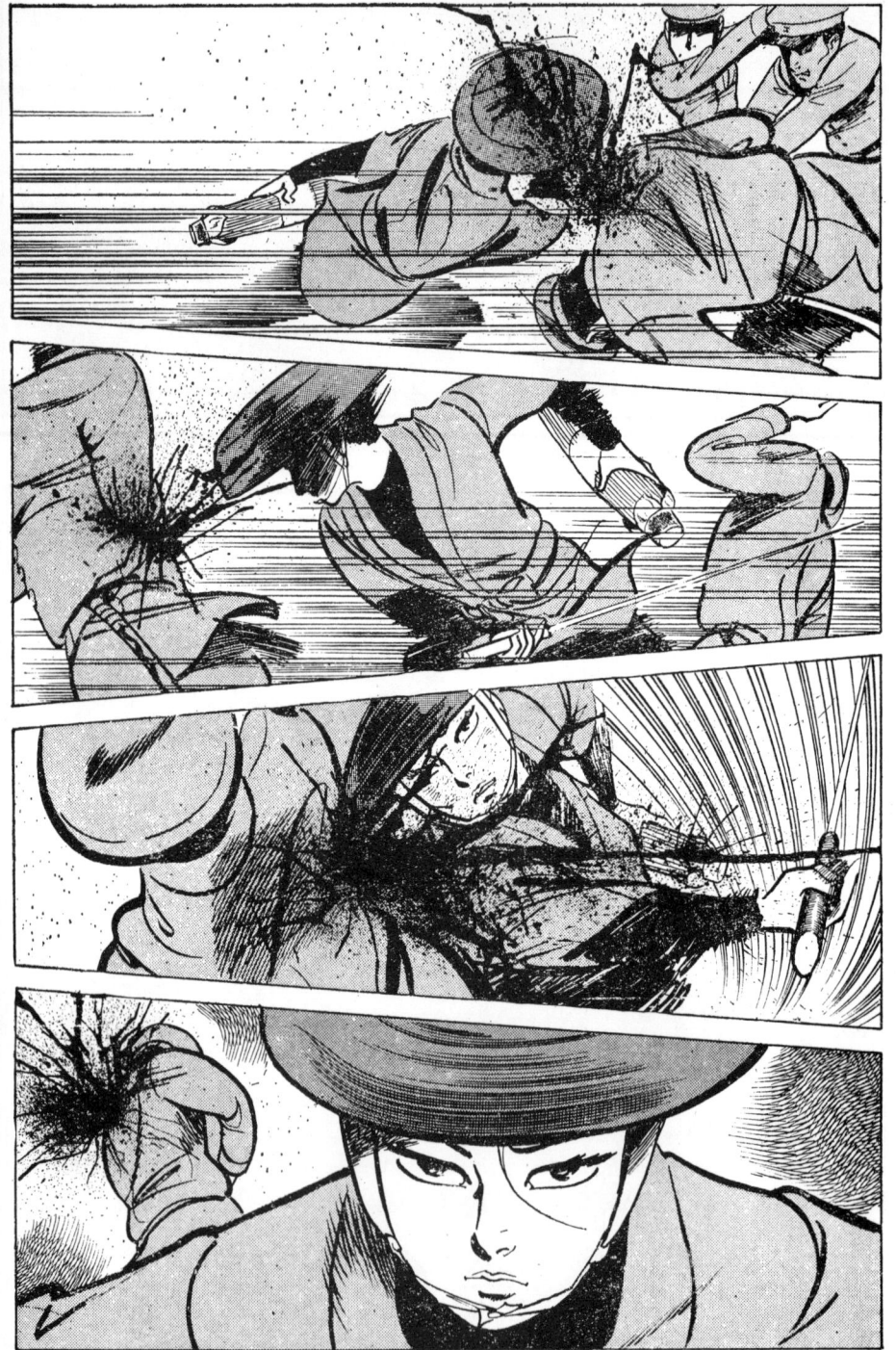

268

DORT UNTEN IST DAS TUN- NELHAUS IM TOZAKICHO...

Akt 8 **Das Tunnelhaus – Teil I** ENDE

AKT 8
DAS TUNNELHAUS – TEIL II

...

NEIN! DAS KANN NICHT SEIN...

IN DIESEM HAUS IST DOCH NIEMAND.

WARTEN SIE!!

HIER SPIELEN KEINE KINDER... UND AUCH SONST KANN ICH KEINE ANWESENHEIT VON MENSCHEN SPÜREN.

SIND SIE SCHON EINMAL HIER GEWESEN, NOE?!

SIE SCHLAFEN BESTIMMT ALLE NOCH! DIE MENSCHEN HIER BESTREITEN IHREN LEBENSUNTERHALT, INDEM SIE NACHTS VERKAUFSSTÄNDE BETREIBEN ODER HAUSIEREN GEHEN. DESHALB KOMMEN SIE ERST SPÄT INS BETT...

DIE ALTEN LEUTE SOLLTEN EIGENTLICH FRÜH AUF DEN BEINEN SEIN. ABER ICH SPÜRE HIER GAR KEINE MENSCHEN... ICH AHNE BÖSES...

JA! ICH KOMME MINDESTENS EINMAL IM MONAT HER... ABER SO FRÜH AM MORGEN BIN ICH NOCH NIE HIER GEWESEN!

MACHEN SIE SICH KEINE GEDANKEN! WENN SIE KEINE MENSCHEN SPÜREN KÖNNEN, BEDEUTET DAS DOCH AUCH, DASS UNSERE FEINDE NICHT HIER SIND!

RATTER

TATSUZO!
TATSUZO!

DOM
DOM
DOM
DOM

...

I...IST
DENN NIE-
MAND...

... HIER?!

NI...NICHT
EINMAL DIE
KINDER...?!

OKIMI!
SEIKICHI!

OTANE!
OTANE!

275

WO... WO SIND SIE NUR ALLE... WA...WAS IST HIER LOS...?!

HAH... HAH! HAAH!

BLINK

...

NOE! WIR KÖN-NEN HIER NICHT LÄNGER BLEIBEN! LASSEN SIE UNS SCHNELL WIEDER GEHEN!

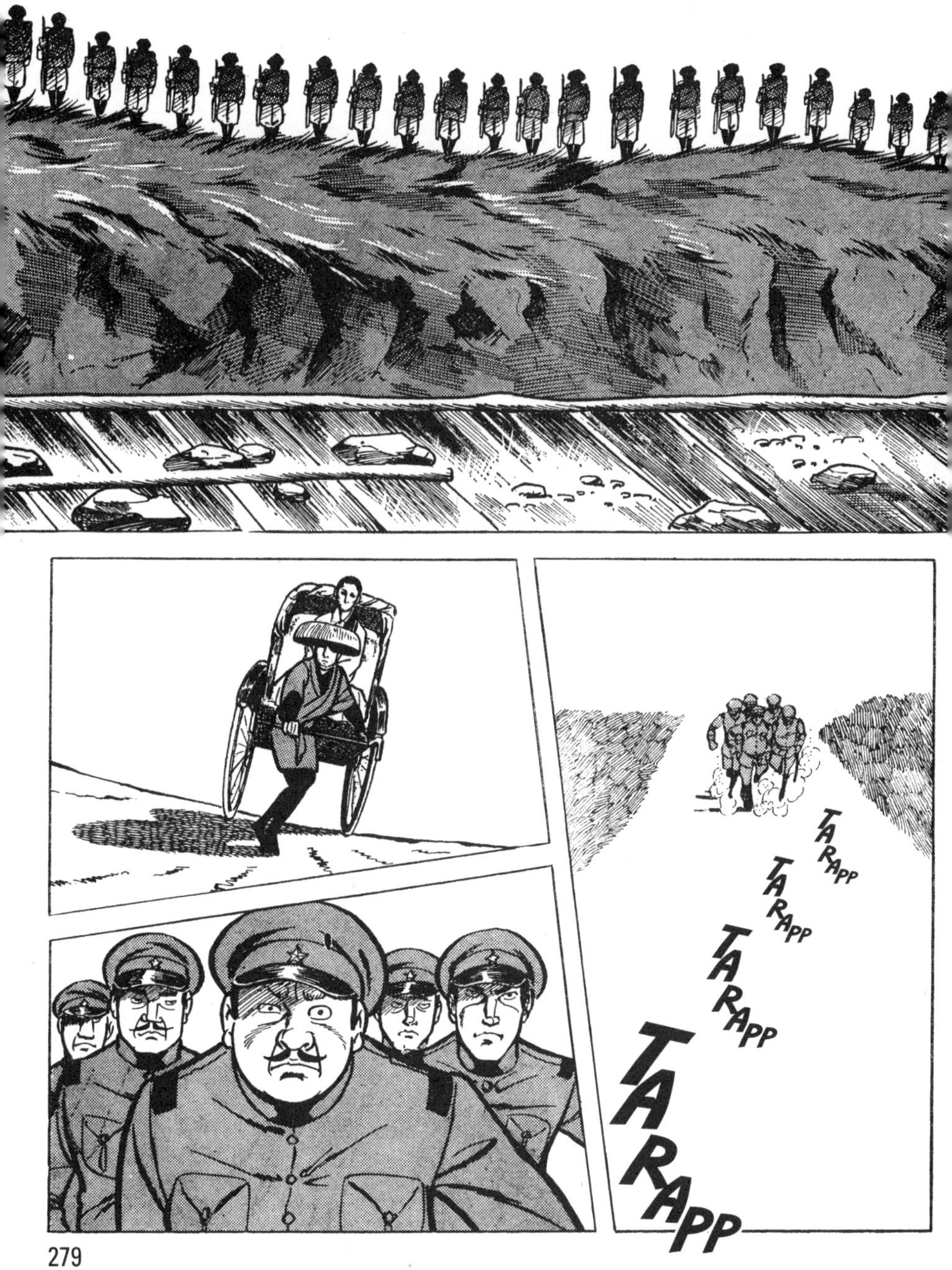
TARAPP
TARAPP
TARAPP
TARAPP

OHO! DA IST UNS ABER GANZ UNERWARTET EIN DICKER FISCH INS NETZ GEGANGEN! WER HÄTTE GEDACHT, DASS NOE ITO, DIE GESUCHTE TERRORIS-TIN, VON SICH AUS ZU UNS KOMMT, WIE EIN INSEKT IM SOMMER, DAS INS FEUER FLIEGT! HA HA HA HA!

GAR NICHTS! WIR HABEN NUR ALLE ABGEFÜHRT. JETZT WERDEN SIE VER-HÖRT, DENN SIE STEHEN UNTER DEM VERDACHT, TERRO-RISTEN ZU SEIN.

WA...WAS HABEN SIE DEN BEWOH-NERN DIESES HAUSES... ANGETAN?!

HU HU HU... FRAUEN UND KINDER SIND EIN GUTES DRUCK-MITTEL, UM GE-STÄNDNISSE ZU ERZWINGEN!

SELBST DIE FRAUEN... UND KINDER...?

JA, DAS LEBEN DER BÜRGER, NICHT DAS DER TERRORISTEN! HU HU HU HU.

UUH! U...UND SIE WOLLEN... SOLDATEN SEIN?! SOLDATEN, DIE EIGENTLICH DAS LEBEN DER BÜRGER BESCHÜTZEN SOLLEN, DIE DAFÜR HOHE STEUERN ZAHLEN?

DIESES TUNNELHAUS IST ALS ZUFLUCHTSSTÄTTE DER ARMEN EIN NÄHRBODEN DES VERBRECHENS UND DARÜBER HINAUS AUCH AUS HYGIENISCHEN GRÜNDEN INAKZEPTABEL. DESHALB WERDEN WIR ES NIEDERBRENNEN!

AUSSERDEM BESTEHT DER VERDACHT, DASS TERRORISTEN SICH HIER VERSTECKT HABEN. ES WURDE BESCHLOSSEN, SOLCHE SCHLUPFWINKEL DER ARMEN IN ZUKUNFT IMMER NIEDERZUBRENNEN UND AN IHRER STELLE MILITÄRISCHE EINRICHTUNGEN ZU ERRICHTEN.

WTT

UND EUCH LIEFERN WIR DER GESELLSCHAFT DER MORGENDÄMMERUNG AUS!

A...ABER...

281

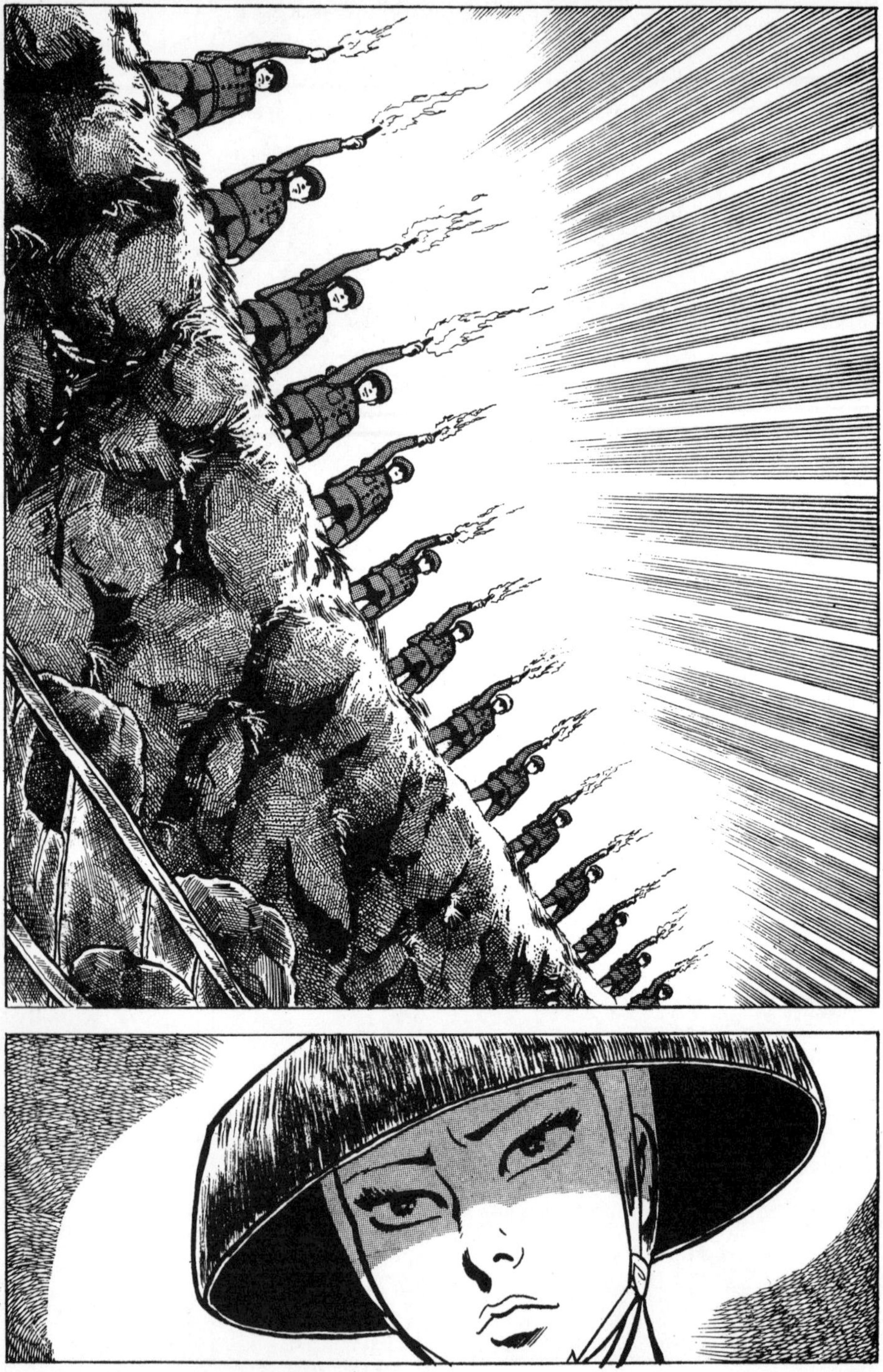

Akt 8 Das Tunnelhaus – Teil II ENDE

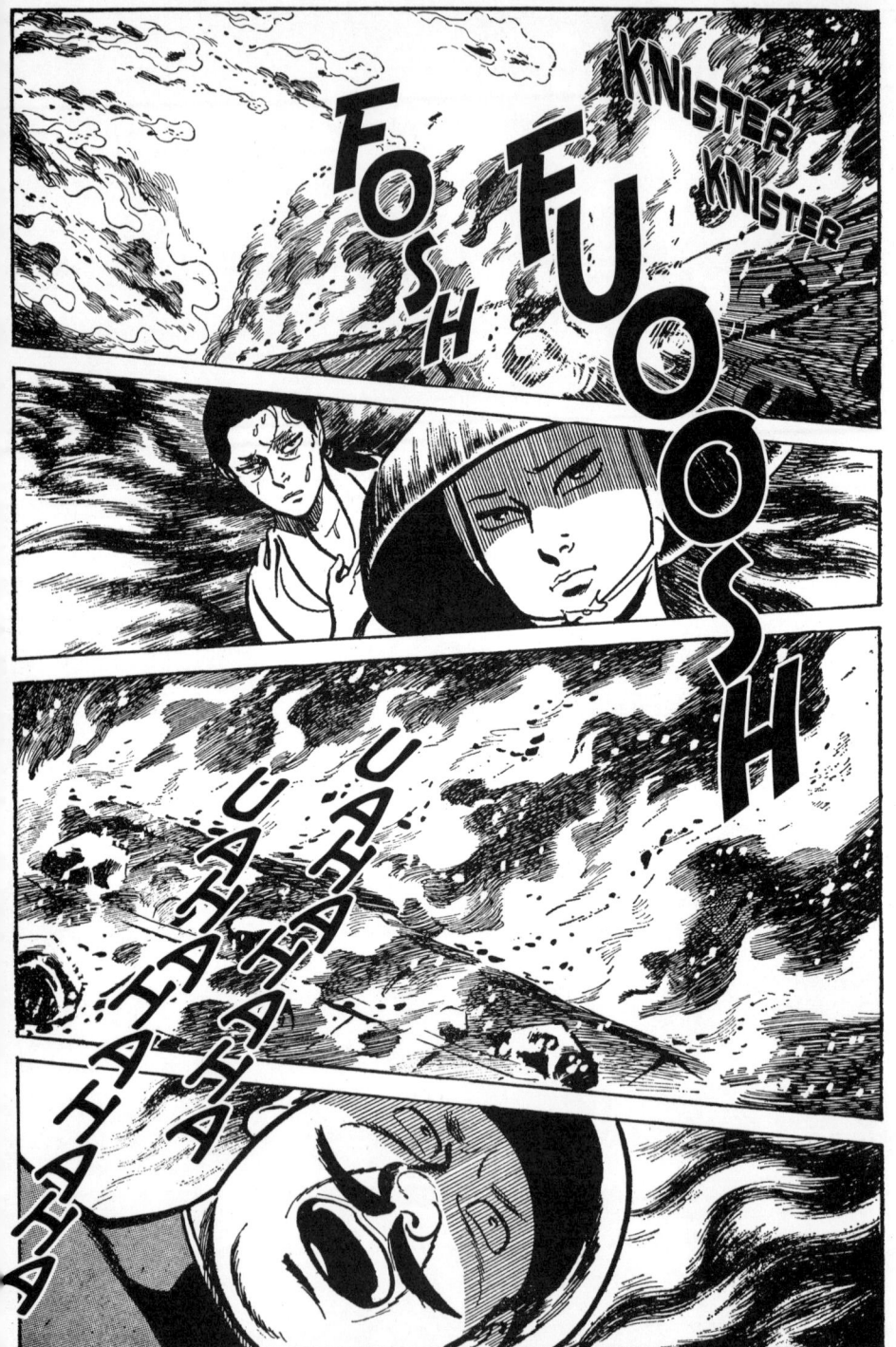

284

UH!

WHUP

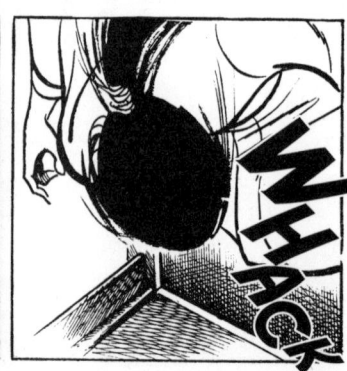

IHRE WUNDE HAT SICH GEÖFFNET! SIE BLUTET SEHR STARK. WENN NICHTS UNTERNOMMEN WIRD, WIRD NOE STERBEN. LASSEN SIE MICH BITTE BEHANDELN!

WAS IST LOS?!

RÜHRT EUCH! WIR MACHEN HIER EINE KURZE PAUSE!

TARAPP

ES GEHT WOHL NICHT ANDERS! WENN UNS DIESE GESUCHTE VERBRECHERIN WEGSTERBEN SOLLTE, STÜNDEN WIR MIT LEEREN HÄNDEN DA!

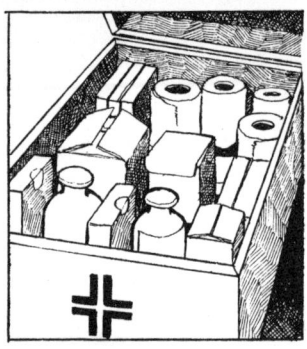

YU...YUKI! KÜ...
KÜMMERN SIE SICH
NICHT UM MICH...
U...UND FLIEHEN SIE...
SOBALD DIE KERLE
UNAUFMERKSAM
SIND!

WO WOLLEN DIE SIE HINBRINGEN, NOE?!

WAHRSCHEIN-LICH INS HAUPT-QUARTIER DER GESELLSCHAFT DER MORGEN-DÄMMERUNG...

ICH WERDE GANZ BESTIMMT KOMMEN UND SIE RETTEN... HALTEN SIE BITTE DURCH...

WENN DU MIT IHRER BEHAND-LUNG FERTIG BIST, WÜRDE ICH SIE JETZT GERN VERHÖREN! GEH DU DA RÜBER!

HM! NICHT SCHLECHT...

AAH!

GNN

HE HE HE... WENN WIR ZU-RÜCK IM HAUPT-QUARTIER SIND, WERDE ICH MIR DICH GRÜNDLICH VORNEHMEN!

HO HO HO…
DA HABE ICH
ABER WIRKLICH
ZIEMLICHES
GLÜCK!

HM… TERRO-
RISTINNEN SIND
JA GENAUSO
AUSGESTATTET
WIE NORMALE
FRAUEN!

ZINGG

GUWAAAH!

292

IM JAHRE
MEIJI 11 (1878)
WURDE IN
NAGATACHO,
TOKYO, DAS
HEERESMI-
NISTERIUM
ERRICHTET.

Nagatacho ist auch heute noch das Tokyoter Regierungsviertel

IM JAHRE
MEIJI 15 (1882)
WURDE DURCH
EINE KAISERLICHE
VERFÜGUNG DER
TRUPPENAUFBAU
FESTGELEGT.
ARMEE UND MARINE
TRACHTETEN JEDOCH
SOFORT NACH
AUFRÜSTUNG. IN
DIESEM JAHR BETRUG
DIE TRUPPENSTÄRKE
40.000 MANN...

IM JAHRE MEIJI 14 (1881) ENTSTAND EBENFALLS IN NAGATACHO DER SITZ DES GENERAL-STABS.

IM JAHRE MEIJI 21 (1888)
ERLIESS DAS DIVISIONS-
HAUPTQUARTIER EINE
VERORDNUNG, AUF DEREN
GRUNDLAGE EIN STEHEN-
DES HEER, DAS AUS DER
KAISERLICHEN LEIBGARDE
UND SECHS WEITEREN
DIVISIONEN BESTAND,
AUFGESTELLT WURDE.
DIE TRUPPENSTÄRKE
DIESES HEERES BE-
TRUG 54.000 MANN.

IM JAHRE MEIJI 22 (1889) WUR-
DE DER VON OBERSTLEUTNANT
TSUNEYOSHI MURATA IM JAHRE
MEIJI 13 (1880) ENTWICKEL-
TE MURATA-KARABINER VOM
KALIBER 11 MILLIMETER ZU
EINER MEHRSCHÜSSIGEN WAFFE
WEITERENTWICKELT, WAS DIE
KAMPFKRAFT DES HEERES ER-
HÖHTE. AUSSERDEM BREITETEN
SICH WAFFENFABRIKEN UNTER
DIREKTER KONTROLLE DES
MILITÄRS IMMER MEHR AUS, WIE
ETWA DIE ARTILLERIEWAFFEN-
FABRIKEN IN TOKYO UND OSAKA,
DIE IM JAHRE MEIJI 12 (1879)
GEGRÜNDET WORDEN WAREN,
ODER DIE WAFFENFABRIKEN
DER MARINE, DIE BEREITS AB
DEM JAHRE MEIJI 8 (1875)
ENTSTANDEN WAREN.

DER KRIEGSRAT DES HEERES-
MINISTERIUMS MACHTE SICH IM
JAHRE MEIJI 11 (1878) ALS GE-
NERALSTAB SELBSTSTÄNDIG UND
ÜBERNAHM DAS MILITÄRISCHE
OBERKOMMANDO. DAMIT WURDEN
DEM HEERESMINISTERIUM DIE MI-
LITÄRISCHE VERWALTUNG UND DIE
BEFEHLSGEWALT AUS DEN HÄN-
DEN GENOMMEN. DER CHEF DES
GENERALSTABS UNTERSTAND
DIREKT DEM TENNÔ UND WAR
FÜR DIE STRATEGISCHE PLANUNG
SOWIE ALLE ANDEREN OPERA-
TIVEN MILITÄRISCHEN BELANGE
VERANTWORTLICH. IM LAUFE DES
AUSBAUS DER MILITÄRVERWALTE-
RISCHEN UND -STRATEGISCHEN
STRUKTUREN ENTSTANDEN VER-
SCHIEDENE INSTITUTIONEN.

DIE HAUPTAUFGABE DER
STAATSSICHERHEITSPOLIZEI
WAR DAS MILITÄRPOLIZEI-
WESEN, ABER SIE DIENTE
GLEICHZEITIG ALS VERWAL-
TUNGS- UND KRIMINALPOLI-
ZEI UND VERRICHTETE IHRE
ARBEIT IN DEN VERSCHIE-
DENEN MINISTERIEN WIE DEM
HEERESMINISTERIUM, DEM
MARINEMINISTERIUM, DEM
INNENMINISTERIUM ODER DEM
JUSTIZMINISTERIUM. IHRE
KOMMANDANTUR WURDE IN
AZABU, TOKYO, ERRICHTET...
SIE WURDE AUCH...

DIE
ERSTE
WAR
DIE
MILITÄR-
UND
STAATS-
SICHER-
HEITS-
POLIZEI.

TRAPP

TRAPP

TRAPP

TRAPP

TRAPP

... »DIE GESELL-SCHAFT DER MORGEN-DÄMME-RUNG« GENANNT.

TRAPP

Kom-
mandan-
tur der
Staats-
sicher-
heits-
polizei

UGYAAAH

UUH!

302

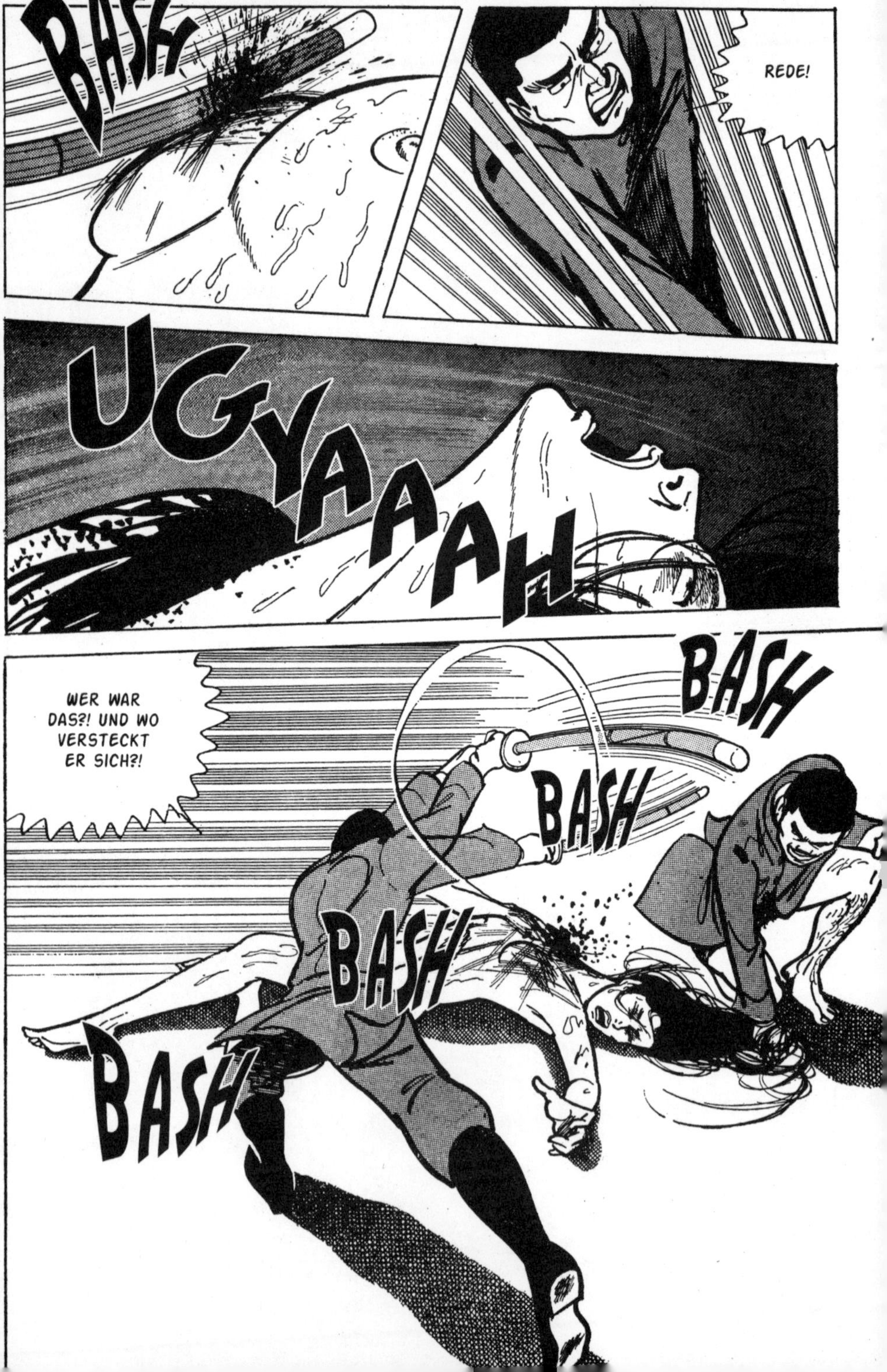

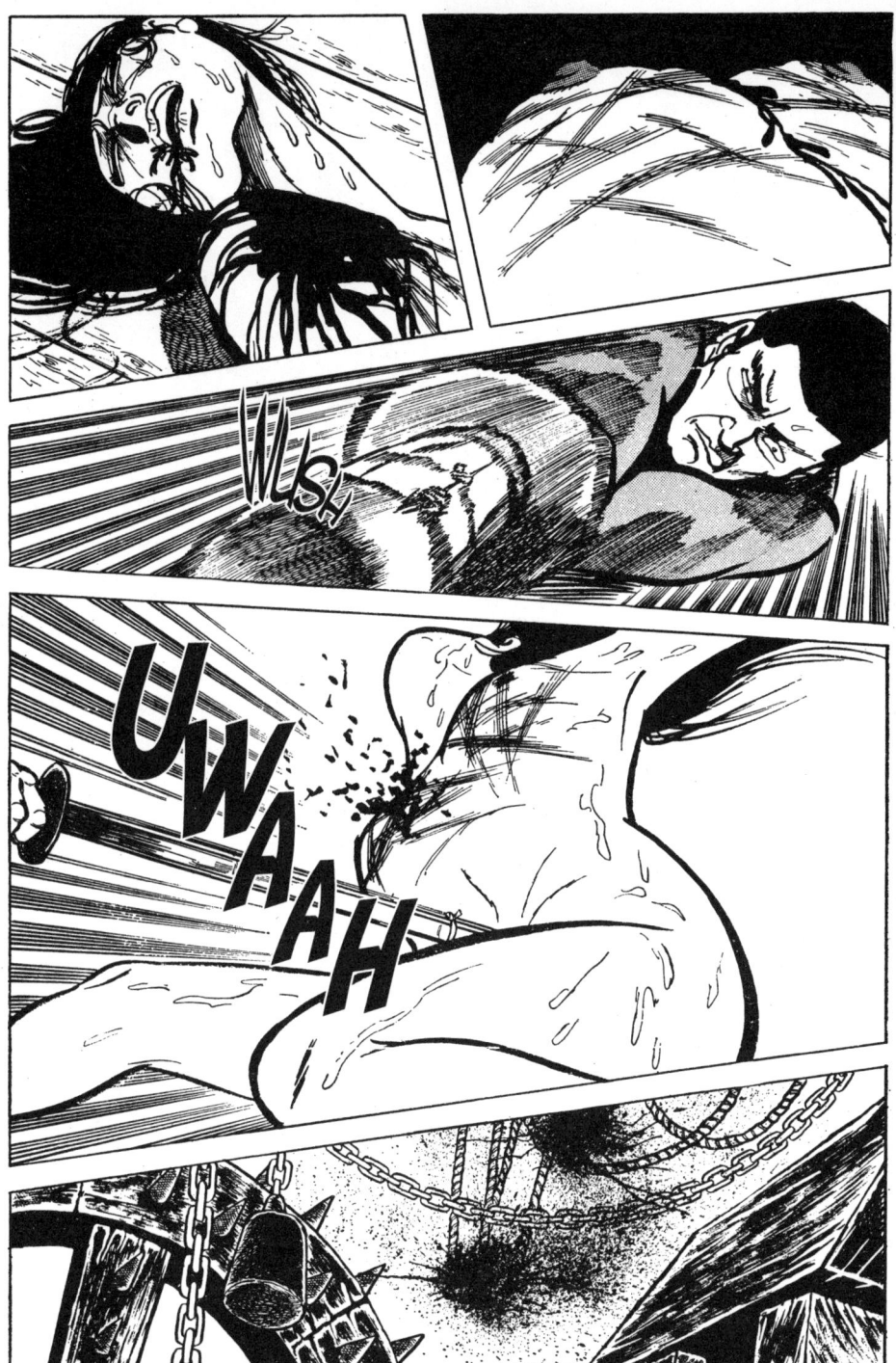

305

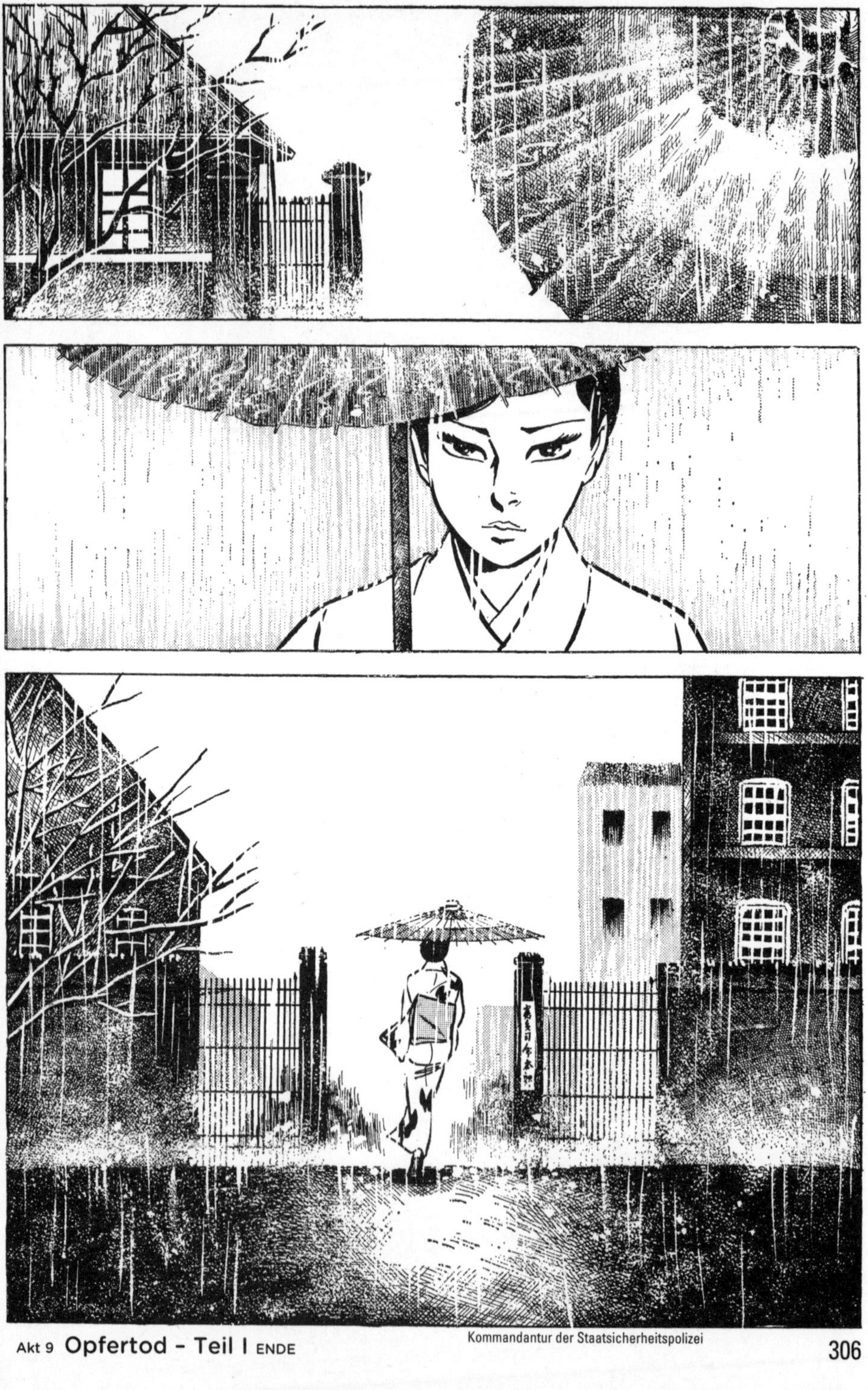

AKT 9
OPFERTOD – TEIL II

WER DA?!

ACH SO?! DU KOMMST ZUM KASSIEREN? DU BIST WIRKLICH EINE SCHÖNE FRAU! AUS WELCHEM LADEN BIST DU NOCH MAL?!

VIELEN DANK, DASS SIE UNSEREM ETABLISSEMENT IMMER DEN VORZUG GEBEN.

HM?!

OHO!

OH!

GAB ES IRGENDWO SO EINE SCHÖN-HEIT?

AUS WELCHEM LADEN WAR DIE NOCH MAL?

NICHT ÜBEL...

JA!

HE!

KANN SCHON SEIN.

JA! ICH HEISSE YUKI.

BIST DU AUS DEM KIKU-NO-IE*?!

*Haus der Chrysanthemen

NÄCHSTES MAL WERDEN WIR NACH DIR VERLANGEN!

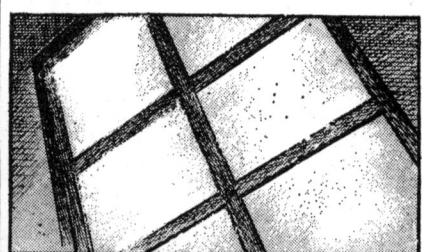

HM!

OH!

ICH BIN YUKI AUS DEM KIKU-NO-IE.

HE! DICH HABE ICH HIER NOCH NIE GESEHEN. AUS WELCHEM LADEN KOMMST DU?

UND WESHALB BIST DU HEUTE HIER?! ETWA ZUM KASSIEREN?

HEUTE ABEND WERDE ICH NACH DIR VERLANGEN!

OH! HAST DU HIER ETWA EINEN LIEBSTEN?! JEMAND AUS DER TRUPPE...?

ES GEHÖRT SICH NICHT, FRAUEN ÜBER IHRE ANGELEGENHEITEN AUSZUFRAGEN... LASS SIE IN RUHE.

N...NEIN!

ZIEMLICH GUT?! SO EINER SCHÖNHEIT BEGEGNET MAN NICHT ALLE TAGE.

ICH MUSS SCHON SAGEN, DIE SIEHT ZIEMLICH GUT AUS.

DAS WEIB IST ZÄH!

HM?!

KWIEEEH

YU...YUKI!

NOE!

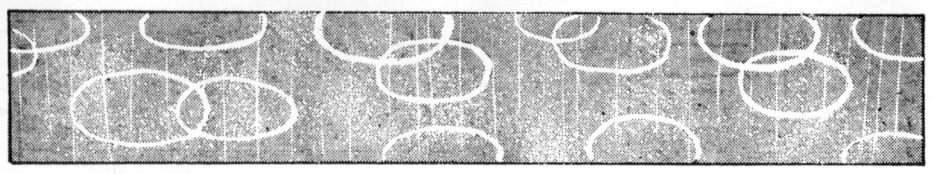

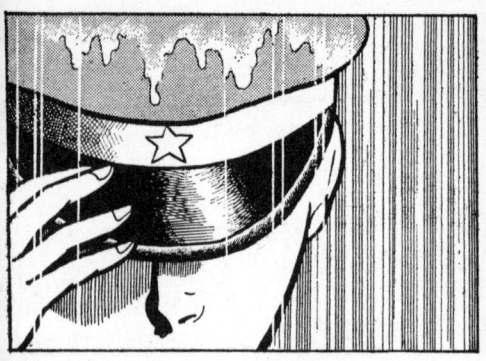

Akt 9 **Opfertod – Teil II** ENDE

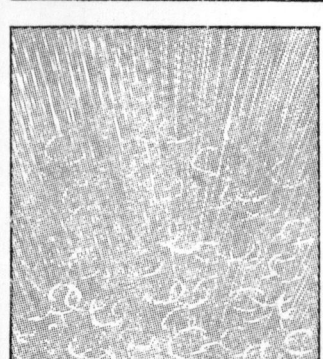

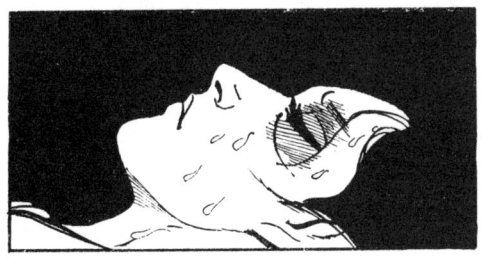

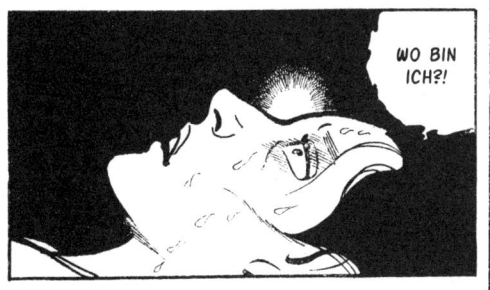

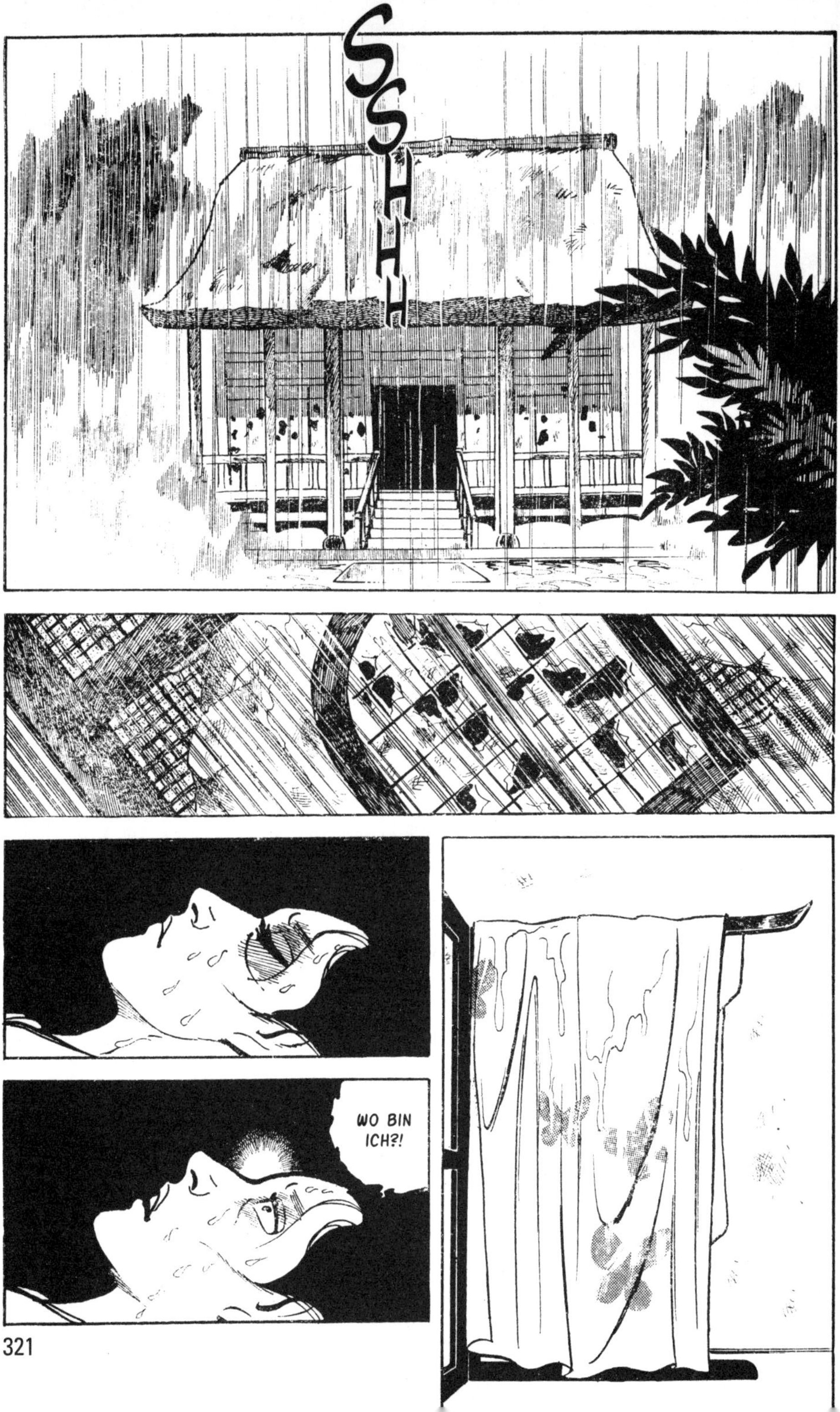

WO BIN
ICH?!

VERGANGENES JAHR IST DER HAUPTPRIESTER GESTORBEN. SEITHER IST ER UNBESETZT UND DEM VERFALL AN-HEIMGEGEBEN.

IN DIESEM TEMPEL BIN ICH AUFGE-WACHSEN!

ACH SO?! DAS IST IHR...?

Tora Mikazukis Grab

Sayo Kashimas Grab

WARTEN SIE, YUKI!

ICH HOLE EINEN ARZT!

BLEIBEN SIE BITTE HIER... DENN ICH HABE NICHT MEHR VIEL ZEIT...

UND AUCH SIE HABEN GESAGT, DASS SIE MICH SO VIELES FRAGEN MÖCHTEN!

DESHALB MUSS ICH IHNEN SO VIEL WIE MÖGLICH ERZÄHLEN, SOLANGE ICH NOCH AM LEBEN BIN, YUKI!

EIN ARZT KANN MICH AUCH NICHT MEHR RETTEN! ICH STERBE BALD...

HÖREN SIE BITTE ZU!

WORÜBER ICH NUN SPRECHEN WERDE, BETRIFFT JAPANS ZUKUNFT! UND NATÜRLICH IST DIE ZUKUNFT DES STAATES GLEICHBEDEUTEND MIT DER ZUKUNFT DES VOLKES!

HHFF! HHFF!

AUS ANGST DAVOR HABEN MOTOICHIRO KAWASE, AGURI IGUCHI, ICH UND UNSERE VIELEN GESINNUNGSGENOSSEN SO LANGE GEKÄMPFT!

WENN ES SO WEITERGEHT, WIRD DER TAG KOMMEN, AN DEM JAPAN ALLEIN IN DER WELT STEHEN UND UNTERGEHEN WIRD!

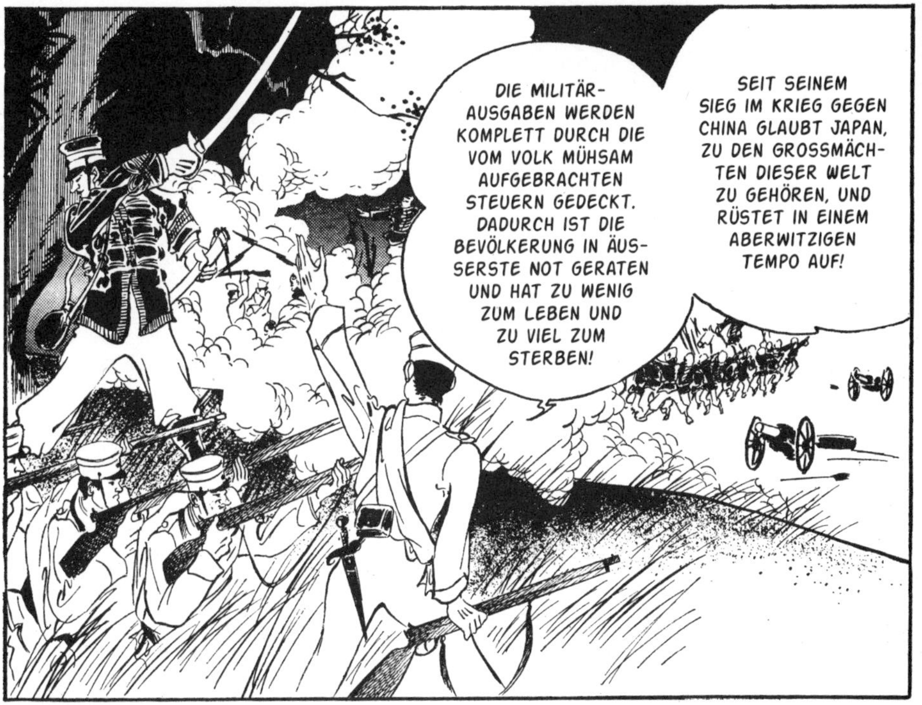

325

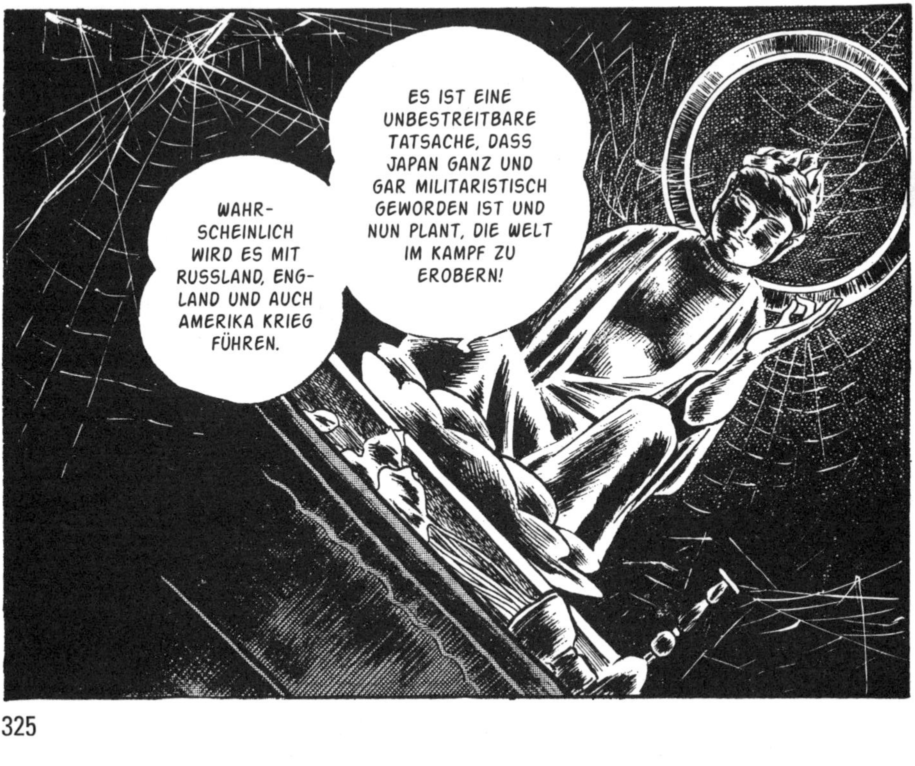

FÜR WEN?! UND WOFÜR?! SIE STÜRZEN DAS VOLK IN ALLERGRÖSSTES ELEND UND SIND DABEI, DAS KLEINE BOOT JAPAN IN EIN MEER AUS BLUT ZU STEUERN, IN EINEN GROSSEN KRIEG NÄMLICH, IN DEM DAS JAPANISCHE VOLK VIELLEICHT HINGEMETZELT WIRD, FALLS ES DEN KAMPF VERLIERT!

HHFF! HHFF!

DABEI LIEGT ES DOCH AUF DER HAND, DASS DAS SCHWACHE JAPAN EINEN KAMPF MIT DEN GROSSMÄCHTEN NICHT GEWINNEN KANN...

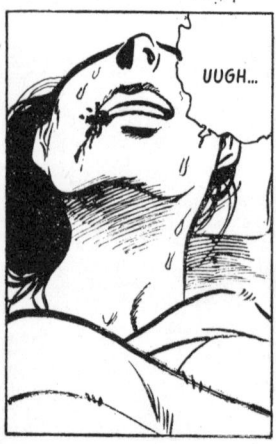

UUGH...

DAS MUSS VERHINDERT WERDEN! DAS MUSS UM JEDEN PREIS VERHINDERT WERDEN!

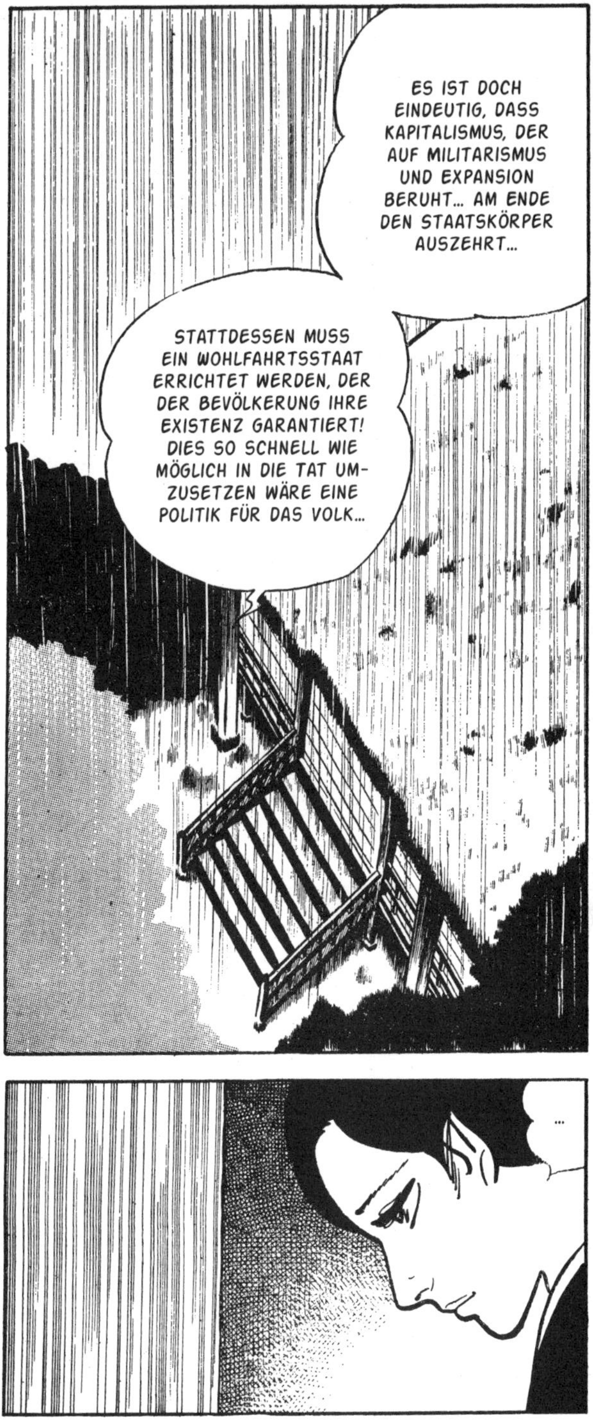

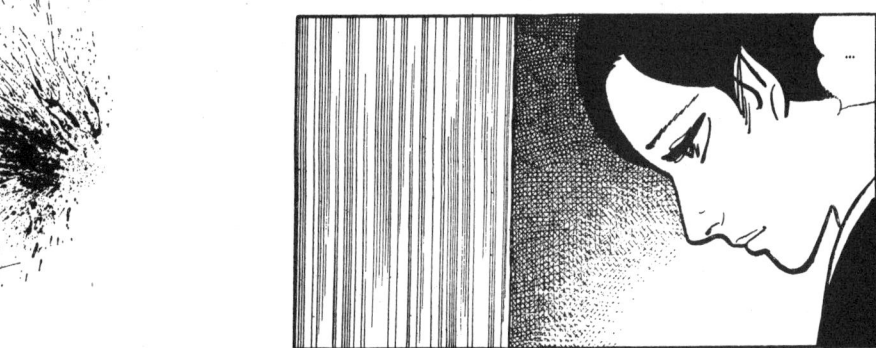

KAWASE UND IGUCHI HABEN DIES GETAN, WÄHREND SIE DIE SCHWEDISCHE GYMNASTIK UNTER DER JUGEND VERBREITETEN. UND ICH HABE ALS FABRIKARBEITERIN IN FABRIKEN ALLERORTS ÜBER DIESE SACHE GESPROCHEN...

WIR HABEN GESINNUNGSGENOSSEN UM UNS VERSAMMELT, DIE IN VERSCHIEDENSTEN BEREICHEN AKTIV SIND, UND DAFÜR GEKÄMPFT, DAS VOLK IN GROSSEM UMFANG ÜBER DIESEN SACHVERHALT AUFZUKLÄREN!

WIR HATTEN EINEN EINZIGEN UNTERSTÜTZER AUS DER POLITIK, DER UNS VERSTAND. DEN KULTUSMINISTER, DER VON DER GESELLSCHAFT DER MORGENDÄMMERUNG ERMORDET WORDEN IST!

328

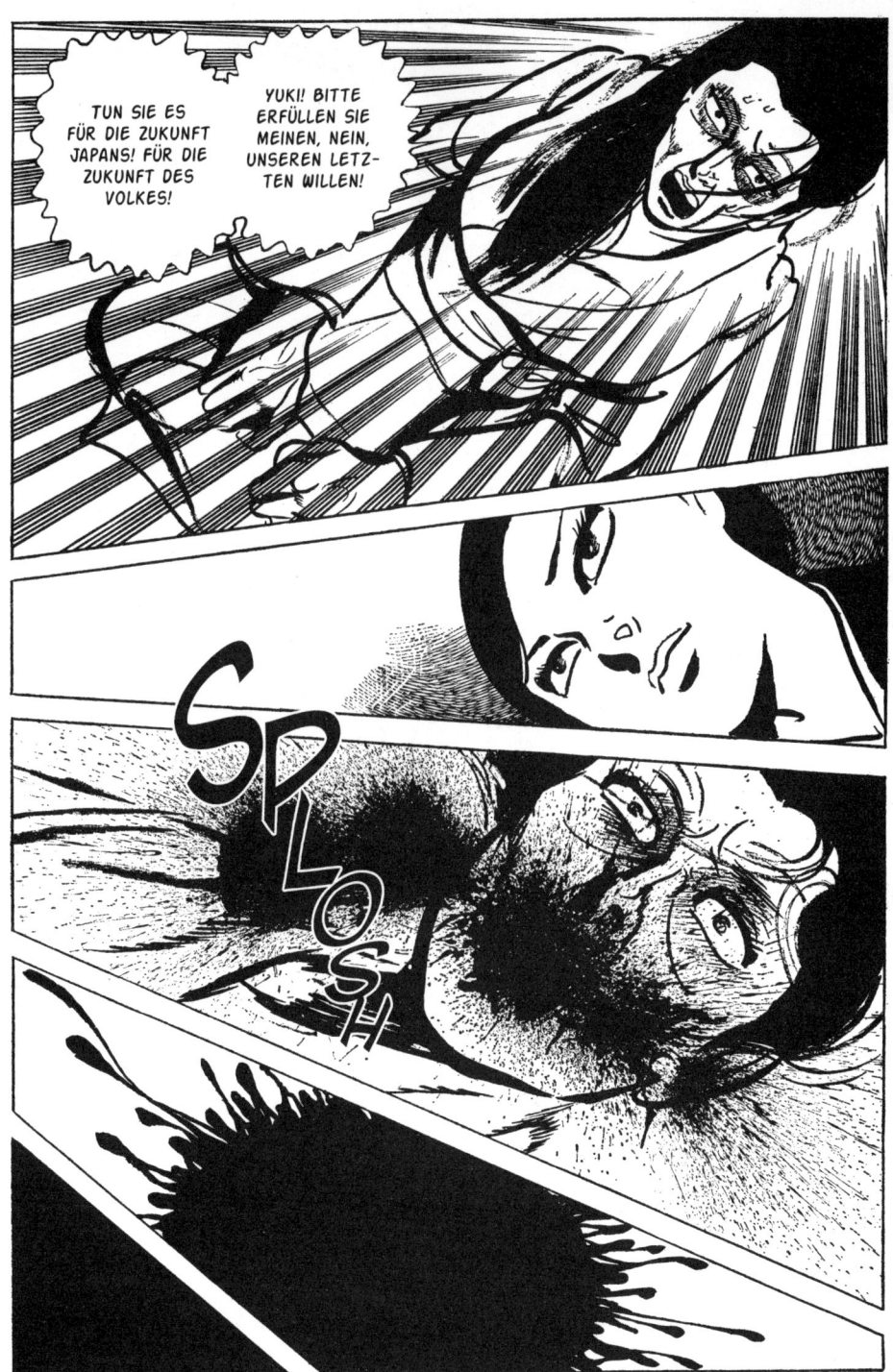

329

AKT 9
OPFERTOD - TEIL IV

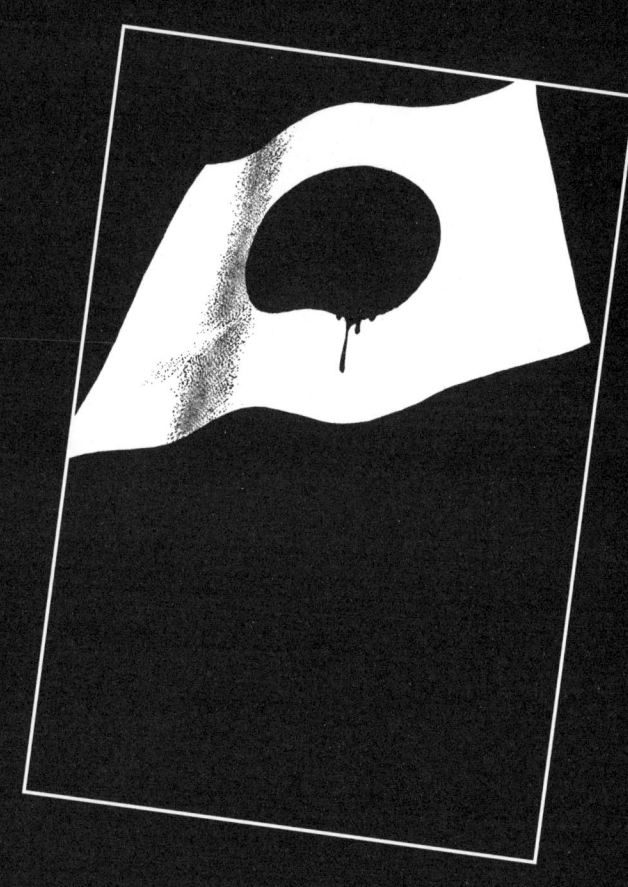

ENTSCHULDIGEN SIE, DASS ICH SO EGOISTISCH BIN, IHNEN DAS AUFZUZWINGEN, ABER ICH HOFFE, DASS SIE UNSEREM LETZTEN WILLEN FOLGEN WERDEN...

SPRECHEN SIE BITTE NICHT WEITER...

SIE HABEN SO VIELE MEERE AUS BLUT ÜBERQUERT, DASS SIE WISSEN... MEIN LEBEN WIRD GLEICH VORBEI SEIN... HÖREN SIE SICH BITTE NUR NOCH DIES AN.

WENN ES MÖGLICH IST, MÖCHTE ICH, DASS SIE DIE LEUTE, DIE AUS DEM TUNNELHAUS VERSCHLEPPT WORDEN SIND, BEFREIEN... WENN ICH NUR DARAN DENKE, DASS IHNEN VIELLEICHT NOCH SCHLIMMERES ZUGESTOSSEN IST ALS MIR...

YUKI! BITTE!

332

DANKE!

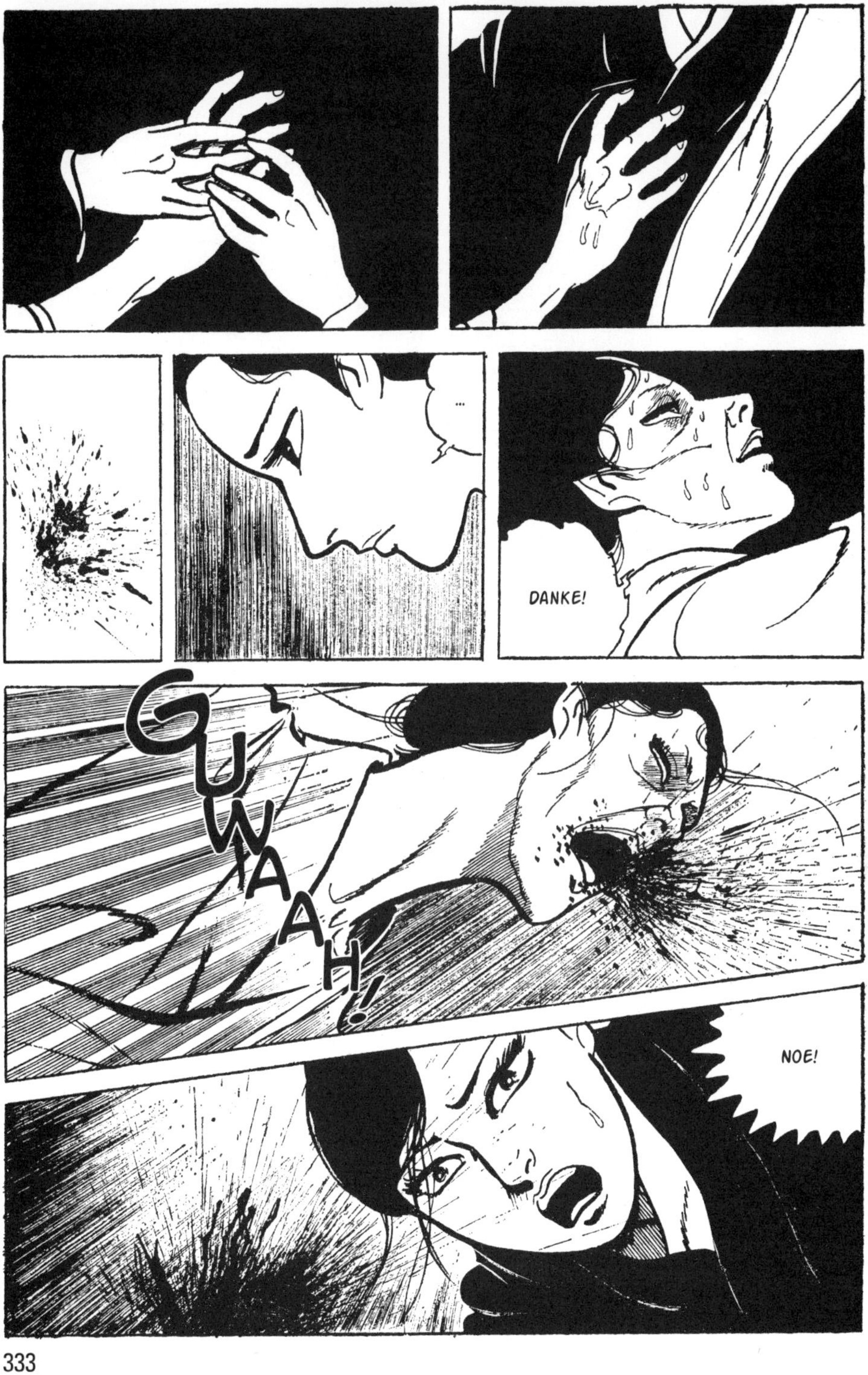

GU'WAAH!

NOE!

NOE!
FÜR WEN...

DIESER GEDANKE GING YUKI DURCH DEN KOPF, OBWOHL SIE IHN NICHT IN WORTE FASSEN KONNTE, SOSEHR SIE ES AUCH WOLLTE.

FÜR WEN HABEN SIE SICH EIGENTLICH GEOPFERT?

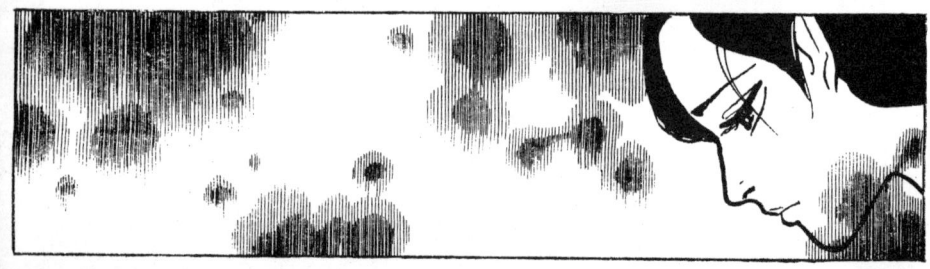

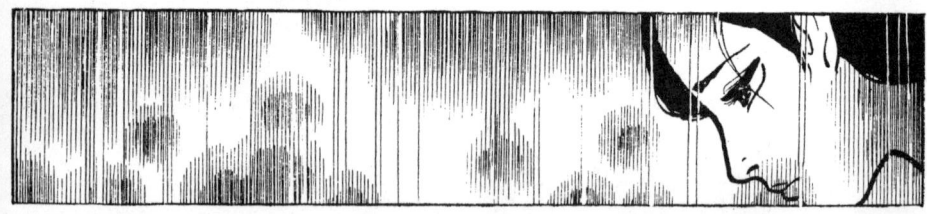

NOE ITOS TOD WAR FÜR YUKI, DIE ALS KIND DES HASSES AUF DIE WELT GEKOMMEN WAR UND NUR FÜR DIE RACHE IHRER MUTTER GELEBT HATTE, EINFACH UNBEGREIFLICH.

Tora Mikazukis Grab

NOE HATTE FÜR EINE REGIERUNG IM DIENSTE DES VOLKES GEKÄMPFT, SIE HATTE IHR EIGENES LEBEN GEOPFERT, UM DAS LEBEN DES VOLKES ZU SCHÜTZEN...

WIEDER WAR EINE BLÜTE DES HASSES IN YUKIS HERZ GEFALLEN.

Tora Mikazukis Grab

Sayo Kashimas Grab

DAMIT TUE ICH VIEL-LEICHT ETWAS FÜR JAPANS ZUKUNFT, VON DER SIE GESPROCHEN HABEN. UND VIELLEICHT TUE ICH AUCH ETWAS FÜR DIE ZUKUNFT DES JAPANISCHEN VOLKES.

ICH WERDE FÜR SIE KÄMPFEN, NOE!

ABER IM GRUNDE TUE ICH ES FÜR SIE, ICH KÄMPFE NUR FÜR SIE!

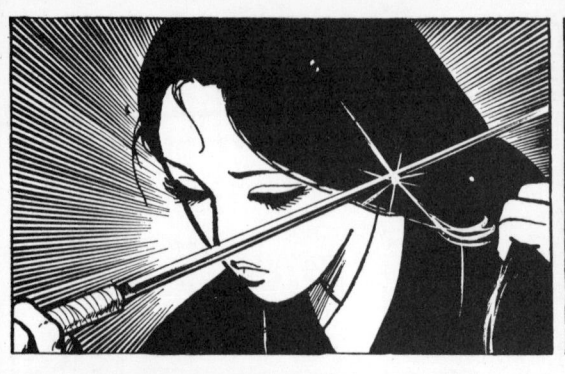
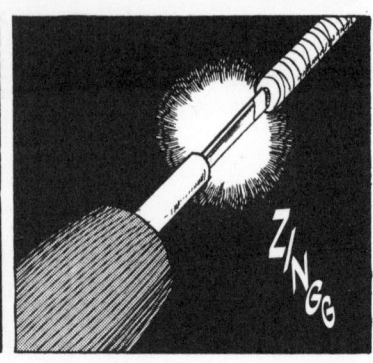

ZINGG

ZACK

RSHH

MUTTER! TORA!
NEHMT NOE BITTE
FREUNDLICH AUF.

SSt

ICH WERDE
AUCH ZU EUCH
KOMMEN, VER-
SPROCHEN.

Akt 9 **Opfertod – Teil IV** ENDE

AKT 9
OPFERTOD - TEIL V

EHRLICH GESAGT, NOE, HABE ICH DIE BEDEUTUNG IHRER WORTE NICHT SO RICHTIG VERSTANDEN.

ABER ICH WERDE FÜR JAPANS ZUKUNFT, DIE ZUKUNFT DES JAPANISCHEN VOLKES UND SIE ALLE, DIE SIE IHR LEBEN GABEN, KÄMPFEN...

... AUCH WENN DAS HEISST, DASS ICH WIEDER DEN WEG DES MORDENS UND DES ENDLOSEN KAMPFES BESCHREITEN MUSS! NOE, AGURI, KAWASE...

ICH WERDE FÜR SIE KÄMPFEN!

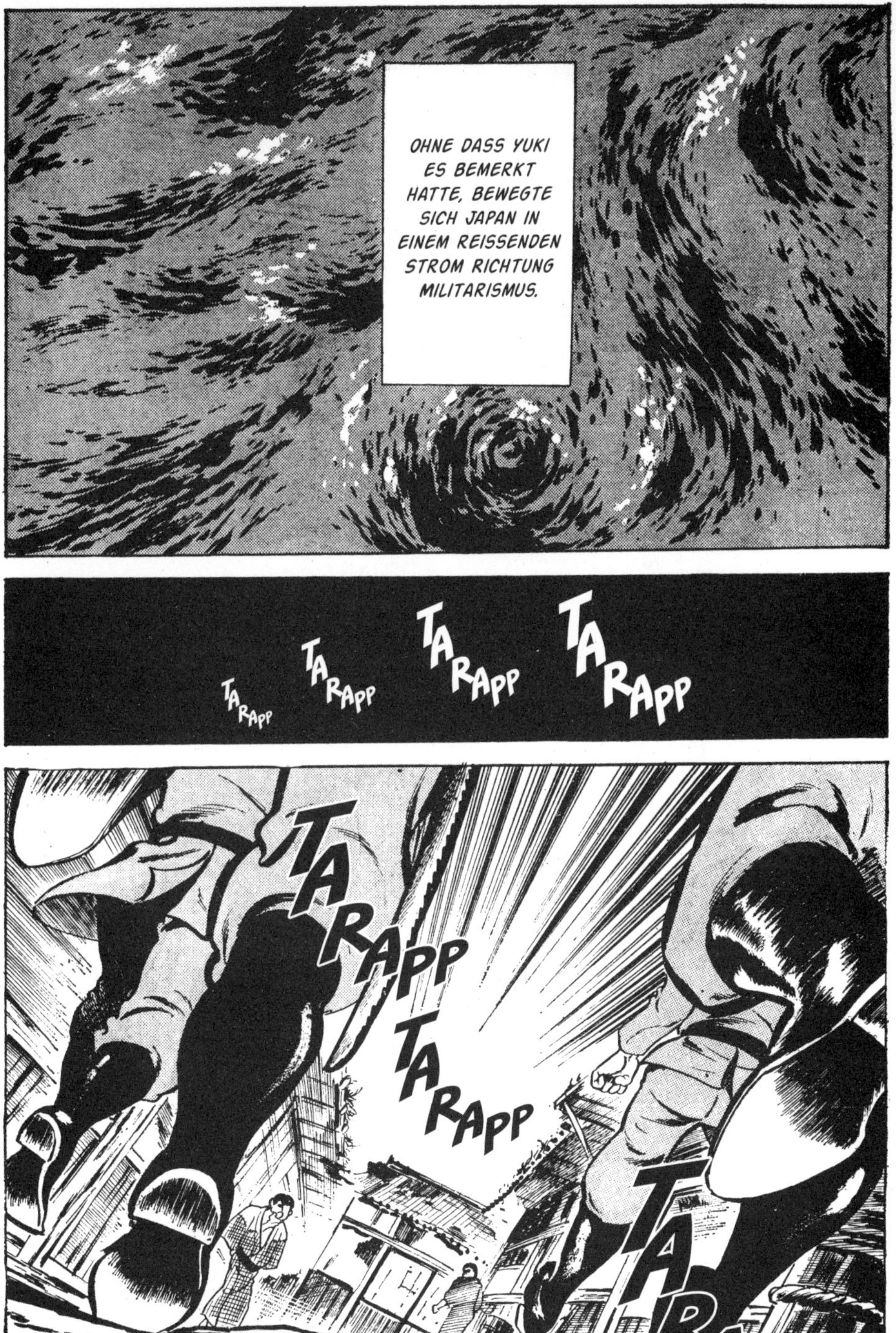

OHNE DASS YUKI
ES BEMERKT
HATTE, BEWEGTE
SICH JAPAN IN
EINEM REISSENDEN
STROM RICHTUNG
MILITARISMUS.

346

UM DIE SCHMACH WIE-
DER AUSZUGLEICHEN,
DASS NOE ITO – FÜR
DIE KOMMANDANTUR
DER STAATSSICHER-
HEITSPOLIZEI EINE DER
FÜHRENDEN PERSÖN-
LICHKEITEN DES ANAR-
CHISMUS – AUS IHREM
GEWAHRSAM BEFREIT
WORDEN WAR, ERÖFF-
NETE SIE EINE GROSS-
JAGD AUF ALLE, DIE
FÜR STAATSFEINDLICHE
ELEMENTE GEHALTEN
WURDEN.

DASS DIES IN ALLEN ELENDS-VIERTELN WIE MANNENCHO IN SHITAYA, YAMA-BUSHICHO ODER SHINAMICHO IN SHIBA GESCHAH, MUSS NICHT EXTRA ERWÄHNT WERDEN. ABER AUCH IN FABRIKEN, SCHULEN UND...

ALLE ORTE, DIE UNTER DEM VERDACHT STANDEN, ANTINATIONALIS-TEN UNTER-SCHLUPF ZU BIETEN, WURDEN AUSNAHMSLOS NIEDERGEBRANNT ODER ABGE-SPERRT.

Kommandantur der Staatssicherheitspolizei

WER DA?!

JA!

LADY SNOWBLOOD, SAGST DU?!

ICH BIN LADY SNOWBLOOD. WÜRDEN SIE MICH BITTE ANMELDEN...

DA...DAS KANN DOCH NICHT WAHR SEIN! DIE LADY SNOWBLOOD, ÜBER DIE GAIKOTSU SEINEN ROMAN GESCHRIEBEN HAT?!

WA...WARTE HIER! UND BE-WEG DICH NICHT VOM FLECK!

WENN DU WIRKLICH LADY SNOWBLOOD BIST, WARUM KOMMST DU DANN FREIWILLIG HIERHER, UM DICH FESTNEHMEN ZU LASSEN?!

WAS?!

LASSEN SIE BITTE DIE LEUTE AUS DEM TUNNELHAUS FREI! AN IHRER STELLE KÖNNEN SIE MICH HABEN!

STECKST DU HINTER NOE ITOS BEFREIUNG?!

UND WAS IST AUS NOE GEWORDEN?!

JA!

... SIE IST GESTORBEN UND ICH HABE SIE AUF DEM FRIEDHOF DES TEMPELS, IN DEM ICH AUFGEWACH-SEN BIN...

...
OB DAS MIT NOE STIMMT, KÖNNEN WIR SELBST HE-RAUSFINDEN... ABER DASS DU WIRKLICH LADY SNOWBLOOD BIST, MUSST DU UNS SCHON BEWEISEN!
SSONGG
ZINGG

KLAPP
S...SIE IST TATSÄCHLICH LADY SNOWBLOOD! WA...WACHEN!
WAMM
ES NÜTZT DIR NICHTS, DASS DU LADY SNOWBLOOD BIST! MACH DICH AUF DEIN ENDE GEFASST!

AKT 9
OPFERTOD – TEIL VI

ERSTENS: DIE PFLICHT EINES SOL-DATEN...

... IST ABSOLUTE LOYALITÄT!

KLACK

ZWEITENS: EIN SOLDAT HAT ANSTÄNDIG ZU SEIN!

DRITTENS: EIN SOLDAT MUSS HELDEN-MUT RESPEK-TIEREN!

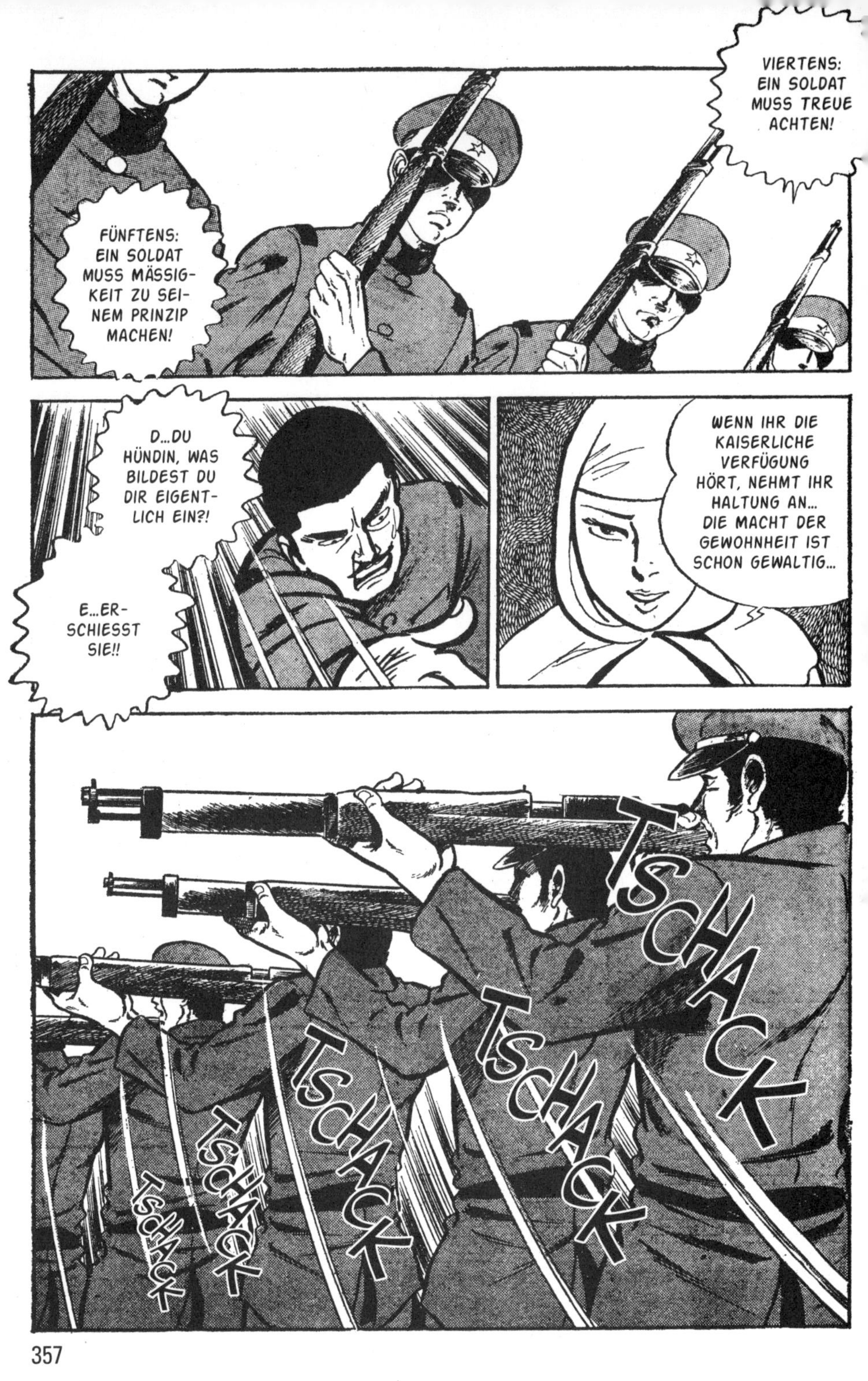

ICH STEHE UNBEWAFFNET UND AUF DEN TOD GEFASST VOR EUCH. UND IHR RICHTET EURE GEWEHRE AUF MICH... AUF EINE FRAU! WENN IHR WAHRE SOLDATEN WÄRT, MÜSSTET IHR EUCH ANGESICHTS DER KAISERLICHEN VERFÜGUNG IN GRUND UND BODEN SCHÄMEN!

UND IHR WOLLT SOLDATEN SEIN?!

LASST DIE LEUTE AUS DEM TUNNELHAUS FREI UND NEHMT MICH STATTDESSEN!

UH...

KOMM MIT!

HU HU HU HU... WENN DU UNBEDINGT DARAUF BESTEHST.

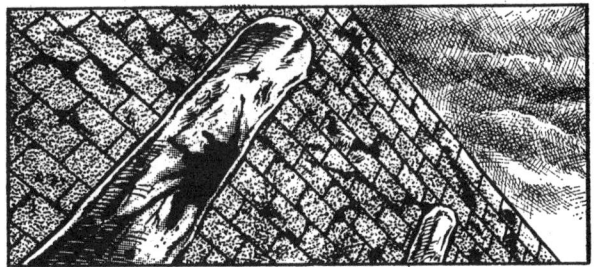

W...WAS...?!

ICH HABE ZWAR GESAGT, ICH WÜRDE DIE LEUTE AUS DEM TUNNELHAUS FREILASSEN, ABER ICH HABE NICHT DAVON GESPROCHEN, DASS ICH SIE LEBEND FREILAS- SEN WÜRDE...

WENN WIR NUR DIE SCHULDIGEN BESTRAFEN, WÜRDEN IHRE FRAUEN KIN- DER GEBÄREN. DIESE KINDER WÜRDEN EINST ERWACHSEN WERDEN, DIE IDEOLOGIE IHRER ELTERN ÜBERNEH- MEN UND GEGEN DEN STAAT REBELLIEREN. DAS IST EINE GLASKLARE TATSACHE!

DESHALB SPAREN WIR UNS EINE MENGE AR- BEIT, WENN WIR DIE KNOSPEN ABZWI- CKEN, SOLANGE SIE NOCH KLEIN SIND!

SOGAR DIE VÖLLIG UN- SCHULDIGEN FRAUEN UND KINDER HABT IHR GETÖTET! WARUM?!

361

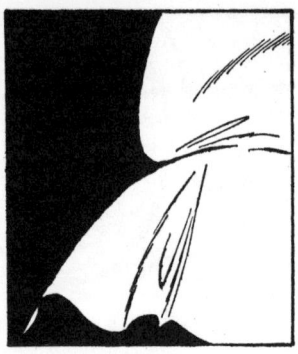

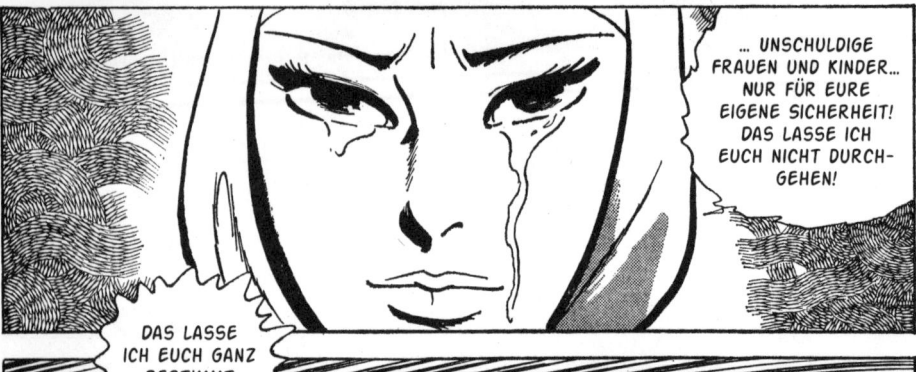

... UNSCHULDIGE FRAUEN UND KINDER... NUR FÜR EURE EIGENE SICHERHEIT! DAS LASSE ICH EUCH NICHT DURCH-GEHEN!

DAS LASSE ICH EUCH GANZ BESTIMMT NICHT DURCH-GEHEN!

WHAP

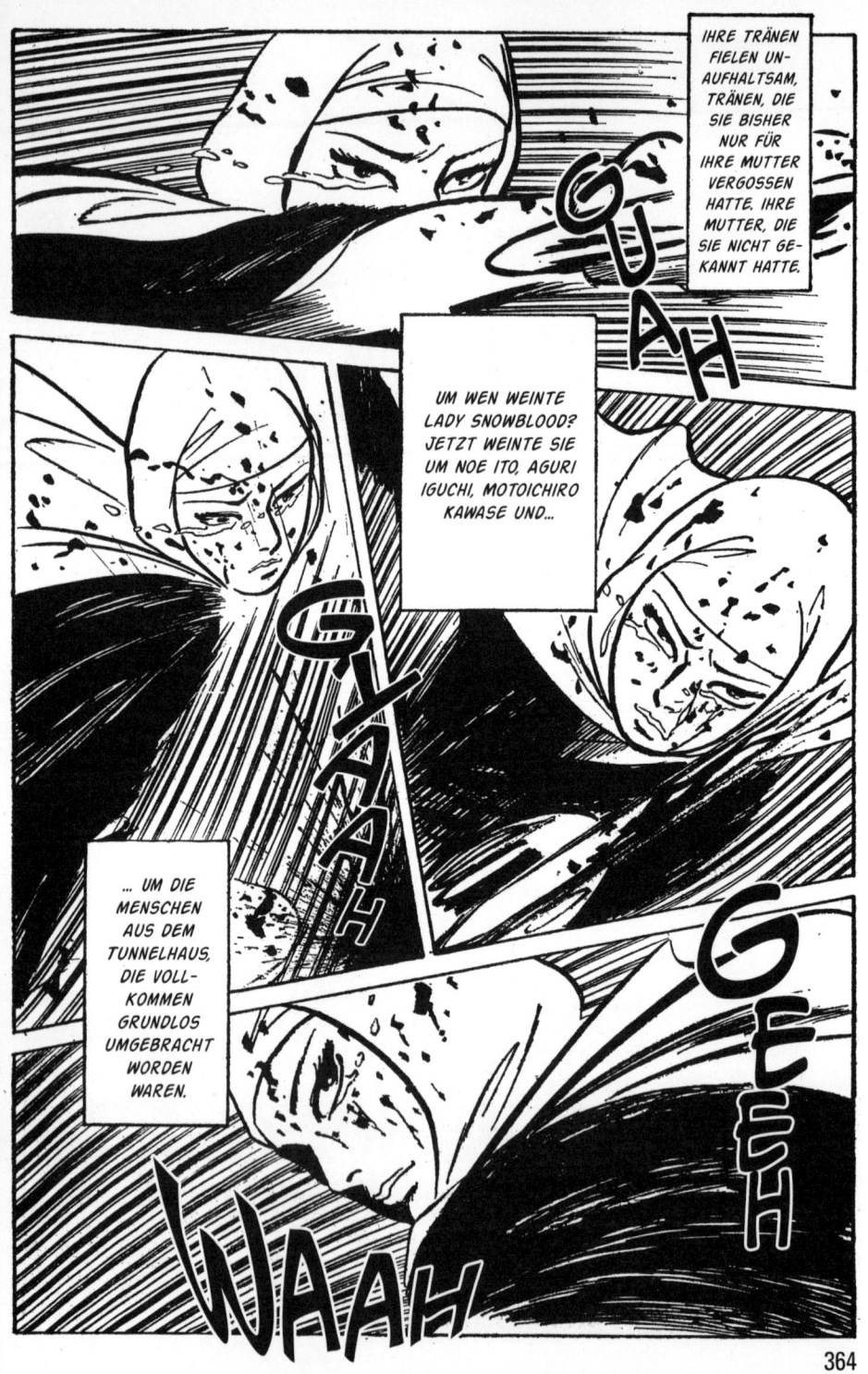

IHRE TRÄNEN FIELEN UN-AUFHALTSAM, TRÄNEN, DIE SIE BISHER NUR FÜR IHRE MUTTER VERGOSSEN HATTE. IHRE MUTTER, DIE SIE NICHT GE-KANNT HATTE.

UM WEN WEINTE LADY SNOWBLOOD? JETZT WEINTE SIE UM NOE ITO, AGURI IGUCHI, MOTOICHIRO KAWASE UND...

... UM DIE MENSCHEN AUS DEM TUNNELHAUS, DIE VOLL-KOMMEN GRUNDLOS UMGEBRACHT WORDEN WAREN.

ENDLICH ER-
KANNTE LADY
SNOWBLOOD
DEUTLICH, WOHIN
SIE, DIE DEM WEG
DES ENDLOSEN
KAMPFES ABER-
MALS FOLGEN
MUSSTE,
GEHÖRTE.

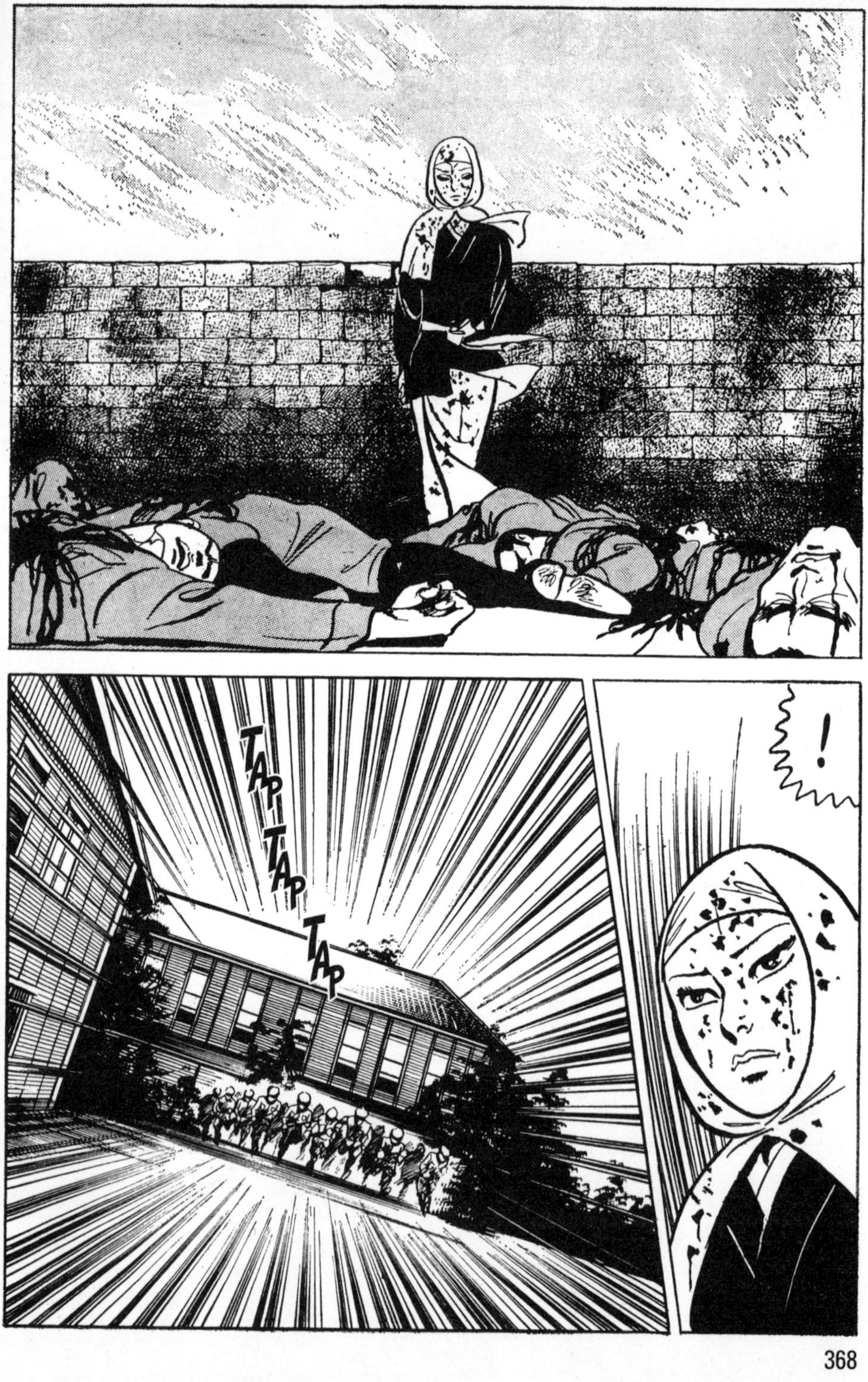
TAP TAP TAP TAP
!

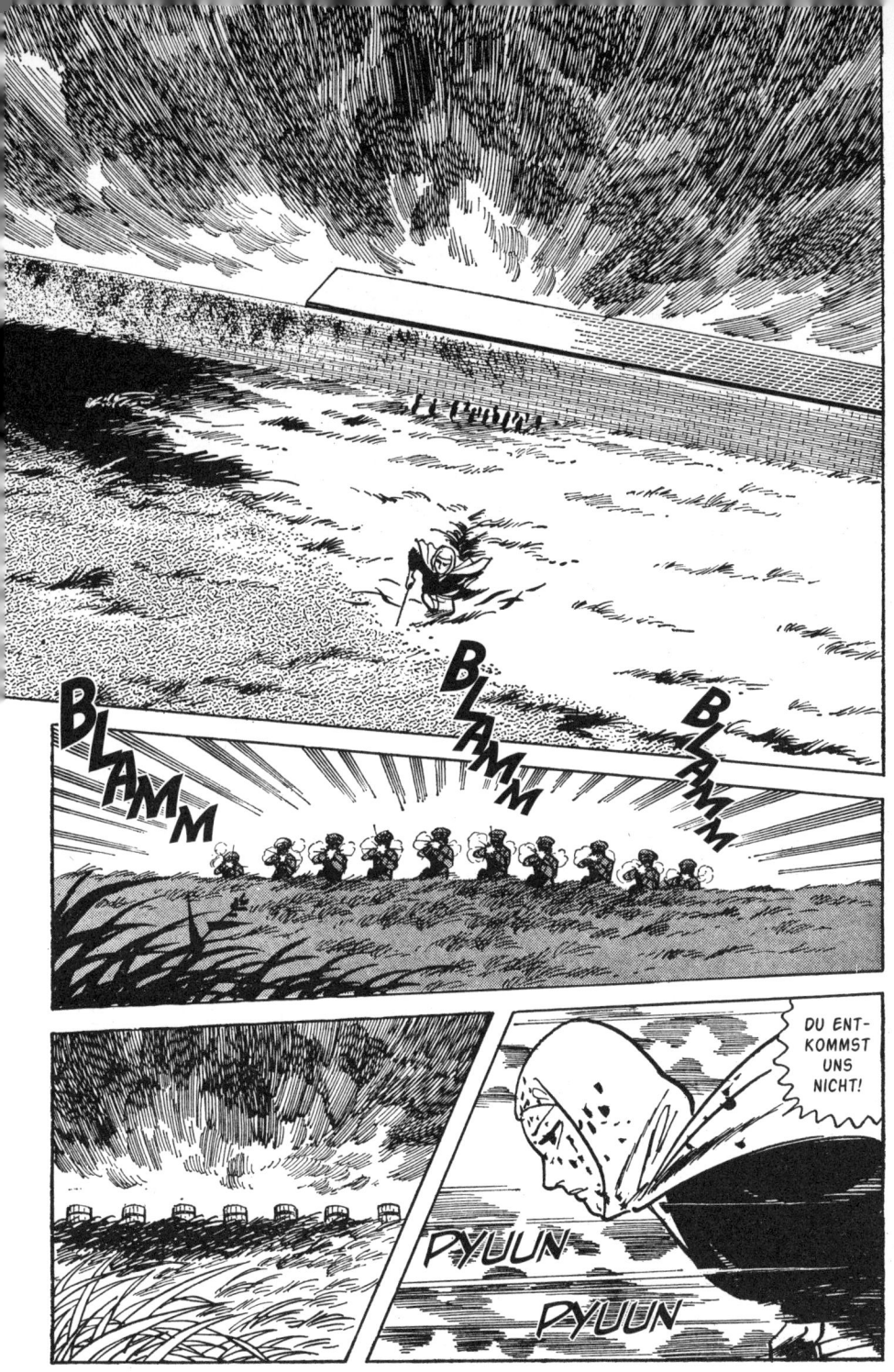

ZAMP

KLAPP

WSH

FFF

DOMM

SPLASH

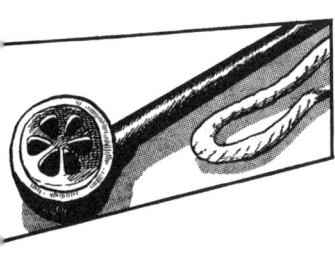

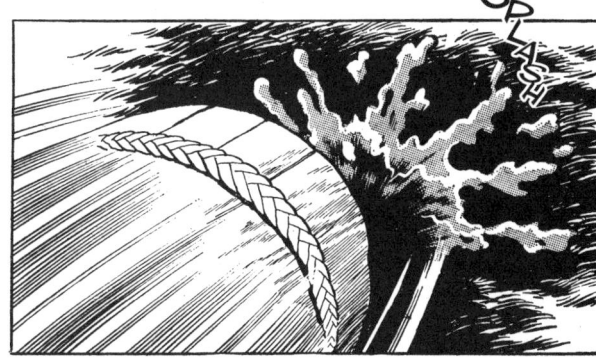

374

DIE FLAMMEN DIESER EINÄSCHERUNG LODERTEN BIS IN DEN HIMMEL. ES WAREN FLAMMEN, DIE MOTOICHIRO KAWASE, AGURI IGUCHI UND NOE ITO BEWEINTEN UND VERZWEIFELT DIE MENSCHEN AUS DEM TUNNEL- HAUS BEKLAGTEN...

IN YUKIS HERZ WAR DAS FEUER DER KAMPFESLUST ERNEUT ENTFACHT. DAS FEUER DER ENTSCHLOSSENHEIT, DAS ERBE DIESER MENSCHEN ANZU- TRETEN UND WIEDER DEN WEG DES KAMPFES ZU BESCHREITEN, UM DIE MENSCHHEIT ZU ERRETTEN...

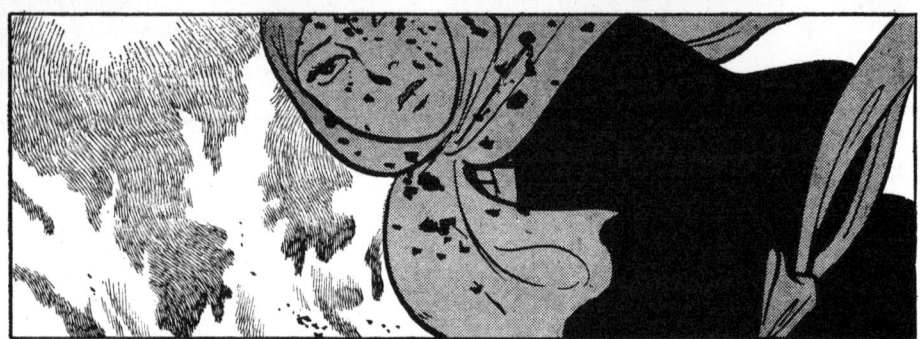

ACH... LADY
SNOWBLOOD,
WOHIN WIRD
DICH DIESER
WEG WOHL
FÜHREN?

ENDE

LADY SNOWBLOOD Auferstehung ENDE

YOSHIHIRO TATSUMI

»EIN PIONIER DER ERNSTHAFTEN MANGA-ERZÄHLUNG«

(DER TAGESSPIEGEL)

Yoshihiro Tatsumi
**Gegen den Strom
– Eine Autobiografie in Bildern**
Hardcover, 848 Seiten
ISBN 978-3-551-73104-3

Yoshihiro Tatsumi
**Existenzen
und andere Abgründe**
Klappbroschur, 320 Seiten
ISBN 978-3-551-78689-0

Yoshihiro Tatsumi
**Geliebter Affe
und andere Offenbarungen**
Klappbroschur, 320 Seiten
ISBN 978-3-551-72326-0

www.carlsen.de

ALFRED HITCHCOCK MEETS DAVID LYNCH

Japan in den Sechziger Jahren... In einem mondänen Badeort an der Pazifikküste Japans versucht der junge Inspektor Sata den Mord an einem Ingenieur aufzuklären, dessen Firma Module für ein geheimnisvolles Raumfahrtprogramm herstellt. Als eine Sekretärin der Firma die Flucht ergreift, versucht Sata sie zu verfolgen, verliert aber plötzlich das Bewusstsein. Als er wieder aufwacht, hat er einen Metallsplitter im Schädel, der Erinnerungslücken und Halluzinationen hervorruft. Sata brennt darauf herauszufinden, was passiert ist – und die Jagd auf die Verdächtige wird zu einer amourösen Obsession...

Wet Moon

ATSUSHI KANEKO

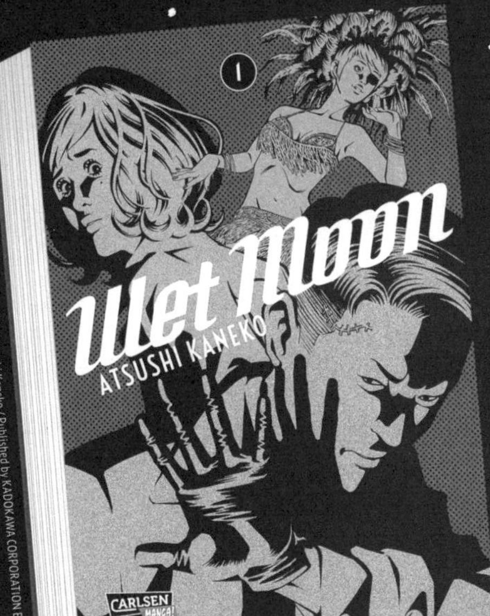

© 2012 Atsushi Kaneko / Published by KADOKAWA CORPORATION ENTERBRAIN

www.carlsenmanga.de

CARLSEN MANGA!

© KON'STONE, Inc. 2011

KOMPLETT IN ZWEI BÄNDEN

SATOSHI KON

Manga-Meisterwerk des Anime-Regisseurs Satoshi Kon.

Grandioses Spiel mit der Grenze zwischen Realität und Fiktion!

www.carlsenmanga.de

CARLSEN MANGA!

IMPRESSUM

MIX
Papier aus verantwor-
tungsvollen Quellen
FSC
www.fsc.org
FSC® C083411

CARLSEN MANGA! NEWS • Jeden Monat neu per E-Mail
www.carlsenmanga.de • www.carlsen.de

© Carlsen Verlag GmbH · Hamburg 2017 · Aus dem Japanischen von Dorothea Überall · SHURAYUKI HIME – FUKKATSU NO SHOU · © 1972 by KAZUO KOIKE / KAZUO KAMIMURA · All rights reserved Originally published in Japan in 1972 by Koike Shoin Publishing Co., Ltd. · German translation rights in Germany arranged with Soueisha, Inc. through Tuttle-Mori Agency, Inc., Tokyo · Redaktion: Petra Lohmann · Lettering: Björn Liebchen · Herstellung: Gunta Lauck · Alle deutschen Rechte vorbehalten ISBN 978-3-551-71868-6

HALT!

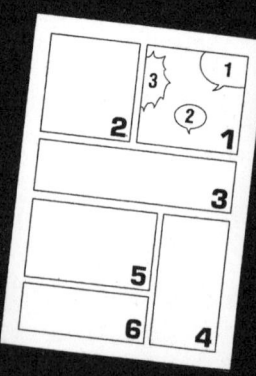

Dieser Comic beginnt nicht auf dieser Seite. LADY SNOWBLOOD ist ein japanischer Comic. Da in Japan von »hinten« nach »vorn« gelesen wird und von rechts nach links, muss dieser Comic auf der anderen Seite aufgeschlagen und von »hinten« nach »vorn« geblättert werden. Auch die Bilder und Sprechblasen werden von rechts oben nach links unten gelesen, wie es die